가천대학교 아시아문화연구소 아시아교양총서

어느 별 아래

가천대학교 아시아문화연구소 아시아교양총서 ❶

어느 별 아래(원제: 如何なる星の下に)

초판인쇄   2019년 12월 20일
초판발행   2019년 12월 30일

지은이   다카미 준(高見順)
옮긴이   김계자 박진수 임만호
기 획   가천대학교 아시아문화연구소
펴낸이   이대현
편 집   이태곤 문선희 권분옥 임애정 백초혜
디자인   안혜진 최선주 김주화
마케팅   박태훈 안현진
펴낸곳   도서출판 역락
주 소   서울시 서초구 동광로 46길 6-6 문창빌딩 2층
전 화   02-3409-2060(편집), 2058(마케팅)
팩 스   02-3409-2059
등 록   1999년 4월 19일 제303-2002-000014호
전자우편   youkrack@hanmail.net
홈페이지   www.youkrackbooks.com

ISBN   979-11-6244-469-6 04830
            979-11-6244-468-9 04830 (세트)

이 번역서는 2018년도 가천대학교 교내연구비 지원에 의한 결과임.(GCU-2018-0705)

어느 별
아래

다카미 준 지음
김계자 박진수 임만호 옮김

1

역락

가천대학교 아시아문화연구소
〈아시아교양총서〉 발간에 즈음하여

한자문화권의 고전에 전거를 두고 있는 교양(敎養)이라는 말은 주로 가르치고(敎) 기른다(養)는 동사적 의미로 사용되어 왔다. 그런데 오늘날 '교양'이란 일본 다이쇼(大正) 시대에 서양어 culture 또는 Bildung을 옮기면서 확립된 번역어로서 '학문, 지식, 사회생활을 바탕으로 한 품위. 문화에 대한 폭넓은 지식'이라는 명사적 의미이다. 나아가 일반적으로 '인간의 정신을 풍요롭게 하고 고매한 인격을 갖추도록 가르치고 기르는 행위의 교육적 성과'를 말한다. 서양어 culture도 '경작' '재배'라는 뜻의 라틴어 cultus에서 온 것임을 고려할 때 문화(文化)라는 말이 미처 담아내지 못한 인간의 내적 성숙과 관련한 교육적 측면을 절묘하게 옮긴 20세기 초의 신조어라 할 수 있다.

이러한 교양이 최근 주로 대학 교육의 장에서 주목을 받고 있다. 2000년대 중반 이후 지금까지 많은 대학이 교양교육 전담 기관을 두고 커리큘럼을 재정비해왔다. 한국의 대학에 있어서 교양교육의 연원은 식민지시대 일본의 대학 예과나 중고등학교에서 유행한 교양주의(教養主義)에서 찾을 수 있다. 또 좀 더 직접적으로는 해방 후 도입된 미국식 일반교육(general education)의 영향이다. 적어도 50, 60년 간 형식적으로 유지해온 교양교육을 학부교육의 중요한 일부로 새삼 인식하게 된 데에는 그 나름의 절박한 이유가 있었던 것으로 보인다. 사회의 여러 부문에서 새롭게 제기되는 복잡한 문제들에 대해 분과 학문의 전문적 지식만으로는 대응하기 어렵다는 인식이 널리 공유되었기 때문이다. 그만큼 지식의 상호의존성이 증대되는 가운데 보편적이고 통합적인 지성의 역할이 부각된 것이다.

그러한 가운데 대학의 울타리를 조금 벗어나면 크게 보아 '교양'의 아군에 속하는 '인문학'의 필요성 또한 날로 강조되고 있다. 인문학에 관한 일반의 시선이 달라진 것은 더욱 드라마틱하다고 할 수 있다. 1990년대 말과 2000년대 초 인문학 전공 대학 졸업생들의 취업이 어려워지면서 또 인문학 전공 연구자들의 대학 내 취업이 힘들어지면서 '인문학 위기론'이 대두되었다. 정부에서는 인문학 연구에 대한 몇몇 지원책을 내놓기도 했지만 '위기' 자체를 극복하는 방안이 되기에는 부족했다. 대학 사회조차 시장논리와 효율성만을 중시하게 된 세태에 문제의식을 느낀 모 명문대학의 교수들이 '인문학의 위기'를 선언하는 일까지 있었다. 여러 국면에서 '위기'라는 표현이 사용되었지만 조금씩 다른 함의를 갖는 듯했다.

그러다가 2010년을 전후하여 '융복합'이라는 말의 유행에 편승하는 방식으로 인문학이 아닌 다른 분야에서 인문학이 자주 거론되었다. 2010년대 중반을 넘어서자 인공지능 및 4차 산업혁명에 대한 관심과 함께 인문학의 중요성이 크게 이목을 끌고 있다. 요즘 각종 미디어를 통해 다양한 '인문학' 강좌가 개설되어 대중적으로 소비되고 있는 현상만 보아도 알 수 있다. 사람들에게 인문학은 더 이상 어렵거나 현실과 동떨어진 뜬구름 잡는 이야기가 아니다. 지역의 자치단체나 도서관 혹은 서점, 심지어는 백화점 문화센터 등에서 심심치 않게 '인문학' 강좌를 접할 수 있을 정도로 생활과 밀접한 것이 되었다. 유튜브(YouTube) 채널에는 셀 수 없이 많은 인문학 관련 콘텐츠가 넘쳐나고 있다.

사실 이러한 것은 '인문학의 위기'라는 인식이 표면화되면서부터 예견되었던 일이며 바로 그 시점부터 '인문학의 전성기'가 시작되었다는 역설이 가능하다. 간혹 인문학과 크게 관련이 없어 보이는 분야에도 '인문학'이라는 수식어가 붙기만 하면 왠지 매우 고급한 인상을 주거나 소비층으로 하여금 문화적 충일감을 느끼게 하는 효과가 있는 듯하다. 과학 기술의 눈부신 발전과 위력에 한동안 주눅이 들어있던 그 이전에 비해 인문학의 한 분야에 종사하고 있는 사람의 입장에서 보자면 대단히 고무적인 현상이다. 인문학의 중요성이 인정받고 있는 만큼 이제는 분명한 자신의 존재 이유를 가질 수 있기 때문이다.

그러나 이 시점에 오히려 하나의 걱정이 생겼다. 인문학이 순수하게 지적 호기심을 자극하고 아름다운 것과 숭고한 것의 가치를 깨닫게 하며 좀 더 완성된 인간형을 창조하는 데에 기여한다면 아무런 문제가 없을 것이다. 그러나 그렇지 못하고 소비 대중의 욕망에 부합하고자 상업적 가치에 매몰되어 지나치게 상품화된 인문학이 지적 현시욕과 타협한다든지 편향된 맹신을 옹호하게 하는 쪽으로만 사람들을 몰고 간다면 어떻게 될 것인가? 기우였으면 좋겠지만 실제로 '인문학'이라는 이름을 붙인 몇몇 강좌나 콘텐츠에는 이러한 약간의 문제가 잠재해 있다는 것을 부정할 수 없다.

그 밑바닥에는 일반적으로 개념이 혼동되는 상황이 있다고 본다. 흔히 '인문학자'라는 표현을 쓰지만 이 세상에 문학이나 철학이나 역사학 또는 언어학을 전공한 학자는 있어도 '인문학' 자체를 전공한 학자는 없다. 인문학은 하나의 전공 분야가 아니다. 물론 '인문학 전공자' 또는 '인문학도', '인문학자'라는 말이 틀린 표현은 아니지만 부지불식간에 인문학을 하나의 따로 독립된 분야로 취급될 여지를 만든다. 주지하는 사실이지만 인문학은 사회과학, 자연과학, 공학, 의학과 같이 열거될 수 있는 학문의 대분류 개념이다. 구체적인 하위분류의 학문으로 문학, 역사학, 철학, 언어학, 고고학, 인류학 등이 있다.

이 시대에 인문학의 한 분야에 종사하면서 세상에 조금이나마 도움이 될 수 있는 일은 그야말로 '인문학의 인기'에 들떠서 '인문학의 광고'를 만들고 '인문학 상품'을 유통시키면서 소비되기를 바라는 것보다는 인문학의 구체적인 콘텐츠를 '생산'하는 것에 있다는 생각을 하게 된다. 그렇다면 인문학의 구체적인 콘텐츠가 무엇을 가리키는가? 또 교양이라는 것은 실제로 무엇을 말하는가? 이에 대한 명확한 정의를 접하기는 힘들다. 잠정적인 답은 인문학이든 교양이든 결국 내용적으로는 문사철(文史哲)에 대한 학습이 바탕이 될 것이다. 시대가 아무리 달라져도 인문학을 공부하고 교양을 쌓는다는 것은 각 개인 단위의 지루하고도 힘겨운 문학, 역사학, 철학, 나아가 언어학 또는 언어 표현에 대한 면밀한 독해와 사고 훈련에 의해 가능하다는 것이다.

우리가 내면적으로 성숙되어 원만하고 균형적인 사회적 감각과 높은 윤리적 태도를 가지고 살기 위해서는 지식과 지식 습득에 대한 태도나 습관이 문제가 된다. 다시 말하면 우리의 지성의 대부분은 실천적 의미에서는 많은 독서들 통해 단련된다는 것이다. 이러한 실천적 교양의 지평을 열어가는 데에 다소나마 보탬이 되기 위해 본 아시아문화연구소에서는 아시아 각국의 많은 고전과 현대 문학 작품을 비롯한 다양한 종류의 글들을 일반에 소개하고자 한다. 특히 작품적 가치가 높지만 아직까지 언어의 장벽을 이유로 우리에게 알려지지 않은 글들을 발굴하여 인류의 고귀한 문화적 자산의 일부를 좀 더 많은 사람이 읽을 수 있도록 널리 확대 재생산한다는 점에 의미를 두고 본 시리즈를 간행하게 되었다.

본 〈아시아교양총서〉는 가천대학교의 '인문학분야 부설연구기관 출판물 지원'에 의해 이루어졌음을 밝혀둔다. 진심으로 고마운 일이다. 또한 '인문학의 새 시대'를 열어갈 큰 뜻을 지니고 상업적으로 크게 유리하지 않은 본 총서의 출간을 흔쾌히 허락해주신 도서출판 역락의 이대현 대표이사님과 관계 임직원 여러분께 심심한 감사의 말씀을 드린다.

2019년 12월

가천대학교 아시아문화연구소장

박진수

차례

일러두기

1. 서지

본서는 일본의 전자도서관 '아오조라문고(靑空文庫)'(https://www.aozora.gr.jp)에 수록된 것을 번역한 것이다. 이곳에 수록된 각 작품이 저본(底本)으로 하고 있는 텍스트는 이하와 같다. 덧붙여, 각 작품의 초출(初出) 관련 사항은 '옮긴이의 말'에서 소개하였다.

1) 『어느 별 아래』
   『如何なる星の下に』(講談社文芸文庫, 2011)
2) 「슬픔」
   『日本の名随筆99 哀』(作品社, 1991)
3) 『죽음의 심연에서』
   『死の淵より』(講談社文芸文庫, 1993)

2. 각주

본문의 괄호 안에 들어 있는 모든 주는 원문에 의한 것이다. 번역자에 의한 주는 각주로 처리하였다.

3. 어휘

『어느 별 아래』에 보이는 중국을 나타내는 '지나(支那)', 일본을 나타내는 '내지(內地)'와 같은 어휘는 1930년대 당시의 동시대적 분위기를 살리기 위하여 그대로 번역하였다.

어느 별 아래

어느 별 아래에 태어났을까. 나는 참으로 마음 약한 사람일까. 어둠을 동경하는 내 마음은 바람에도 비에도 조심하며 덧없는 생각을 응시한다. 꽃을 따야지, 달을 봐야지. 내 마음에 형체가 없는 것을 어찌하면 좋을까. 사랑인가, 아니다. 바람인가, 아니다 ······.

– 다카야마 조규(高山樗牛)

제1회

마음속 분장실

― 연립 3층의 내 쓸쓸한 작업실 창 건너편으로 올려다 본 하늘이 어둡고 잔뜩 흐려 있다. 창 옆에 있는 끈으로 끌어당겨 매달아 놓은 갓 없는 전등 아래에 창을 향하도록 작은 작업용 책상을 놓아두었는데, 나는 그 책상 앞에 멍하니 하릴없이 바보처럼 앉아 있었다. 가능한 가슴을 움츠리고, 가능한 숨을 죽이려고 애쓰는 모습으로 양쪽 팔꿈치를 책상 위에 걸치고 손을 모아 합장한 엄지손가락 끝에 내민 턱을 올리고 나는 흐린 하늘을 바라보고 있었다. 하늘이라기보다 허공을 응시하고 있다고 하는 편이 나을지도 모르겠다. 하늘에는 아무것도 보이지 않았는데, 눈도 또한 아무것도 보고 있지 않는 것 같았다. 그런데 이상하게도 이렇게 하고 있으니 마치 좀처럼 청소하지 않은 방을 가끔 청소라도 할라치면 세균 같은 모양을 하고 꼬리가 긴 검은 먼지가 둥실둥실 날려 놀라는 경우가 있는데, 흡사 그런 이상한 먼

지 같은 것이 사람들이 붐비는 곳에서 쉬지 않고 피어올라 흐린 건너편 하늘로 날아가는 것이 눈에 들어왔다. 이런 먼지는 세균처럼 어지러이 섞여 뭉쳤다가 금세 가늘고 길게 뻗어 히라가나 헤(へ)의 모양을 그렸다.

　기러기였다. ─ 하늘을 나는 먼지와 같았다고 내가 말한 것을 어쩌면 서투르게 지어낸 이야기, 과장된 말투라고 독자들이 웃지 않을까 걱정된다. 그러한 오해를 풀기 위해서는 내가 본 실제 광경을 독자가 보는 수밖에 없는데, 이런 건 바란다 한들 불가능하다는 사실이 참으로 분하다. 실제로 보지 않으면 먼지 같은 괴이함을 이해하지 못할 정도로 기러기는 실로 터무니없이 완전히 질릴 정도로 높은 곳에 있었다. 기러기의 비행은 늘 이런 것일까. ─ 나는 이전에 기러기가 나는 것을 본 적이 있는지 없는지, 어쩌면 그림에서만 본 것은 아닐까, 명확하지 않다. 그래서 기러기가 그렇게 매우 높은 곳을 언제나 날고 있는 것인지 어떤지 알 수가 없다. 따라서 ─ 나는 이렇게 아사쿠사(浅草)의 번화가 근처에 있는 방에서 우연히 본 기러기의 모습에 그것이 기러기라는 사실과, 기러기가 놀랄 만한 곳에 있다는 이중의 강한 인상을 받았다. 뭔가 이제는 잊은 ─ 지금은 내가 있는 곳에서 떠나간 옛날 그리운 꿈과 같은 것을 문득 만날 수 있었던 것처럼 가슴 두근거리는 생각이었다. ─ 꿈이 먼 하늘로 날아간다. 손이 닿지 않는 잡을 수 없을 만큼 높이. 꿈은 매정하게 금세 사라져 버렸다.

　나는 책상 위로 몸을 내밀고 기러기가 날아가는 것을 눈으로 좇았다. 그리고 책상에서 떨어져 창가에 섰다. 기러기는 스미다가와(隅田

川) 상류 쪽으로 날아갔다. 한동안 나는 창가에 서 있었다.

— 어느덧 가을도 끝나가고 있다.

아사쿠사의 이 연립에 다다미 6장 크기의 12엔(円)하는 방을 빌린
것은 봄이 끝나갈 무렵이었다. 작은 책상에 방석 하나, 잘 이불 상하,
세면기 1개, 그리고 트렁크 안에 들어가는 잉크나 재떨이, 컵, 수건,
차통, — 이런 식으로 하나하나 써내려가도 간단한 그 정도의 짐을 사
람이 타는 자동차에 밀어 넣고 오모리(大森)의 집에서 여기로 운반해
왔는데, 여름이 가까운 때여서 추운 계절에 대비하는 것은 들고 오지
않았다. 그런데 — 기러기가 저 멀리 날아가 벼룩처럼 작아졌을 무렵
에 (그때까지 나는 계속 보고 있었는데) 마치 기러기가 황혼을 미리 알리는
것처럼 금세 하늘에서 황혼이 내려오더니 곧 몸에 사무치는 추위가
한꺼번에 몰려 왔다.

나는 창문을 닫고 책상 앞으로 돌아왔다. 양손을 품속에 넣고 몸을
웅크렸다. 춥다. 사실은 그렇게 춥지 않을지도 모르지만, 방한(防寒)을
대비하지 않은 것이 기분 탓인지 추위를 불러 일으켰을 것이다. 없는
것일수록 갖고 싶은 마음이 한층 더하는 법이다.

— 나는 매우 비참한 기분으로 앉아 있었다. 누가 하라고 해서 그
런 것은 아니다. 스스로 그렇게 하고 있었을 뿐이다. 즉, 딱히 그렇게
앉아있지 않으면 안 되는 것도 아닌데, 나는 가만히 앉아 있었다. 그
리고,

'— 어째서 나는 이런 쓸쓸한 방에 혼자서 우두커니 앉아 있어야
하는가' 하고 대답 없는 물음을 스스로에게 던지고 있었다. 이곳은 작

업실을 빌린 곳이다. 따라서 나는 일을 하기 위하여 이곳에 앉아 있는 이치이다. 그런데 전혀 일이 손에 잡히지 않고, 이렇게 가만히 앉아 있어서야 내 마음이 일을 향하여 분기할 가능성은 우선 없다고 스스로도 체념하고 있었다. 그렇다면 밖으로 나가면 좋을 것이다. 본시 내가 사람들이 붐비는 근처에 방을 빌린 것은 내버려두면 멍하니 있을 자신을 변화가 빠른 혼잡한 속에 집어넣고 신경에 자극을 주어 일로 몰아가려는 책략에서인데, 이 또한 언제부터인지 습관이 되어 있었기 때문이다. ― 따라서 원래대로라면 일을 할 수 없을 것 같으면 앉아 있지 말고, 할 수 없을 것 같으면 할 수 있도록 번화가 쪽으로 가면 될 터였다. 그것을 내가 할 수 없었던 것이다. 번화가에 나가도 일을 할 수 있을 것 같은 마음의 컨디션이 생길 것 같지도 않았다. 그러기는커녕, 마음이 뿔뿔이 흩어져 정신이 종잡을 수 없게 되어 버린다는 사실을 잘 알고 있었기 때문이다.

조금 과장해서 말하면, 나는 밖으로 나가도 쓸데없는 이상, 나가는 것이 어쩐지 두려웠다. 그렇다고 해서 방에 머물러 있어본들 머지 않아 정신이 통일될 것 같지도 않다. 이렇게 방에 있어도, 밖으로 나가도, 어느 쪽도 문제라면 차라리 집으로 돌아가는 것이 좋을 것이다. 으스스 추운 방에 비참한 기분으로 앉아 있을 거면 집으로 돌아가는 편이 낫다. 오모리의 집이라면 여기 연립과 달라서 불이 필요하다고 말하면 곧 준비해줄 것이고, 마음도 따뜻해질 것이다. 그런데 이 또한 돌아갈 수 없었다. 그녀가 있는 아사쿠사에 역시 머물러 있고 싶었다.

그녀라는 것은 고야나기 마사코(小柳雅子)라고 하는 레뷰(revue)*의 무희이다. 17세. ……

"좋다는 건 뭘 말하는 거야? 춤을 잘 춘다는 뜻인가? 아니면 그 애가 좋다는 뜻인가?……"

나는 "고야나기 마사코 좋아" 이런 말을 해서 레뷰 팬인 친구에게 그런 질문을 받은 적이 있었다.

"뭐랄까, 음" 나는 말문이 막혔다.

또 어떤 때는 친구인 레뷰 작자에게,

"저런 애를, ─군" 하는 소리를 들은 적이 있다. "저런 애, 별 수 없잖아."

"별 수 없다니?"

"완전히 애야, 아무것도 모르는 아직 애라고."

나무라듯이 말하는데, 나는 "아니……" 하고 말을 끊고, 수치심으로 얼굴이 새빨개져서 "아니 나는 아무, 아무것도……" 하고 말을 더듬었다. 나는 이래저래 이 고야나기 마사코에 관한 이야기에서 어차피 그녀의 가련한 모습을 이 이야기에서 말할 테니까, 등장할 때 천천히 이야기하기로 하고 지금은 연립의 방 한 칸에 우두커니 앉아 있는 내 가련한 모습으로 이야기를 돌리겠다. 다만 조금 덧붙여 말하자면, ─앞서 나는 밖으로 나가는 것이 왠지 두려운 느낌이었다고 말했

---

* '레뷰'는 오페라나 뮤지컬과 비슷한 형식으로 음악, 무용, 촌극을 함께 보여주는 대중오락연예를 가리킨다.

는데, 이는 예를 들면 어디어디에 이제부터 밥을 먹으로 간다고 스스로에게 말할 수 있는 제대로 된 외출 목적이 있는 경우는 상관없지만, 그렇지 않고 아무런 목적도 없이 훌쩍 산책이라도 나가려면 으레 그녀가 춤추고 있는 레뷰극장에 뭔가 눈에 보이지 않는 그리고 전혀 저항할 수 없는 실로 끌어당겨지는 것처럼 다리가 그쪽으로 향해버리기 때문이다. 저기, 저기요, 하고 말하는 사이에 나는 레뷰극장 앞에 몽유병환자처럼 서 있는 자신을 발견한다. 그리고 예를 들면 뱀이 자신 앞에 비틀비틀 나타난 어리석은 개구리를 간단히 삼켜버리듯이 극장이 어리석은 자신을 금세 삼켜버린다. ……

기러기가 날아가는 것을 본 연상인지, 나는 요전 날 아사쿠사에 놀러 온 화가 친구에게 들은 어떤 외국인 이야기를 떠올렸다. 그 사람은 상당히 저명한 시인이라고 하는데, 몇 년 전에 일본을 떠나 시도 버리고 정처 없이 여행을 다니다 돌아왔다. "내 친구가 통역이 되어, ─ 그래서 이런 이야기를 내게 해줬는데" 하면서 화가인 친구가 말했다. 하코네(箱根)로 안내했을 때의 일이라고 한다. 그 외국인과 통역이 산책을 하러 나갔다. 인적이 없는 쓸쓸한 길을 걸어가며 무료하던 차에 "당신은 어떤 목적으로 여행을 하고 있는 겁니까?" 하고 통역이 물었다. 외국인은 아무 말도 대답하지 않았다. 시상을 풍부하게 하기 위한 편력이냐는 의미로 질문하자, "─아니오" 하는 분명한 대답. 그렇다면 단지 흥미가 있어 세계 만유(漫遊)냐고 묻자, 또 "─아니오" 하고 분명히 말했다.

"─그렇다면 무엇입니까?"

"모르겠습니다."

스스로 생각해봐도 왜 쫓기듯이 바다에서 바다를 건너 잘 모르는 나라를 여행하는지 알 수 없었다. 마음에 '뭔가'를 구하려고 하는 것은 알겠는데, 그 '뭔가'가 무엇인지 알 수 없었던 것이다. 이른바 그 알 수 없는 '뭔가'를 알기 위하여 방랑하고 있는 것 같았다. 푸른 눈을 한 서양의 시인은 의외로 침착한 목소리로 그렇게 말했다.

그로부터 두 사람은 잠자코 걸었다. 외국인의 얼굴은 격렬하게 싸운 뒤처럼 하얗게 질려 붉은 반점이 피부 아래에 내려 앉아 있었다.

갑자기 옆쪽 길에서 젊은 남녀의 화사한 웃음소리가 들렸다. 청춘의 즐거움을 그저 구가하는 듯이 밝고 대담하게 빛나는 목소리였는데, 외국인은 볼에 돌이라도 맞은 듯한 표정을 하고 보고 있었다. 이런 얼굴 앞으로 시원스럽게 팔짱을 낀 젊은 남녀가, ―남자는 스물 두셋의 반들반들한 피부에 외국인에게 뒤지지 않을 정도로 훤칠하게 키가 크고 어깨도 넓은 운동선수 분위기의 대학생이고, 여자는 열 여덟아홉의 체격이 좋고 신선하고 생기 있는 모습으로, ―이 두 사람이 움츠러들지 않고 충일한 젊은 생명의 숨결을 불어내며 다가왔다. 그리고 멍하니 서 있던 외국인 앞에서 휙 몸을 돌려 등을 보이고는 다시 즐거운 듯이 웃으면서 흥겨워하며 화창한 햇빛이 찬란히 쏟아지는 길을 걸어갔다. 방랑하는 시인은 깊은 감동과 애상에 젖어 가만히 이들을 배웅했다. 통역이 뭔가 이야기를 걸려고 했다. 그러자 시인은 얼굴을 감추듯이 잽싸게 발길을 돌려 아무 말도 하지 않고 곧바로 온 길을 되돌아 달려갔다. ―쓰러질 듯이 뛰어갔다.

통역이 뒤를 쫓아 호텔로 돌아가 보니, 그 사람은 침대에 누워 미친 듯이 오열하다 격하게 몸부림쳤다고 한다.

"그 사람은 나이든 사람인가?"

이야기 도중에 내가 물어보았다. 묻지 않고서는 있을 수 없었다.

"아니, 아직 젊어. ―우리와 같은 나이인 것 같아. 서른 서너 살 정도……"

화가인 친구는 가라앉은 목소리로 이렇게 말하고 내 눈을 들여다보았다. 나는 뭔가 마음이 바싹 마르고 굶주리고 헛헛한 얼빠진 사람처럼 멍하게, 동시에 뭔가를 몹시 허덕이며 구하는 마음으로 얼얼한 나날을 보내고 있던 차에, 아무리 해도 매듭을 지을 수 없는 자신의 모습을 친구에게 호소한 것인데, ―친구에게라기보다 이러한 자기 자신에게 말한 느낌이었는데, 화가인 친구가 그 외국인 이야기를 내게 해준 것이다.

"우리와 같은 나이라고? 음―" 하고 나는 고개를 주억거렸다.

잠시 침묵이 흐른 다음, 친구가 말을 이었다. "―그 외국인은 발작 같은 오열이 진정되자, 곧장 호텔을 나와 도쿄로 돌아간 다음, 곧 일본을 떠났네. 프랑스로 갔는데, 그 외국인은 부자여서 ―통역을 맡은 친구를 함께 데려 갔어."

"나이는 같아도 부자라는 점이 나와 다르군."

나는 자신이 불렀으면서 무거운 분위기를 견딜 수 없어서 털어내려는 듯이 말했다.

"―그런데 여기에 또한 재미있는 이야기가 있어. 친구가 프랑스로

간 것에 대해서는……"

여기에는 이러한 이야기가 있다고 한다. 하코네의 호텔을 나올 때, 통역이 숙박료를 지불하자 그 일부를 지배인이 살짝 그의 손에 돌려주었다. 왜 그러냐고 묻자, 외국인 관광객을 데려와 준 사례라고 했다. 필요 없다고 하자, 그 호텔에서는 가이드에 커미션을 일부 돌려주는 것이 관례라고 했다. "그렇다면 그만큼 숙박료가 비싸지겠군. 그럼 나는 커미션은 필요 없으니까 그만큼 숙박료를 할인해 주시오. 서류를 다시 써 주시오." 이렇게 말하자, 그렇게는 안 된다고 했다. 안 될 리가 없지 않은가. ―그런 입씨름을 하고 있는 곳에 외국인이 나타나서 무슨 일로 다투고 있는지 물었다. 받지 않겠다고 테이블 위에 던져 놓은 돈이 이미 외국인의 눈에 들어갔기 때문에 하는 수 없이 통역은 그대로 사정을 이야기하였다. 이 말을 들은 외국인은 잠자코 그 자리를 떠났는데, 나중에 통역에게 당신이 바라는 것은 무엇이든 좋으니까 사양하지 말고 말해 보시오, 내가 할 수 있는 일이라면 바람을 들어주겠소, 하고 말했다.

"마치 옛날이야기에 나오는 하느님 같은 말을 한 거야." 화가인 친구가 나에게 말했다. "친구는 어딘가 색다른 데가 있는 남자로, ―하느님이 말할 것 같은 이야기를 인간이 말하는 게 뭐 어떻다고, 하는 듯한 부루퉁한 기분이 되었다고 한다. 그래서 당신은 곧 일본을 떠날 텐데 어디로 가느냐고 물어보았다. 모른다는 대답에 프랑스로 가지 않는지 물었다. 왜, 하고 외국인이 물었다. ―프랑스에 가게 되면 자신도 함께 데려가 달라. 바람이라는 것은 그것이다. ―안 될 거라고 어느 정도 생각은 했지만, 순간적인 기분에서 어려운 문제를 내듯이 그렇게 말했는데, 한편에서는 진심으로 그림 공부를 하러 파리에 가고 싶은 생각도 있었다. ―그런데 그 사람이 괜찮다고 하지 않겠나. 이로써 갈 곳이 정해져 기쁘다고 외국인은 정말로 기쁜 듯이 악수를 청했다고 해."

나는 이런 이야기를 들으며 그 외국인은 파리에 가려고 생각하면 다른 사람도 함께 데리고 곧 갈 수 있구나, 그 부유한 신분이 부러워 질투와 반감을 느꼈다. ―(이는 내 안에서 고통을 불러 일으켰다.)

"재미있는 이야기인 것은 분명하지만, 좀 듣기 싫은 이야기군" 하고 말했다. 앞에서 젊은 남녀를 보고 울었다고 하는 이야기가 나에게 준 순수하고 애절한 슬픔이 이것 때문에 옅어지는 것 같았다. 그러나 이야기하는 입장에서는 가을바람이 낙막한 곳에 밝은 빛을 드리우는 효과를 노려 이런 이야기를 덧붙인 듯하였다.

어느덧 방 안이 캄캄해져 있었다. 나는 울적한 마음으로 일어나 방 밖의 문 옆에 있는 스위치를 반쯤 열어둔 문으로 손을 뻗어 탁 하고 켰다.

책상 앞으로 돌아오려고 하다, 문득 나는 방 한 켠에 붉게 녹이 슨 가스 곤로가 놓여 있는 것을 보았다. 방에서 자취할 수 있도록 가스를 끌어다 놓은 것이다. 그래, 이것은 화로를 대신할 수 있겠어, 하는 생각이 들었다. 지금까지 눈치 채지 못한 자신의 부주의를 비웃으며 상태를 시험해보려고 바로 불을 붙였다. 훅 하고 시원한 소리를 내며 타오르는 파란 불꽃 위로 됐다, 됐어, 하면서 손을 쬐고 있는데, 물론 적당히 떨어진 위쪽으로 손을 대고 있었지만, —뜨거웠다. 그래서 옆으로 손을 쬐고 있는데, 원래 가스 곤로는 이렇게 되어 있는 장치겠지만, 측면에서는 거짓말처럼 열을 방사하지 않는 것이었다. 열을 받으려면 역시 똑바로 불꽃 위에 손을 대고 있지 않으면 안 되었다. 이는 역시 상당히 높은 곳에서 쬐어도 뜨거웠다. 그래서 손을 위아래로 움직이며 시험해보니 뜨거운 곳에서 바로 뜨겁지 않은 차가운 곳으로 이동하고, 그 사이에 적당히 따뜻한 부분이 없었다. 나는 그다지 도움이 되지 않는 대용품이라고 낙담했지만, 그래도 손을 열심히 뒤집어 쬐고 있는데. 어느새 자신의 마르고 가느다란 뼈와 가죽만 남은 손이 왠지 불에 구워지고 있는 오징어 다리처럼 매우 슬퍼 보여 기분이 언짢아졌다.

나는 화롯불이 그리워졌다. "—그래, 오코노미야키 가게에 가야지."

혼간지(本願寺) 안쪽으로 모두 예능인의 집이 즐비한 다지마마치(田島町)의 어느 구획 안에 자주 가는 오코노미야키 가게가 있다. 6구(區)의 반대 방향인 그곳으로 외출했다.

그곳은 '오코노미 골목'이라고 불렸다. 모퉁이에 레뷰 배우의 집이 있는 골목 입구는 한 사람이 간신히 통과할 정도로 좁고, 골목 안쪽으로 폐업한 여염집이 오코노미야키 가게를 하고 있는데, 세 곳이 마주하고 있었다. 그 중의 한 곳이 모리야 호레타로(森家惣太郎)라고 하는 만담꾼의 아내가 남편이 출정한 뒤에 연 오코노미야키 가게로, 내가 자주 가는 곳이었다. 호레타로라고 하는 예명을 그대로 가게 이름으로 하여 '풍류 오코노미야키-호레타로'라고 씌어 있는 현관 유리문을 열자, 좁은 바닥에 다양하고 그다지 좋지 않은 왜나막신이 발 디딜 틈도 없이 가득 차 있었다.

"야, 손님이 많군."

난처해 있으니 안에서 "어서 오세요" 하는 부인의 인사말이 들렸다. 그 소리와 함께 기름 냄새와 소스 타는 냄새 같은 오코노미야키 가게 특유의 냄새를 품은 따뜻한 공기가 어쩐지 시끌시끌한 손님의 북적거림과 조금 다른 분위기를 느끼게 하며 내 코앞으로 흘러들었다. ─현관 옆의 다다미 세 장 크기의 방에 세 살 된 집주인 아이가 낮잠을 자는 것인지, 안쪽이라고 해봤자 두 칸 정도밖에 되지 않지만 안쪽의 다다미 여섯 장짜리 방에서 떠들어도 전혀 아랑곳없이 매우 평안하게 잠들어 있다.

바야흐로 여기에서 연극으로 비유하면 이른바 처음 이야기의 막이 열리는 것이다. 그렇다면 지금까지 이야기한 것은 무엇이었는가? 나라고 하는 이 이야기의 화자(話者)의 마음 뒷면을 조금 들여다 본 것인데, 생각해보면 이런 건 불필요한지도 모르겠다.

풍류 오코노미야키

예를 들어 학교의 사환 방 같은 곳에 흔히 있는 큰 화로, —특별히 사환 방이라고 한 것은 고급이 아닌 화로를 상상해주길 바란 때문인데, 그 위에 큰 새까맣고 번질번질 빛나는 철판을 올린 것 주변에, 어디를 봐도 그다지 잘 나가는 예능인이 아닌 것을 한눈에 알아볼 수 있는 남녀가, 그것도 여자는 그 자리에 한 사람밖에 없었지만, 빙 둘러 떼를 지어 앉아서 각자 제멋대로 오코노미야키를 굽고 있었다. 도대체 이 '풍류 오코노미야키 —호레타로'의 집에 드나드는 손님은 호레타로가 공원에 있는 요세(寄席)*의 연예인이라는 관계상 연예인이 많고, 언제나 똑같은 사람들이 그것도 그다지 많지 않은 단골손님뿐이기 때문에 나는 대체로 얼굴을 알고 있었는데, 그 날 손님은 처음

---

* 만담 등을 하는 대중 연예극장.

으로 보는 얼굴뿐이었다. 뭔가 비참한 생활의 때 같은 것이 배어 있는 듯한 검게 그을고 주름져 생기 없는 얼굴뿐으로, 마치 고기기름 자체를 먹는 듯한 돼지기름으로 구운 오코노미야키를 눈을 희번덕거리며 먹고 있는 전혀 기름기 없는 얼굴들이 모여 있었다. 그리고 그 얼굴들 아래로 기묘하게 칙칙하고 옅은 색채를 띠며 마치 잘 팔리지 않고 선반에 놓인 싸구려 물건처럼 대롱대롱 넥타이나 와이셔츠를 입고 있어서 이를 입고 있는 주인의 얼굴까지 팔리지 않는 싸구려 물건처럼 보이는 데 큰 역할을 하고 있었다. ―그렇다, 이렇게 쓰고 있는 내 문체는 그 사람들을 봤을 때 내 눈에 경멸과 반감이 떠오른 것처럼 독자에게 전달될 수도 있겠지만, 사실은 정반대이다. 나의 눈에는 ―그 사람들을 봤을 때 곧바로 내 안에서 솟구쳐 올라오는 뭐라 형언할 수 없는 친애하는 정, 부드러운 마음의 휴식, 이들이 가져온 감동이 역력히 빛나고 있었음에 틀림없다.

그 감동에 떠밀리듯이 나는 화로 앞으로 비집고 끼어들기 어렵다는 사실을 알면서도 방으로 들어갔다. 그러자 화로를 꽉 둘러싸고 있던 그 쓸쓸한 무리 속에서 여자들이 쓰는 것처럼 보이는 인견 머플러를 목에 감고 약해 보이는 체구에 조금 잘 생긴 얼굴을 한 젊은이가 눈을 치켜뜨고 나를 보며,

"―죄송합니다."

하고 말했다. "곧 자리가 빌 거예요, ―죄송합니다."

작은 가슴을 움츠리고 인사를 하는 모습은 호인 느낌의 정중함을 넘어 매우 비굴한 슬픈 느낌이었는데, 그 목소리도 슬프게 비굴했다.

"네, 천천히 드세요."

나도 —이렇게 하면 뭔가 애처로운 상대의 마음에 상처를 주지 않고 지나갈 수 있다. 양보하지 않으면 비굴해질 것 같아서 애쓴 목소리와 또 애쓴 태도를 취하며 방 한 켠에 앉았다.

젊은이는 소스로 뒤범벅해서 올린 '쇠고기 튀김'을 반찬삼아 밥을 먹고 있었다. 피처럼 선명하고 붉은 얇은 입술은 내 눈에 그것이 어쩐지 젊은 그를 좀먹고 있는 불행의 암시처럼 비쳐 가슴에 병이라도 감추고 있는 것이 아닌가 하고 문득 그런 생각을 상상했는데, 그런 입 안으로 젊은이는 새하얀 밥알을 밀어 넣고 있었다. 걸신들린 듯이 먹는데도 맛없게 보이고 식욕이 없어서 억지로 먹고 있는 듯한 느낌이 어딘가 느껴졌다. 금세 밥그릇을 비우더니,

"미-짱, 미안해요."

부엌을 향해 소리치고는 밥그릇을 머리 위로 들어올렸다.

미-짱이라고 불린 초록색 양장을 한 젊은 여자가 손가락에 감긴 노란색 라면을 성가시다는 듯 떼어내며 부엌에서 바로 뛰어왔다. 나는 미-짱이라는 여성과 서로 잘 알고 있는 사이였다.

나를 보더니 꾸벅하고 남자처럼 거칠게 인사를 하고는,

"—눈코 뜰 새 없네."

하고 화를 내듯이 말했다.

"힘들겠네요" 하고 내가 말할 때, "미안해요" 하고 젊은이가 여자처럼 부드럽고 가는 손으로 밥그릇을 건네며 동시에 말했다. 그러자 미-짱이 "그렇게, 미안해요, 미안해요 하고 말하는 것 그만 두세요"

하고 누나가 말하듯이 나무랐다.

"—그렇지만"

"싫다니까요. 남자 주제에."

"—미안합니다."

이번에는 익살을 떨며 말했지만, 익살을 떨고 있어도 목소리는 가는 금속선을 떠올리는 섬약하고 희미하게 떨리는 느낌이었다.

사람들이 앉아 있는 속에서, "—정말로 안 돼요" 하는 괴상하고 약간 외설스러운 느낌의 목소리가 들려왔다. 미-짱과 그 젊은이 사이에 뭔가 있는 것일까, 아무래도 그 뭔가를 놀리고 있는 듯한 분위기가 사정을 잘 모르는 나도 그 목소리를 들으니 짐작이 되었다. 그러나 미-짱은 전혀 미동도 하지 않고 태연한 얼굴을 하고서는, 이곳의 안주인이 접시를 쨍그랑쨍그랑 소리 내며 주문한 오코노미야키 재료를 바쁘게 담아내고 있는 부엌으로 들어갔다. 젊은이는 멋쩍은 듯이,

"벌써 구워졌네."

하고 옆에 있는 여배우 분위기의 여자가 굽고 있는 라면을 가리켰다.

"질투하고 있어요"* 하고 즉각 누군가가 말했다.

—여기에서 미-짱에 대하여 간단히 말해두겠다. 나는 처음에 이 오코노미야키 가게에 와서 미-짱을 만났을 때, 그녀가 손님인 것 같은데 이처럼 이래저래 바지런히 돕고 있는 것을 보고 이 여자는 누구일

---

* 일본어로 '굽다(燒く)'와 '질투하다(妬く)'가 발음이 같아서 이런 농담을 주고받고 있는 것이다.

까 생각해 봤다. 그래서 이곳으로 나를 안내해준 레뷰 작자에게 살짝 물어보니, 그녀의 이름은 미네 미사코(嶺美佐子)이고 이전에 T극단의 댄싱 팀에 있었는데, 그 후에 O관으로 옮긴 무희이고, 지금은 공원 무대에 나오지 않는다고 했다. ─그 이상은 그도 모르고 있었다.

아사쿠사의 무대는 굉장한 노동으로, 무대를 그만두면 무희는 금세 살이 찐다. 몸을 옭죄고 있던 속박을 벗는 순간 훅 부풀어 오르는 것처럼 기묘한 느낌으로 살이 찌는 것을 미사코도 보여주고 있는데, 아직 젊은데도 중년여성의 군살처럼 약간 부자연스러운 모습이어서 눈에 보이는 곳으로는 턱 주변부터 눈에 보이지 않아도 확실히 알 수 있는 곳으로 허리 주변에 포동포동 살찐 모습에, 나는 "과연, 그렇군" 하는 기분으로 바라보았다. ─벌한테 쏘이기라도 한 것처럼 부은 눈덩이에 웃으면 눈이 없어지고, 코는 경단같이 둥그런 주먹코에 가깝고, 아랫입술이 쑥 나와 있는 얼굴은 현재의 부어오른 듯한 모습이 되기 전에도 그다지 매력적인 얼굴이었을 거라고는 생각되지 않았다. 다만 목소리가, ─그런데 뭐라 형용하면 좋을까, 그래, 와사비가 들어간 것을 입에 물었을 때 코 안쪽을 쿡 하고 간질이는 그런 일종의 기분 좋은 느낌과 약간 닮은 신비로운 상쾌함을 주는 목소리로, 적어도 나에게는 적잖게 매력적이었다.

그 후로 나는 이 오코노미야키 가게를, 이 또한 뭐랄까 ─뭔가 영락한 분위기에 이끌려 뻔질나게 다녔는데, 갈 때마다 미-짱, 즉 미사코가 대체로 있었다. 그리고 언제나 손님 같으면서 손님치고는 너무 눈치가 빠를 정도로 일손을 돕고 있었다. ─이곳의 서른을 조금 넘은 모습의 날씬하고 맵시 있는 안주인을 미사코는 '언니'라고 부르며 응석을 부렸다. (이 '언니'라는 말은 아래쪽에 강한 액센트를 두고, 끝 부분을 말로 형용할 수 없는 미묘하고 달콤한 느낌으로 말한다. 미사코는 잠자코 내버려두면 매우 성격이 강해 보여서 남자를 남자로 생각하지 않는 듯한 여자로밖에 보이지 않는다. ─예를 들면, 먹물을 듬뿍 묻힌 큰 붓으로 힘차게 쓴 두꺼운 '여(女)'와 같은 글자를 연상시키는데, 압도적인 인상을 약간 강렬하게 뿌리고 있고, 때때로 이러한 달콤한 말 속에, 엇? 하고 깜짝 놀라게 하는 상냥함을 방사했다.) ─이곳의 안주인은 미사코를 '미-짱' 하고 여동생처럼 (어쩌면 사랑하는 고양이를 향해 부르듯이) 불렀다.

레뷰의 어린 무희들은 상냥한 남성을 부를 때 매우 붙임성 있게 '오빠' 하고 부른다. 나는 미사코가 '언니' 하고 부르는 것을 들을 때마다 마음을 흔드는 달콤함에 쑥 빠져서, '오빠' 하고 부르는 말을 그 말에 맞춰 넣었다. 나는 눈을 감고 살짝 그 달콤한 분위기에 빠져,

"─오빠"

하고 입안에서 중얼거린 적도 있었다. 마음속에서 나는 동경하는 무희의 아름답고 귀여운 얼굴, 아름답고 귀여운 자태를 떠올려 보았다. 아, 동경하는 그녀가 ─그 사랑스러운 고야나기 마사코가 나를 향해 "오빠" 하고 불러줄 날은 언제쯤 올는지. 나는 그날이 오는 것을 얼마나 학수고대하고 있는지. 그러나 동시에 그러한 날이 오는 것이 왠지 무서운 느낌도 들었다. 어쩐지 그러한 날이 오지 않도록 바라기도 했다. ……

이야기는 마사코로 돌아가서, ─자, 그렇다면 연심을 갖게 된 이야

기부터 먹는 이야기로 갑자기 옮아간 것은 묘한 방식인데, ―'비프스테이크', 오코노미야키의 '비프스테이크'이다. 이 '비프스테이크'처럼 그냥 기름을 둘러 굽는 것이 아니라, 구우면서 그 위에 순차적으로 꿀, 술, 후추, 미원, 소스류를 능숙하게 뿌려야 하는 약간 복잡한 작업을 필요로 하기 때문에 나는 미사코에게 조리를 부탁했다. "하나, 부탁드릴까요?" 하고 말했는데, 이는 굽는 방법이 어려워서 미숙한 내가 하기에는 약간 무리가 있는 이유도 있지만, 미사코가 옆에서 뭔가 준비를 다 해놓고 맡겨주기를 기다리고 있는 듯했기 때문이기도 했다. 이렇게 명확히 느껴지는 희망, ―이라기보다 욕망을 무시하고 스스로 지글지글 굽는 것은 나로서는 좀 하기 어려운 성격이다. 그러나 알다시피 오코노미야키의 재미라고 하는 것은 자신의 손으로 굽는 데 있어서, 먹는 것만으로는 재미나 즐거움의 대부분을 잃는다고 해도 과언이 아니다. 그러나 나는 이를 감내하고 미사코에게 맡기기로 했다. 이런 마음이 미사코에게도 틀림없이 통할 테니까, 어쨌든 미사코의 상냥한 마음을 산 셈이 된다. 나는 자신 안에서 미사코의 상냥한 마음을 사야 할 필요성을 어디에서도 발견하지 못했지만, ―이러한 것은 전술한 내 성격 때문이기도 하지만 미사코가 조리를 노리고 있는 것은 그렇게 해서 오코노미야키 대부분의 즐거움을 즐기고 싶다든가, 또는 조리의 묘기를 보여주고 싶다는 등의 가벼운 기분 때문만은 아님을 느낄 수 있었기 때문이다. 남자를 위해 맛있는 요리를 만들어 먹여주고 싶다. 그러한 마음속에 감춘 가정생활에 대한 동경, 남자에게 헌신하고픈 여자다운 갈망, 그러한 애잔함이 느껴졌기 때문이었다. ―혹시 내가 느낀 그 애잔함을 미사코 자신은 눈치 채지 못하고 있을지도 모른다. 미사코는 겉으로는, 어려우니까 대신 구워드릴게요, 하는 식의 표정을 하고 있었지만, 지기 싫어하는 그녀의 성격을 생각해보면, 그녀 자신이 그런 생각을 하고 있는지도 모른다.

이래저래 지내던 어느 날, 나는 아무렇지도 않은 듯이,

"당신은 왜 무대를 그만 둔 거예요?"

하고 물었다. 화로 앞에는 미사코와 나만 있었다. 드물게 손님이 없는 조용한 밤이었다. 여느 때라면 화로 주변에 어정버정하며 손님이 누가 있든 상관없이 들러붙는 어린 애도 그날따라 없었다.

"―재미없어서."

"흠-"

굽는 것을 미사코에게 맡기고 딱히 할 일이 없어진 나는 놋쇠 주걱으로 화로 둘레를 두드리고 있었다.

"재미없다는 건……"

무대에 질렸다는 것인가? 그녀는 내 말을 막고 마누라처럼,

"잠깐 꿀좀 집어 주세요" 하고 말했다.

오, 왔구나, 하며 당황스러운 듯이 말을 하며 손을 뻗쳐 꿀이 들어 있는 그릇을 집어 들었다. 그녀는 구우면 구울수록 오글쪼글해지는 고기 위에 꿀을 바르면서,

"나이도 들었는데, 열예닐곱 여자애와 함께 춤추고 있을 수 없어요."

이렇게 말하고 마치 그릇에 화풀이라도 하는 것처럼 탁 하고 거칠게 꿀그릇을 놓았다. 열예닐곱이라는 말에서 나는 고야나기 마사코

를 떠올렸다. 언제나 명확히 머리에 새겨져 있는 열일곱 살의 가련하고 날씬한 몸과 눈앞의 (조금 과장해서 말하자면) 기름지고 통통한 미사코의 몸을 비교했다. ―이는 분명 나란히 춤을 췄다가는 우습게 될 것이 분명했다. 아니, 우습다고 하면 불쌍하다. 나는 그 광경을 상상할 것도 없이 그런 조화롭지 않은 무희의 춤을 실제로 보고 있다. 발랄한 육체에 섞여 나이 들고 몸매가 망가진 무희의 매우 비참한 모습이여. 대조되어 더욱 눈에 띄는 추하고 괴이함도 물론이거니와, 패잔병 같은 모습은 눈 뜨고 볼 수 없을 정도이다. ……

"나이 들었다니, 실례지만"

"정말로 실례예요."

눈에 교태를, 무의식적으로 교태를 부리며 째려보듯이 말했다.

나는 미지근해진 차를 마시며,

"그리고 보니 공원의 무희들은 항상 애들뿐이더군. 자라면 차례차례 그만두고 ―그 대신에 다시 새로운 애가 나오고."

나는 근래 몇 년 동안 공원 무대에 꽃처럼 활짝 피었다가 모두 꽃처럼 져서 어딘가로 가버린 실로 많은 레뷰의 무희들이 생각났다. 왠지 쓸쓸한 생각이 가슴에 사무쳤다.

"왜 그만두는 걸까?"

"춤을 추고 있다고 한들 뾰족한 수가 없으니까요."

"뾰족한 수가 없다면 하는 수 없지만……"

"―다 구워졌어요. 접시"

아, 됐구나, 접시를 건네면서,

"—역시 무대에 질리나 보죠?" 하고 말했다.

그녀는 대답하지 않고 익숙한 솜씨로 네 조각으로 자른 고기를 빠르게 작은 접시에 담고 철판에 남은 육즙이 적갈색 거품을 일으키며 지지직 타는 것을 납작한 주걱으로 요령 좋게 떠서 접시에 담았다.

"이 즙이 맛있어요."

이렇게 말하며, 드세요, 하고 접시를 내게 건넸다.

"—제가 질린 건 아니지만."

중얼거리듯 말했다.

그렇다면 왜 그만둔 것일까? 물어보려다 너무 캐묻는 것 같아서 물러섰다. 술병으로 손을 뻗어,

"한 잔 따라드릴까요?"

"—아, 고마워요."

술병을 들고 내게 따라주었다. 하얗고 고운 손으로, 손가락이 뻗어 있는 부분에 보조개가 떠 있다.

"그건 말이죠"

불쑥 말을 꺼냈다가 입을 다물었다.

"—네?"

하고 내가 물었다.

"아니, 조금 전 이야기"

아, 그거요, 하면서 고개를 끄덕이더니

"그야 질려서 그만두는 사람도 있을지 모르지만, 그래도 대체적으로 사람들은 질려서 그만두지는 않을 거예요."

나는 잠자코 술잔을 기울였다.

"뭐랄까, 자연스럽게 그만두게 되는 것 같아요. 그럴 거예요."

마지막 말을 급히 힘주어 말하고, 혼자 고개를 끄덕이더니,

"저도 술 마실까봐요."

"당신, 술 마실 수 있어요?"

몰랐다고 사과하며, ―(지금까지 이곳에서 그녀가 술을 마시고 있는 것을 본 적이 없었다.) 서둘러 잔을 비웠다. 그리고 술잔을 그녀에게 돌려주며, 문득 너무 허물없이 대하고 있는 건 아닌지 반성하며,

"술잔을 가져와요."

"―별로 잘 마시지는 못하지만"

주저하는 것인지, 움직이려고 하지 않아서,

"아주머니, ―술잔 하나요."

부엌을 향해 소리쳤다.

"아니오, 제가……"

일어서서 안주인에게,

"―언니, 저 술 마실게요."

호소하는 듯한 목소리다.

"아, 이런, 미-짱, 괜찮아?"

"괜찮냐니, 뭐가요?"

"뭔지는 모르지만."

"괜찮아요."

술잔을 들고 돌아와서,

"언니도 이쪽으로 안 올래요? 함께 마시지 않을래요?

"―큰일났네."

안주인은 응하지 않겠다는 말투로,

"―너무 마시고 난리치지는 말고."

"난리칠지도 몰라."

남자처럼 말하더니, 이번에는 차분하게, 그렇지만 딱히 이야기를 들려주는 것도 아니지만,

"나 왠지 갑자기 다지마(但馬)를 만나고 싶어졌어요."

"애인?"

하고 내가 익살맞은 분위기로 중간에 끼어들었다.

"―남편" 분명하고 거리낌 없이 말했다.

"남편 분, 그렇군. ―만나고 와요."

여자 같은 얼굴을 하고 술을 따랐다. 그녀는 왠지 모르게 코를 홀쩍이더니, 이쪽의 익살에 응대하지 않았다. 눈을 가늘게 뜨고, 그러나 입 주변은 쓸쓸하게 술잔을 벌컥 들이킨 다음,

"그런데 말이죠, 간단히 만날 수가 없어요."

"어째서?"

"도쿄에 없거든요." 말이 친밀함을 담아 점차 거칠어졌다.

"그건 괴롭겠네. 어디 있는데?"

"―시즈오카(静岡)"

"시즈오카? 흐음"

헤어져 있는 이유를 물어보는 것은 그만두었다. ―그녀가 사는 세

계에서는 남녀 관계가 조금 상식적으로 생각할 수 없는 흐트러진 모습을 보이기 때문에, 예를 들면 이런 이야기를 나는 자주 듣는다. "─A군은 잘 지내나?", "타락한 것 같군" 여기까지는 괜찮다. 이런 말은 어디에서도 들리는 보통 하는 대화이다. 그런데 그런 다음에 반드시 다음과 같은 말이 뒤따라온다. "─A군과 B군은 아직 함께 사는 건가?", "어쩐 일인지 아직 함께 사는 것 같애" 이런 식으로 함께 사는 것이 이상하다는 분위기이다.

나는 무심코 물었다가, ─그녀가 말하기 힘든 별거라든가 그런 거면 어떡하나 싶어 그만두었는데, 이쪽이 잠자코 있으니 오히려 그녀가 말을 했다.

"─병으로 고향에 돌아갔거든요."

"응, 이것 먹어봐." 고기를 권하자,

"살찌니까……"

고개를 저었다. 쌀쌀맞게 거절하는 분위기였다. 보통 "더 이상 살찌면 큰일이라서"와 같이 농담처럼 말해도 될 텐데…….

침묵이 찾아왔다. 철판 위에서 술을 따르고 있었기 때문에 때때로 술이 뜨거운 철판 위로 흘러 지지직 하고 초조한 소리를 냈다. 무거운 분위였다. 이를 떨쳐버리려고,

"그렇군, 알았어."

나는 애써 소탈한 목소리로,

"당신은 남편과 함께 살려고 무대를 그만둔 것이군."

말하고 나니 별로 마음 써준 대사도 아니라는 생각이 들었다. 아니

오, 하면서 그녀는 고개를 옆으로 저었다.

"결혼과 무대는 달라요. 어느 쪽도 중요하죠. ―그야 결혼해서 그만두는 사람도 있지만."

이렇게 말하고 그녀는 금세 술기운이 돈 것처럼 갑자기 말이 많아져서 그녀가 무대를 그만둔 이유를 이야기하기 시작했다. 이야기하는 방식이 뒤쪽으로 돌리는 것이 좋을 이야기를 앞에서 이야기하거나, 앞에 이야기하는 편이 좋을 이야기가 분명한데 뒤로 돌리거나 하여 엉망진창이어서, 일단 순서를 맞춰서 서술하자면, ―공원의 레뷰 극장은 대체적으로 상연물이 연극과 춤 두 가지로 나뉘어 있다. 그리고 '간부'는 주로 연극을 하고, ―바꿔 말하면 연극 쪽의 배우가 간부의 지위를 독점하고 있고, 춤은 주로 하급배우가 맡는다. 댄싱 팀에 들어있는 그녀는 몇 년이나 작은 방에 있어도 무대에서 춤을 추고 있는 한, 즉 연극 쪽으로 전향하지 않고 춤을 전문으로 하고 있는 이상 출세 가능성이 없는 만년 하급배우인 셈으로, 간부로 올라갈 수 없다고 한다.

"이런 말도 안 되는 바보 같은 이야기가 어디 있겠어요. ―들어갔을 당시는 빨리 앞줄에 나가고 싶었는데, ―앞줄이라는 것은 춤추는 앞줄, ―댄싱 팀 속에서 뭐 간부인 셈이죠, ―처음에는 그러길 바라며 춤을 췄지만, 몇 년이 지나 앞줄에서 춤을 춘들 딱히 뭐가 되는 게 아니라는 것을 겨우 알았어요. 그걸로 끝이에요. ―연극 쪽으로 옮기지 않으면 간부로 출세할 수 없어요. 그리고 옮기고 싶어도 또한 그곳에는 다른 사람이 차 있어서 좀처럼 끼어들 수 없어요. 춤은 잘 추지만,

연극은 잘 못하는 사람은 나이가 들면서 타락해 그만두게 되죠. 그만두면 즉시 젊은 애가 들어오는데, 그런 애가 얼굴이 예쁘거나 할 경우엔 금세 인기가 있어서, 그런 애가 변변히 춤을 추지 못하는데도 인기가 있으니 우쭐해서 늙은 선배를 경멸하고, 게다가 무대에서 춤을 추며 "이이삼사, 삼이삼사" 등 객석에 들릴 정도의 큰 소리로 계산하며 옆에서 춤을 추고 있으면 얼마나 바보스러운지 화가 날 지경이라 '—그만둬야지' 하는 마음이 드는 거죠. 예를 들어 출세가 어렵더라도 좋아하는 춤은 추고 싶지만, 상황이 그렇게 되면 아무래도 그만두고 싶어지죠."

"T 극단의 문예부 사람 중에 우리들을 무대의 소모품으로 말하고 다니는 사람이 있어요."

나는 레뷰를 줄곧 봐왔고, 레뷰 방에 친구도 여럿 있지만 지금까지 레뷰의 무희에 대해서는 뭔가 쉽게 생각하는 몽상적인 동경 같이 일종의 엑조틱한 것을 꿈꿔온 듯한 기분이 들어서, 이와 같은 어두운 현실을 알게 된 것은 처음이었다. 나는 눈을 딴 데로 돌리며 말했다.

"언짢게 들릴지 모르지만 그렇다면 당신은 지금도 무대의 정열을 잃은 것은 아닌 거군요?"

"나는 할 수 있으면 평생 춤을 추고 싶어요."

다시 침묵이 찾아들었다.

"—미-짱, 대단한 기세군." 하고 말하며 안주인이 부엌에서 나왔다. 미사코는 화제를 바꿔서,

"댁은, —다카세(高勢) 씨는, 장사는?"

이 말을 듣고 나는 파안일소, —무겁게 눌려 있던 기분이 확 사라졌다. 이곳에서 나는 다카세라는 이름으로 통했다. 이는 여기에 처음 왔을 때, 이곳으로 안내해준 레뷰 작자가 장난삼아 나를 다카세라고 부른 데서 시작된 일이다. 이곳으로 걸어오면서 그 친구는 내가 문득 큰 눈을 뒤룩거리고 있자, 희극배우 다카세 아무개와 똑 닮았다고 놀렸다. 그 연장으로 친구가 이곳에 와서 "—다카세 군" 하고 불렀다. 그때 이후로 이곳에서 내 이름으로 통하게 된 것이다.

"글쎄, 어떨까?"

짐짓 시치미를 떼고 있으니,

"다지마 씨와 같은 계통의 장사 아닌가?"

안주인이 은대구로 철판을 닦으면서 미사코에게 말했다.

"다지마 씨라는 분은 ……?" 내가 묻자,

"책을 썼어요" 하고 안주인이 대답했다. 책이라는 것은 각본을 말한다.

"뭐, 같은 업종이군요."

이런 이야기를 하고 있던 차에, 이곳의 단골인 만담꾼 '폰탕(ぽんたん)'이 "안녕하세요" 하면서 명랑하게 들어왔다. (쓰루야 안폰(鶴家あんぽん)이 이 '가메야 폰탕(亀家ぽんたん)'의 파트너인데, '안폰'은 여기에 모습을 보인 적이 없다.)

"나가요. 도사칸"

부엌에 2층으로 올라가는 입구가 있다. 계단 위에서 누군가가 큰 소리로 고함쳤다. 2층에서는 내가 들어왔을 때부터 뭔가 우당탕하는 소리가 들리고 몇 사람이 소곤소곤 중얼거리고 있었는데, 갑자기 소리를 치거나 웃고 우는 소리가 들렸다.

"—알았어요."

대답한 사람은 예의 젊은이였다. 도사칸? 틀림없이 별명일 텐데, 묘한 별명이라고 생각하며 나는 허둥지둥 일어나 젊은이의 등에 대고 그 의미를 탐색하려는 듯이 쳐다보았다. —훗날에 '도사'는 '도사 순회'*에서 가져온 말이고, '칸'은 『금색야차(金色夜叉)』의 칸이치(貫一)에서 따온 것으로, 이 젊은이를 도쿄에서는 미남이라고 말할 수는 없지만 시골을 순회하는 극단이라면 칸이치 배역의 미남으로 통할 것이라고 누군가가 놀리며 붙인 별명이 동료들 사이에 쫙 퍼져 알려지게 된 것이다.

도사칸의 자리가 비어서 "여기에 앉으세요" 하고 권해주었는데, 나는 약간 기가 죽어 끼어 앉지 못했다. 오히려 뒷걸음질 쳐서 장지문에 등을 기댔다. 그리고 뭔가 모양새가 우스워져 난처해하고 있다가, 그래, 하고 중얼거리며 나는 품에서 —차갈색 표지 한쪽에 ALGEBRA, 다른 한쪽에는 TIMETABLE 이라고 적힌 시간표를 꺼내어 아마 초등학생인 것 같은데 싸서 메모용으로 사용하고 있던 것을 사람들 앞에 꺼내기는 조금 곤란한 우스꽝스러운 수첩을 살짝 꺼내놓고, 이전부터 이 오코노미야키를 무대로 소설을 쓰게 될 경우에는 뭔가 참고가 될지도 모른다고 생각하여 적어두려고 생각한 오코노미야키 품목

---

* '도사 순회(ドサ回り)'는 예능인이 지방을 순회하면서 영업을 하는 것을 가리킨다.

을 베끼기 시작했다. 여기에 이것을 수첩에서 다시 베껴 적어서 독자에게 소개하겠다. 단, 오코노미야키 가게 벽에 붙여 있는 진짜 모습은 줄줄이 세로쓰기로 되어 있는데, 여기에서는 세로쓰기로 늘어놓으면 비경제적이고 형편이 좋지 않으니까 가로쓰기로 한다.

야키소바. 오징어튀김. 새우튀김. 아귀튀김. 떡튀김. 아귀말이. 숙주나물. 살구말이. 섞어찌개. 쇠고기튀김. 양배추말이. 찐만두. (이상은 모두 아래에 '5선(五仙)'**이라고 가격이 붙어 있다. 그 다음부터 가격이 올라간다.) 스테이크 20전. 오카야키 15전. 미하라(三原)야키*** 15전. 볶음밥 10전. 가쓰동 15전. 오믈렛 15전. 신바시(新橋)야키 15전, 고모쿠야키**** 10전, 계란야키소바 시가.

이 '선(仙)'이라는 글자가 나는 조금 마음에 들지 않았다. '전(錢)'으로 써도 좋지 않을까 하는 생각이 들어, 그 후에 그냥 안주인에게 물어보니, '仙'이라는 것은 사람 인(人) 변에 뫼 산(山)이어서, —"사람들이 산처럼 온다는 의미로 재수 좋을 것 같아서"라고 설명해 주었다.

—옮겨 쓰고 있는 도중에 2층에서 신입이 내려왔다. 그러자 화로를 둘러싸고 앉은 한 사람이

** 돈의 단위를 나타내는 '전(錢)'의 발음이 '선(仙)'과 동일하게 '센'으로 발음하기 때문에 미화적인 효과를 위해 한자를 바꿔 쓴 것이다. 의미가 통하도록 본문에서는 '전'으로 번역한다.

*** 히로시마(広島)의 미하라(三原) 시에서 즐기는 오코노미야키로, 닭의 내장을 넣어 구워먹는 방식이 특징이다.

**** 5가지 재료를 넣어 만든 야키소바

"○○군은 죽은 거야?"

큰 소리로 말하며 내려왔다.

"아니오, 아직 죽지 않았어. ―그렇지만 곧 살해될 거야."

"그렇군. 그렇다면 서둘러 먹어야겠군."

―연극 연습이었다. 극단을 구성하고 상연물을 준비해서 영화관의 여흥으로 팔아보려는 심산이다. 배우의 한 사람이 오코노미야키 가게의 2층에 방을 빌려 살고 있는데, 도저히 연습하기에는 좁은 공간이지만 자릿세를 내지 않는 조건으로 빌린 것이다. 2층에 사는 이 배우는 스에히로 슌키치(末弘春吉)라는 사람으로, 나와는 1층의 화롯가에서 친해졌다. 아사쿠사에 살고는 있는데, 공원의 무대와는 아무런 관계가 없는 혜택 받지 못한 배우였다. 이러한 배우가 남녀노소 불문하고 공원 주위에 헤아릴 수 없을 정도로 뒹굴고 있다. ……

이윽고 썰물이 빠져나가듯이 ―그래, 오모리(大森) 해안 근처에 중고 왜나막신이나, 고양이 시체, 고무제품 같은 더러운 것이 전체에 떠 있는 새카만 파도가 빠져나가듯이, 2층의 한 무리가 연극 연습을 끝내고 사라졌다. 방안에는 쇠고기 기름내 나는 철판, 소스, 그 외 여러 가지가 눌러 붙어 기체화된 것, 담배연기, 폐에서 토해낸 잡다한 탄산가스, 한 무더기의 사람들이 몸 전체의 부분에서 떨어트릴 수 있을 만큼 떨어트리고 간 엄청난 먼지, 이런 것들이 꽉 들어찬 굉장한 공기에 나는 완전히 질려 버려, 위는 때마침 텅 비어 있을 터인데 토할 것 같은 기분이었다. 그러나 지금까지 애써서 있었는데 아무것도 먹지 않고 나간다는 것은 아무래도 좋지 않으니까, 나는 천천히 가져오라고 하면서 '오믈렛'을 주문했다.

그러자 미사코는 곧 접시를 준비해서 부엌에서 나와 나의 정면에 털썩 앉았다.

"굉장히 요란스럽군."

나는 말하는 것도 귀찮아서 잠자코 고개를 끄덕이며 큰 주걱으로 더러워질 대로 더러워진 철판 위를 느릿느릿 청소했다. 그리고 아무렇지도 않은 듯이 얼굴을 들었는데, 미사코가 내 얼굴을 물끄러미 바라보고 있었다. 시선이 마주치자 그녀는 당황하며 부은 눈을 피했다가 곧바로 지기 싫었는지 다시 원래대로 돌리며,

"그쪽, 구라하시(倉橋) 씨라고 하던데요."

구라하시가 내 진짜 이름이다. 나는 쓴웃음을 지으며,

"누가 말해준 거야?"

그 말로 내가 스스로 구라하시라는 사실을 인정한 꼴이 되었다.

"―역시 구라하시 씨군요."

응응, 하고 고개를 끄덕이자,

"소설가 구라하시 씨인 거죠?"

하고 다시 다그쳤다. 나는 어쩐지 소설가로 불려 묘하게 부끄러워져서 이마를 마구 긁으며 고개를 끄덕이자,

"구라하시 씨는 전에 부인과 헤어진……, 그 부인이 구라하시 씨와 헤어지고 나서 여배우가 된……, 그 구라하시 씨인 거죠?"

너무한 확인법이다. 나는 완전히 얼굴이 붉어져서 기름 뜬 더러운 얼굴을 계속 어루만졌다.

"방금 전에 그쪽이 구라하시 씨라고 말하는 것 들었는데, —놀랍군요."

"지금 들은 거예요?"

"도사칸 짱이 가르쳐준 거예요."

그러고 보니 두 사람은 부엌 구석에서 내 쪽을 힐긋힐긋 보면서 뭔가 소곤소곤 비밀 이야기를 하고 있었다. 이것을 나는 둘러앉은 무리가 두 사람을 놀린 것과 연결시켜 보고 있었다.

"도사칸 군이?

이어서 말하려는 것을 멈추고 그녀가 서두르며 말했다.

"—저기, (이 '저기'는 다카세 아무개의 입버릇으로 우스꽝스러운데, 내가 정말로 싫어하는 '저기'와 조금 닮은 데가 있었다.) —저는 지금까지 그쪽이 구라하시 씨인 줄 모르고 이야기를 나누고 있었는데, —실은 나와 구라하시 씨 사이에는 매우 묘한 인연이 있어요.

미사코의 눈에는 나를 깜짝 놀라게 할 만한 뭔가 증오와 비슷한 빛이 불타고 있었다.

"인연이라고 하면……"

나는 어쩐지 기분이 나빴다.

"—조만간 말할게요."

"애태우지 말고."

압박해 보았지만 그녀는 입술을 꽉 닫고 지금까지 나에게 한 번도 보여준 적이 없는 굳은 표정을 지으며 딴 데를 보고 응대하지 않았다. ……

나는 '오믈렛'을 무리해서 목 안쪽으로 밀어 넣고, 어느덧 흐려진 공기에 잠시도 견딜 수 없어서 일어섰다. 어디로 가냐고 미사코가 물어, 근처를 어슬렁어슬렁할 거라고 대답하자,

"함께 갈까요? 괜찮아요?"

"—그래요."

말만 꺼내 놓고 결국 아무 말도 않는 인연 이야기를 산책하면서 그녀에게 듣고 싶어서 나는 다시 적극적으로 가자고 권유했다.

미사코는 6구로 가자고 했다. 여기저기 주변을 걸으며 우리가 어떤 대화를 나눴는지, 이 내용은 —이야기가 제2회분으로 작자에게 주어진 지면이 다했으므로, 유감스럽지만 다음으로 넘기겠다.

제3회

겨울 분수

위쪽으로 등나무 덩굴이 있는 표주박 모양의 연못 다리 위에 우리
는 서 있었다. ―미네 미사코와 나는 영화관 거리를 표주박 연못에 면
한 K극장 앞까지 왔다가 곧장 마치 미리 약속이나 한 듯이 두 사람 모
두 뭔가 도망치는 듯한 발걸음으로 앞쪽에서 수직으로 어두운 표주
박 연못 쪽으로 허둥지둥 벗어났다. ―왜 옆길로 샌 것일까. 내 쪽은
―나의 고야나기 마사코는 (사람들이여, 허세 좋은 소리라고 비웃을 거면 비웃
어라!) K극장에 있다. 그래서이다. ―만약 내가 이 경우에 혼자였더라
면 내 발은 극장 안으로 당연하다는 듯이 빨려 들어갔을 것이 틀림없
다. 언제나 K극장 앞까지 오면 그걸로 끝장이다. 이는 내 자신이 어리
석은, 아니, 단지 어리석다고 하는 것으로 충분하지 않은, 참으로 어
찌할 수 없는, 참으로 뭐라 말할 수 없을 정도로 어리석은, 그런 어리
석은 사모하는 마음 탓인데, 뭔가 나한테는 외부적인 저항할 수 없는,

눈에 보이지 않는 폭력이 내 위를 덮쳐서 나를 휙 K극장 안으로 밀어 넣는 느낌이다. 이러한 폭력을 그때는 미사코가 옆에 있었기 때문에 막아낼 의외의 힘을 가질 수 있었다. 그런데 그 힘이 이 또한 의외의 반동으로 나는 K극장과 반대의 수직 방향으로 휙 하고 튕겨 날아가서 도망치듯 표주박 연못으로 벗어난 것의 진상을 전해주는 듯하다. 아, 이 얼마나 장황한 말투인가. 좀 더 직관적으로는 말할 수 없는가. 그렇게 스스로 생각해본들 나에게는 도저히 무리이므로 독자의 관용을 구할 수밖에 없다.

그런데 미사코는? 미사코도 마찬가지로 도망치는 듯한 발걸음이었다니!

─도대체 미사코가 나에게 6구에 가자고 한 것은 지금은 떨어져 있는 6구에 대한 향수, 멀어져 있고 싶지 않은데 떨어져 있어서 그곳에 대한 미련을 끊을 수 없는 6구의 무대에 대한 안타까운 마음, 그 때문이라고 짐작되었다. 이러한 사정을 분명히 짐작하게 하는 말을 미사코는 길을 걸으며 이야기했다. 그런데 막상 와 보니, 흡사 불에 유혹되어 불길 속으로 날아드는 불나방 같은 고통에 휩싸인 것 같았다. 그 고통에서 도망치기 위하여 어두운 연못으로 길을 벗어나 걷는 것처럼 생각되었다.

우리는 다리 위로 와서 안도의 한숨을 쉬었다. 그리고 우연히 우리들의 발은 다리 위에서 멈추었다. 나는 이렇게 기개 없는 자신이 부

끄러워 연못 건너편으로 보이는 '빗쿠리 젠자이(びっくりぜんざい)'*와 '오젠(大善)'의 네온이 강에 장치를 만들어 갖가지 모양을 선보이는 불꽃놀이처럼 크고 아름답게 빛나고 있는 것을 보면서, "아, 아름답군" 하고 말했다. 이것이 내 발을 멈추게 한 것처럼 꾸몄다.

영화관 거리를 그대로 끝까지 계속 걷다가 잠깐 오른쪽으로 벗어나 곧장 센조쿠(千束)로 통하는 거리는 요네큐(米久)가 있기 때문에 보통 '요네큐 거리'라고 불리고 있는 '히사고(ひさご)' 거리, 그 입구 한쪽에 있는 '빗쿠리 젠자이'는 큰 이중의 원 안에 2행으로 나누어 '빗쿠리'라는 글자를 넣은 붉은 네온을 내걸고, 다른 한 쪽인 '오젠'은 이중원 쪽으로 헤엄쳐 가는 모습의 지느러미가 매우 큰 붉은 선 그림의 참치 네온을 내걸어, 위로는 오젠과 파란 네온, 아래로는 깜빡이는 상태로 파도가 움직이는 모습을 나타낸 공들인 파란 전구판을 붙였다. 등나무 덩굴 아래에 서 있으면 이 네온이 정면으로 보여 검은 연못 수면에 화려하고 선명하게 그림자가 거꾸로 비쳤다. 가게의 빛, 히사고 거리의 은방울꽃 모양의 전구도 함께 비추고 있는 연못의 수면은 바닥에 뭔가 환락경 같은 것을 감추고 있어서 그 빛이 새어나오는 듯한 요염한 아름다움이 느껴졌다. "─예쁘네요." 미사코도 멋쩍은 듯이 말했다. 바람은 불지 않는데 연못에는 잔주름 같은 작은 파도가 이는

---

* '젠자이'는 팥에 설탕을 넣고 끓인 음식으로, 떡이나 경단, 밤 조림 등과 함께 먹는 경우가 많다. '빗쿠리'는 놀랍다는 의미인데, 젠자이 안에 큰 떡이 들어있는 경우가 많아서 '빗쿠리 젠자이'라는 이름으로 불리게 된 것이다.

듯해서, 거꾸로 비친 그림자가 가늘게 흔들리고 있었다. 아니, 흔들리고 있는 듯한 그림자의 흔들림에서 작은 파도가 이는 듯 느꼈는데, 다리에서 보는 한 주변의 수면은 기름을 칠해놓은 듯 끈적거리는 느낌의 검은 빛을 발해 전혀 주름 없이 매끈해 보였다.

두 사람 모두 잠시 아무 말도 하지 않고 서 있었다. 그러는 사이에 정체를 알 수 없는 초조함이 내 안에서 맴돌기 시작했고, 마찬가지로 미사코의 마음속에서도 뭔가 초조함이 맴도는 듯한 느낌을 받았다. 미사코가 갑자기 덤벼들 듯이 말을 걸었다.

"구라하시 씨는 왜 아사쿠사를 배회하고 있어요?"

"─글쎄요." 얼굴을 맞대고 정면으로 설명하는 것이 귀찮아서 말을 흐렸다.

"이야깃거리를 찾는 거예요?"

"아니."

분명하게 대답했다.

"그럼, 뭔데요?"

"─아사쿠사가 재밌으니까." 무심결에 입에서 나오는 대로 말했다. 그러자 미사코는 얼굴을 찡그렸다. 어두운 속에서도 명확히 알 수 있을 정도로 찡그렸다. 그리고 엄한 목소리로, 당신은 엽기적인 기분으로 아사쿠사를 배회하고 있느냐고 물었다. ─엽기라는 말을 처음 들었을 때, 나는 그 말인 줄 모르고, 응? 하고 고개를 갸우뚱했다가, 아, 그런가? 하고 문득 생각해보니 오랜만에 우연히 진귀한 말을 듣게 된 느낌에 잠자코 미소를 짓고 있었다. 미사코는 구두 끝으로 콕콕 소리

를 내며,

"다지마는 엽기적인 취미로 아사쿠사를 둘러보는 사람을 매우 싫어했어요" 하고 말했다.

다지마는, 하고 미사코가 말하는 것이 매우 당돌한 느낌이 들어서, 나는 "흠, 다지마 씨가 그랬단 말이죠?" 하고 말했다. (그 후 종종 이러한 당돌한 상황이 벌어져 나는 어느덧 익숙해져서 당돌하다고 느끼지 않게 되었는데, 그와 동시에 미사코의 이러한 당돌함은 그녀의 마음속에 무슨 일만 있으면 다지마가 들어와 어느새 그녀 안에 앉아 있는 그런 모습에서 느껴지는 것임을 알게 되었다.)

"네, 다지마는 그런 사람을 매우 싫어했어요."

미사코는 그녀도 다지마와 같은 기분이라는 듯이 거침없이 말했다.

"다지마가 만약 아사쿠사에 있어서 당신을 만나 당신의 엽기 취미를 안다면 분명 불같이 노할 거예요."

그런 말을 듣고 나는 당황했다. 나는 이른바 엽기적인 기분으로 아사쿠사에 온 것이 아니라고 그 자리에서 변명했지만, 그러나 ―아사쿠사의 연립에 방을 빌린 것은 일 때문이라고 이유를 내세웠지만, 아사쿠사를 바라보는 내 눈에 얼마간 엽기적인 분위기가 없다고도 말할 수 없다. 그런 만큼 미사코의 말을 들으니 아사쿠사로 오고 나서 반 년 지난 현재, 뭔가 반쪽만 자신이 아사쿠사의 내부의 인간 같은 기분이 드는 나로서는 다지마가 아사쿠사를 엽기적으로 보는 외부의 인간에 대하여 분노와 증오를 갖고 있는 그 기분을 짐작할 수 있을 것도 같았다. 그렇지만 나는 모르는 척 표정을 지으며 미사코에게 어째서 다지마 씨가 화를 내는지 물었다. 다지마라는 인물에 대하여 나는 갑자기 흥미를 느꼈다. 짐작이 가는 다지마가 화내는 이유보다도 이렇게 해서 미사코에게 다지마의 인품을 듣고 싶은 기분이었다.

미사코의 대답은 애매하고 만족스럽지 못했다. 애매함은 잘 말할 수 없는 것에서 기인한다. 말을 잘 못해 초조해지고, 초조해지면 더욱 더 말을 잘 못하게 되는데, 그 의미는 이해했다. 의미는 이해해도 다지마라는 인물을 알려고 한 내 생각은 만족되지 않았다.

이쪽이 진지하게 살고 있는 이 생활을 옆에서 뭔가 흥미로운 눈으로 보고 있으면 화가 나는 것도 당연하지 않은가. 요약하면 그런 의미였는데, 이를 잘 말하지 못해 뭔가 기분이 좋지 않은 미사코를 더욱 언짢게 했다. 이러한 미사코와 나는, 오코노미야키 가게를 나올 때 "함께 갈까요? 괜찮아요?" 하고 말하며 같이 나온 미사코는 내 마음 속에서 아무래도 함께 되지 못하는 별개의 것이었다.

그렇지만 이는 미사코가 말한 대로, 나와 그녀의 묘한 인연이라는 것을 내가 모르기 때문이었다. 그리고 ―(혹은) 그 때문에 그녀가 어떠한 기분으로 나를 따라왔는지, 그리고 또 어떤 기분으로 내 엽기적인 취미를 거리낌 없이 캐물은 것인지 내가 알 수 없기 때문이었다.―

인연이라는 것을 (극히 일부이긴 하지만) 곧 나는 들을 수 있었다.

우리들은 다리를 건너 곧장 오른쪽에 있는 '오마사'라는 찻집에 들어갔다. 여름 동안 자주 이곳에서 먹은 산바이즈(三盃酢)* 우무를 ―날

---

* 설탕 또는 미림(味醂)이나 간장, 식초를 일정 비율로 섞은 소스를 친 음식을 가리킨다.

씨가 시원해지면서 잊고 있었는데, 때마침 무리해서 먹은 오코노미야키로 속이 좋지 않은 차에 먹어볼 생각이 나서 미사코에게 같이 먹자고 권했다. "—춥겠네요." 이렇게 미사코는 말했지만, 반대는 하지 않았다.

표주막 연못의 섬에는 '오마사' 외에도 비슷한 가게가 왼편으로 한 집 더 있는데, 이곳은 우리가 다리 위에서 바라본 네온 쪽을 향하고 있었다. 이 가게는 반대편에 있는 분수 쪽을 향해 평상을 늘어놓았다. 여름에 먹기 좋아 이 계절에 먹는 분위기는 아니지만 평상에 앉아 있으니 표주박 연못이 마치 이 가게에 속해 있는 사유의 연못처럼 느껴져 바라보고 있었다. 미사코도 우무를 주문했다.

그건 그렇고, 인연에 대한 이야기인데, —신경이 쓰이니까 들려달라고 평소의 나로서는 보기 드물게 그리고 강하게 요구하는 어투로 말했다. 미사코가 아무래도 나에게 품고 있는 것이 있는 듯한 느낌으로 거리낌 없이 말한 것이 반사적으로 내 마음도 강하게 만든 것이다. —미사코는 입을 빨판처럼 쫑긋 내밀고 우무를 후루룩 빨아들이고 있었다.

"뭔지 모르겠지만, —들려줬으면 좋겠어."

미사코는 접시를 든 손을 무릎에 얹으며,

"전 부인 만나세요? 지금 뭘 하고 계세요?"

뭔가 냉소적인 느낌의 공손함이었다.

"—상하이에 있어."

"상하이에?"

입으로는 말하지 않았지만 뭘 하러 상하이에 갔는지 듣고 싶은 표정이다. 그러나 나는 잠자코 있었다. 연못의 분수가 지금은 여름 철과 달리 아무도 돌아보지 않는데도 불구하고 열심히 그리고 충실하게, 그렇지만 쓸쓸하게, 그리고 약간 화난 모습으로 차가운 물을 뿜어내고 있는 모습을 보고 있었다.

—나의 전 부인 아유코(鮎子)는 상하이의 바에 있었다. 그녀가 원래 있던 긴자(銀座)의 바가 상하이에서 새롭게 바를 열었다. 거기에 불려 간 것이다. —내 친구 한 명은 그녀의 상하이행을 듣고 나에게 이렇게 말했다.

"이렇게 말하면 좀 그렇지만, —다른 사람의 경우는 상하이에 간다고 하면, 상하이라고? 흠, 하면서 조금 감탄하는 소리를 내겠지만, 아유코의 경우는 자연스러운 느낌으로 받아들일 수 있어. 마침내 갔구나 하는 느낌이랄까. 아유코와 상하이는 뭔가 딱 들어맞아."

나는 쓴웃음을 지으며 아무 말도 못하고 있었다. 아유코의 상하이행은 아유코답다고 하는 소리를 들어도 놀랍지 않았다. —이렇게 생각하는 것은 나도 마찬가지이지만 친구의 말에는 더 나아가서, 아유코도 드디어 떨어질 데까지 떨어졌구나 하는 의미가 추가되어 있었다. 여기에는 나는 동감할 수 없었다. 아유코에 대한 동정, 연민 때문이 아니라, 아유코의 상하이행은 나에게 떨어질 데까지 떨어졌다는 느낌을 조금도 주지 않았기 때문이다.

아유코가 내 곁을 떠난 지 몇 년간의 생활은 그런 소문을 사람들에게 듣는다든가 내 자신이 아유코를 긴자 등에서 만나 이야기를 할 때마다 항상 전과 다르게 새로운 상태를 알게 되는 실로 늘 변화하는 생활로, ―뭐가 뭔지 전혀 알 수 없었다. 그러한 말 이외에는 그 생활 양상을 표현할 수 없는 느낌이다. 그러나 뭐가 뭔지 전혀 알 수 없으면서도 여기에는 그러한 현상을 선명하게 관통하는 것이 있다. 그것만은 분명히 알 수 있는 한 가닥 선 같은 것이 있다. 생활력이 왕성하다는 점이다. 아유코는 항상 실로 씩씩하게 살고 있다. 대담하고 시원스럽게 살고 있다. ―나는 자신의 생활력이 희박하다는 점을 느끼고 있는 만큼, (그 희박함 때문에 아유코는 내 곁에서 떠난 거지만) 아유코의 씩씩한 삶의 방식이 더욱 선명하게 느껴졌다. ―상하이행을 듣고도 제일 먼저 느낀 것은 씩씩한 생활의 촉수를 상하이까지 뻗쳤구나, 하는 경탄이었다.

며칠 전에 나는 상하이에서 온 아유코의 편지를 받았다. 거기에는 종군작가부대에 참가해서 중국으로 건너간 나와 친하게 지내던 작가 N군 등을 아유코가 상하이에서 만난 내용이 적혀 있고, 당신도 꼭 한 번 뭔가 상황이 되면 이쪽으로 오세요, 간절히 청합니다, 당신의 음울한 성격, 음울한 소설이 꼭 강한 것으로 바뀌리라고 생각합니다, 이런 의미의 내용이 시원한 글자로 적혀 있었다.―

"상하이라면, ―오야 고로(大屋五郎) 씨는 어떻게 된 걸까요?"

이렇게 말하는 미사코의 얼굴은 (친구의 말을 빌리자면) 상하이라고? 흠― 하고 감탄하는 표정이었다.

"그러게."

아유코와 오야 고로의 사이는 ―헤어졌다고 들었는데 다시 함께 지내고 있다는 이야기였다가, 함께 있을 거라고 생각했는데 헤어졌다고 하는 이야기였다가, 이것 역시 뭐가 뭔지 확실히 알 수 없었다. 오야 고로라고 하는 사람은 신카와 로쿠하(新川六波) 일단의 레뷰 가수로, 아유코는 나이는 하나 아래인데, 연상 같은 태도로 '고로짱' 하고 불렀다. 두 사람의 동거를 들은 것은 2년 정도 전이었다.

"—당신은 고로짱을 알고 있는 거야?"

내가 말하자,

"알고 있긴 뭘요……."

미사코는 흠 하고 콧소리를 내며 냉소적인 말투로,

"—오야 고로는요"

하고 이번에는 경칭도 붙이지 않고 이름을 막 부르며,

"내 여동생의 ……"

남편이라고 말하려는 건지, 애인이라고 말하려는 건지, —말하기 어려워 입술을 일그러뜨리며 이 부분을 건너뛰며,

"—당신 전 부인과 일이 있기 전 이야기예요."

"오"

처음 듣는 이야기이다. 정말로 묘한 인연이다. 나는 놀랐다. 이때 미사코가 뭔가 우는 것을 참고 있는 것처럼 이상하게 일그러진, —즉 이 이야기가 거짓말이 아니라는 사실을 내 눈으로 분명히 보게 된 심각한 표정을 짓지 않았다면 거짓으로 지어낸 이야기라고 생각했을지도 모른다. 그런 의심이 생겼을지도 모른다. 그 정도로 나는 놀랐다.

그래, 현실에서조차 지어낸 이야기 같은 느낌이 드는 이야기이다.

하물며 이렇게 소설 형태로 이야기하는 이상, 독자는 이 기묘한 인연이라는 것을 내가 소설적으로 지어낸 이야기라고 생각할 것이 분명하지만, 소설적으로 지어낸 이야기라면 나는 ―아무리 소설 쓰는 것이 서투르다고 해도 이렇게 너무나 지어낸 이야기 같은 창작은 만들어내지 못한다. 더 진짜 같은 느낌의 지어낸 이야기를 만들어서 선보이겠다. ―(게다가 훨씬 나중에야 알았지만, 이 외에 한 가지 더, 이는 고야나기 마사코와 관련된 더욱 지어낸 이야기 같은 것이 있는데, ―그것은 지금은 말하지 않겠다.)

"그래서, 여동생은 역시 레뷰 쪽에서도 한 거야?"

나는 손을 비비면서 말했다. ―연못가는 싸늘해졌다.

"네, 나랑 같이 T극단에 있었어요. 그때 오야 고로 씨도 T극단에 있어서 ……."

"그럼 여동생은 지금은……"

"―죽었어요."

깜짝 놀랄 만큼 큰 소리로 토해내듯이 말하고는 휙 얼굴을 돌렸다.

잠시 우리는 말을 하지 않았다.

나는 연못 건너편을 멍하니 바라보고 있었다. 그곳에는 ―영화관 거리로 말하자면, O관의 뒤편에 해당하는데, 지금까지 전혀 모르고 있었는데 '닭고기 계란덮밥, 초밥, 튀김덮밥'이라고 쓴 비슷한 간판을 연못을 향해 내건 가게가 5채나 떼를 지어 나란히 있었다.

"이름은, ―뭐라고 하는데?"

미사코는 입을 다문 채 있었다. 그런데 이윽고,

"이치카와 레이코(市川玲子)"

떨리는 낮은 목소리로 말했다.

─미사코와 나의 묘한 관계에 대한 이야기는 이것으로 끝났다. 그러나 이것만으로는 겨우 외곽을 보여준 것에 지나지 않는다. 그렇기 때문에 이것만으로는 앞 절의 마지막에 쓴 것처럼 미사코가 어떠한 기분으로 나를 대해 왔는지, 하는 것은 여전히 명확히 알 수 없었다. 나중에 이야기의 전부를 알고 나서야 비로소 이를 짐작하게 되었는데, ─지금은 아직 이러한 내용을 말할 때가 아닌 것 같다.

─그건 그렇고, 여기 우리들이 있는 연못가는 영화관 거리의 바로 뒤쪽으로 손을 뻗으면 지나가는 사람들에게 손이 닿을 것처럼 가까웠는데, 연못가에 꽉 들어차게 서 있는 야시장이 벽처럼 진을 치고 있는 탓인지 거리의 분주하고 격심한 소란이 여기까지는 뭔가 믿을 수 없을 정도로 먼 소리로 느껴지고 귀를 의심할 정도로 약하게 울려왔다. 이것이 춥고 버려진 듯한 장소를 한층 더 외롭게 만들었다. 이것은 또 거기에 있는 나의 기분을 쓸쓸하게 만들어 왠지 마음이 허전해졌다.……

제4회

영락

그날 밤 —왠지 묘하게 피곤하고 무기력해져서 나는 오모리(大森)의 집으로 돌아가는 것이 귀찮아져 연립의 내 방에 머물기로 했다. 아직 12시 전이었는데, 이불을 머리부터 푹 뒤집어쓰고 있었는데, 그러나 머리가 맑아져 잠들지 못하고 있던 차에, 삐걱삐걱 계단 소리를 내며 3층으로 누군가 올라오는 소리가 들리더니, 소리가 내 방 앞에서 멈췄다.

"야, 있다 있어."

방에 전기를 켜둔 채였고, 슬리퍼가 복도에 나와 있어서 그것으로 내가 방에 있다는 것을 알린 셈이다. (전기는 —어둡게 하면 어딘가에서 나타나서 나에게 덤벼들고 물 무법자 벌레의 습격을 막기 위한 것이었는데, 일단 이 벌레들이 배 전체적으로 내 피를 빨아먹고 난 다음에는 제법 추워진 탓인지 이 무렵은 별로 나오지 않았다.)

누구일까 하고 거북이처럼 목을 내밀고 있는데, 방 밖에서

"구라하시 군. ─공부해요?"

몹시 목이 쉰 소리로, 그 때문에 무리하게 발음하고 있는 것처럼 빠른 말로 한 구 한 구 내던지는 목소리로 봐서 아사노 미쓰오(朝野光男)라는 것을 알았다.

"야, 아사노 군. 들어와."

아사노는 문을 열고

"아니, 벌써 자는 겁니까? 요즘은 여기서 머무르고 있습니까?"

그리고 내 대답을 기다리지 않고,

"─예전에는 밤에 와도 언제나 부재중이었는데. 그래서 요즘은 오는 것을 포기했는데."

아사노는 술기운이 있는 윤기 나는 얼굴을 흡사 사냥꾼이 사냥감을 잡았을 때처럼 만족스러움과 기쁨으로 한층 반짝이며 서 있었다. "낮에는 계시겠지만, 공부하는 데 방해하면 안 될 것 같아 조심하느라고요."

나는 아사쿠사에 살고 있는 아사노를 내 쪽에서 한 번도 찾아간 적이 없는데, 문득 부끄러움을 느껴 핑계 같은 말을 하려 하자, 아사노는 내가 말하는 것을 막으려는 듯이,

"구라하시 군의 아사쿠사 생활도 드디어 이렇게 여기서 먹고 자는 식으로 본격적인 상태가 되었군요"

하고 말했다. 뭐라고 인사해야 좋을지 적당한 말이 떠오르지 않아서 나는 애매한 미소를 지으며 잠옷 위에 입은 옷의 앞섶을 여몄다.

그러자 아사노가,

"─별로 좋아 보이지 않군요"

하고 말했다. 이 말에는 한층 더 인사말을 찾기가 어려웠다.

"일은 어때요?" 계속해서 연달아 물었다.

기관총으로 타타타 하고 총에 맞은 느낌이 들어,

"─잘 안 돼요."

하고 말하고, 나는 지친 듯이 이불 위에 주저앉았다.

　잘 안 돼요, 하고 말함으로써 나는 ─아사노의 출현으로 중단되었지만 그때까지 자면서 머릿속에서 빙빙 돌고 있던 상념이 여기에서 다시 되살아났다.

　이는 한마디로 말하면, ─뭔가 씩씩하고 강한 소설을 쓰고 싶다는 것이다. 그러나 이렇게 바라는 마음 바로 뒤로, 이렇게 생각해도 어차피 나는 쓸 수 없는 것 아닌가 하는 반성이 바로 뒤를 쫓아온다.

　내 머리에는 프랑스의 작가 몽테를랑(Henry-Marie-Joseph Millon de Montherlant)의 말이 새겨져 있어서 떨어지지 않았다. "─문학상에는 반드시 열패자의 추한 우는 소리가 늘 따라다니기 마련이어서 싫어진다. 스포츠에는 우는 소리가 없다. 상대보다 50센티미터 적게 뛴 자도 결코 나중에 불만을 이야기하지 않는다"고 몽테를랑은 말했다. 나는 이 대목을 읽었을 때, 자신의 소설을 생각하니, 특히 "열패자의 추한 우는 소리" 그 자체가 많아서, ─게다가 내 자신도 이제 그렇지 않은 소설, 독자의 정신을 상쾌하게 만들고 건강하게 만들고 고귀하게 만들고 대담하게 만드는 소설, 가능하면 생활에 대한 깅힌 의욕,

늠름한 정신력 같은 것을 솟구치게 만드는 그런 소설, —씩씩하고 강한 소설은 이러한 의미인데, 이러한 성실한 소설을 쓰고 싶은 기분이 겨우 생긴 참이어서, 뭔가 격정적인 채찍을 느꼈다. 내 소설의 많은 것들은 50센티 많이 뛴 자에게 나중에 중얼중얼 홀짝홀짝 불평을 늘어놓는 듯한 소설이다. 나는 상쾌하고 늠름하게 50미터 뛰는 소설을 쓰고 싶었다.

이러한 바람은 사변(事變)*과 함께 내 안에서 일어났다. 밖에서 요구되는 것보다 나로서는 내 속에 저절로 생긴 일종의 생리적인 욕구 같은 것이었다. 그러나 나에게는 이러한 소설이 아무래도 써지지 않았다. 쓸데없이 욕구가 치고 올라올 뿐으로, 이를 소설로 구체화할 수 없었다. 그래서 이 욕구는 충족되지 않고 내 안에 쌓여 나는 일종의 히스테리 상태가 되었다.

나는 전장에 나갔다면 이 히스테리 같은 것으로부터 구제될지도 모른다고 생각했다. 그러나 나에게는 동포가 목숨을 걸고 싸우고 있는 곳에, 싸움에 가세할 수 없는 병종(丙種)인 내가 가는 것은 아무리 생각해도 '구경'하러 가는 듯한 느낌이어서, 아무래도 썩 내키지 않았다. 구경꾼이라는 것을 자타 모두 명확히 하면서, —이른바 생명안전의 구경꾼이라고 쓴 종이를 이마에 붙이고 걷는 것은 목숨을 걸고 싸우고 있는 군인에게 미안한 느낌이었다. —언젠가 예전에 내가 현지에 2번이나 만나러 간 선배 평론가가, 너는 현지에 가지 않는 거야?,

---

* 중일전쟁을 가리킴.

하고 물어봐서, 나는 "―가고 싶기는 하지만" 하고 대답하며 그런 기분을 이야기했다. 그러자 평론가는, "너는 안 돼. ―그러니까 너는 안 된다니까" 하고 탁자를 두드리면서 말했다. 평론가는 안 된다고 하는 이유를 설명해주지 않았지만, 나는 나의 그러한 기분이 쓸데없다는 사실을 깨달을 수 있었다. 현지에 가면 그런 사사로운 쓸모없는 기분은 확 날아가고, 날아가는 동시에 가야만 얻을 수 있는 귀중한 것을 얻을 수 있을 것이 분명하다고 생각했다. 전쟁터로 간다는 것은 그런 인색한 감정 따위는 문제가 되지 않는다. 더 크고 높은 입장에 서는 것이라고 생각했다. 그러나 그렇게 생각해도 나의 그러한 기분은 역시 마음속에서 떨쳐지지 않고 남았다.

그리고 ―그런 주제에 나는 아사쿠사를 배회하면서 얼핏 모든 사람에 대하여 미안한 게으른 생활을 보내고 있었다. 내가 아사쿠사의 연립에 방을 빌린 이유는 앞에서 말했다. 그러나 번화한 곳이 여기저기 있지만 왜 특별히 아사쿠사를 선택했는가 하는 점에 대해서는 말하지 않았다. 나는 그때까지 번화한 곳으로는 긴자(銀座)를 좋아했는데, 갑자기 긴자나 긴자풍의 것, 내 안에서 긴자풍의 것에 혐오를 느낀 동시에 아사쿠사는 민중이 붐비는 곳이라는 막연한 (적당한) 개념에 이끌려서 나는 아사쿠사로 온 것이다. 그래서 나는 민중이 모여 있는 가운데에 자신을 위치시키려고 생각했다. (이것도 적당한 개념적인 생각이었다.) ―민중이 갖고 있는 소박함, 솔직함, 강인함 등으로 자신의 신경을 어루만져 히스테리를 고치고 싶었다. 그러나…….

아니, 이런 상태로 떠들면 그야말로 끝이 없는 수다가 될 테니, 나는 이쯤해서 그만하겠다.

―나는 아사노에게, 일이 잘 진척되지 않는다고 말했다. 그러자 아사노는 이해한다는 듯이 표정을 지으며,

"아사쿠사의 공기는 우리에게는 안 좋습니다."

우리라고 하는 것에 특히 힘을 주어 단호하고 뭔가 물고 늘어지듯이 말했다.

"아사쿠사는 인간을 게으르게 만드니 좋지 않아요. ―아사쿠사에서는 게으름을 피워도 살아갈 수 있으니까요. 이게 잘못된 거죠." 나의 아사쿠사 생활이 본격화하는 것은 공감할 수 없다고 아사노가 말한 의미를 알았다. "―내가 좋은 예에요. 정말로 좋은 예죠. 아사쿠사에 안 좋은 피해를 입고 아사쿠사의 공기에 완전히 쓸모없어진 견본이죠."

아사노는 담배의 댓진으로 검게 변한 더러운 이빨을 드러내며 웃었다. ―아사노는 이전에 좋은 소설을 썼는데, 근래 수 년 동안 아무 것도 발표하지 않았다. (아니, 매번 다른 이름으로 잡문을 써서 그걸로 생활을 하고 있었다. 그것도 최저 생활비를 버는 정도이고, 그 이상은 아무 것도 쓰려고 하지 않았다.) 그러한 상태를 아사노는 (나는 진위 여부는 모르겠지만) 아사쿠사로 옮겨와 살면서, 아사쿠사 안에서 침묵한 탓으로 돌렸다. 이렇게 해서 아사노는 인간을 무기력하게 하는 아사쿠사를 저주하면서도 아사쿠사에서 떨어지려고 하지 않았다.

"내가 일전에 『사닌(Sanin)』*을 읽었는데, ―유리라고 하는 부주인 공이 있었어요. 사닌과 대조적인 약한 남자로, ―유리가 한 말에 이런 말이 있어요. "내 친구는 ……" 하고 유리가 말을 하는데요. "내 생활은 교훈적이라고 말한다. 즉, 인간은 이런 분위기의 삶의 방식을 취하면 안 된다는 의미에서……"라고 하는데요, 이러한 나 자신도 그야말로 교훈적인 존재인 거죠. 아사쿠사가 얼마나 인간을 부패하게 하는가 하는 걸 보여주는……"

나는 아사노가 스스로 패잔병처럼 말하는 것이 듣기 거북해서 뭔가 화제를 바꿔보려고 초조해졌다. (내가 그의 집을 방문하고 싶은 마음이 생기지 않는 것은 이런 패잔병 같은 말을 들으러 가는 것과 같은 이치이기 때문이다.)

"그래, 맞아……"

하고 나는 무릎을 탁 쳤다.

"아사노 군은 다지마라고 하는 사람 모릅니까? 아사쿠사에서 각본 같은 걸 썼다고 하는데……." 알 리가 없다고 생각하면서도, ―그래도 화제를 바꿔볼 생각으로 말을 꺼낸 것이다. 그런데,

"다지마가 아사쿠사에 나타난 겁니까? ―만난 거예요?"

하고 아사노가 눈을 반짝이며 말했다.

"아니, 만난 것은 아니지만."

"그래, 맞아. 다지마 유리야."

하고 아사노가 말을 가로막았다. "—좌익 퇴물, 딱 그거예요."

"좌익 퇴물?"

"그래요. —나는 좌익을 싫어하니까 그쪽 일은 잘 모르지만, 다지마는 좌익 연극 쪽을 하고 있었던 것 같아요. —그 당시에 다지마는 아직 학생이었어요. 결국 다지마는 학교를 그만두고 연극에서 정치 운동 쪽으로 나아간 것 같아요. 그래서 좌익을 할 수 없게 되자, 다지마는 아사쿠사로 굴러 들어온 거죠. 다지마로서는 새로운 생활을 찾아보려는 생각이었겠죠."

아사노는 담배를 입에 물고,

"도대체 좌익 퇴물, —그래, 요즘은 이제 이런 말은 유행하지 않죠? 시들었어요. 전향자라고 하죠? 그런 사람들 중에는 어찌된 것인지 묘하게 생활력이 강한 사람이 많아요. 나는 좌익을 싫어하니까 그런 사람들을 아무래도 좋아하지 않지만. 그런데 다지마는, —그 녀석, 좌익 퇴물 주제에 완전히 쓸모가 없어요. 전혀 생활력이 없죠. 없는 게 아니라 잃었다고 할까요, 아사쿠사에서. 아사쿠사에 와서 새로운 생활력을 솟아나게 할 생각이었겠죠. 그런데 어딜, 오히려 거꾸로 무기력해져서 결국 몸까지 망가져 버렸어요. 다지마 역시 아사쿠사의 공기에 쓸모없는 사람이 되어버린 인텔리의 중의 한 사람이에요."

나는 미사코가 불어 넣어준 다지마에 대한 흥미가 점점 더 커졌다. 아사노는 혼자서 말을 이었다.

"그런 점에서 나는 동병상련이랄까, 다지마에게 친애의 정을 느끼고 있는데, 다만 —다지마는 좀 묘한 녀석이라서."

아사노는 어둠 속에서 그림자를 찾을 때 같은 눈동자를 하며,

"다지마는 자기 자신이 완전히 쓸모없는 주제에 주위의 아사쿠사 사람들에게는 묘하게 그 사람들의 생활력을 솟아나게 하는 —힘이랄까, 작용이랄까, 영향이랄까, 그런 미묘하고 기묘한 것을 갖고 있어서……. (아사노의 목소리에는, 어떠한 감정인지 잘 모르겠지만, 자신의 말로 격한 감정을 불러일으키고 있는 것을 느끼게 했다.) 이것이 참으로 묘합니다. —그 녀석은 의식적으로 그렇게 하고 있는 것이 아닐 거예요. 자신은 쓸모없지만, 주위 사람들은 잘 지낼 수 있도록 하려는 생각으로 하고 있는 게 아니에요. 예를 들어 여기에 악한 일을 도모하는 자가 있다고 해봐요. 아사쿠사의 무희인데 일자리를 얻지 못하여 놀고 있는 여자를 잘 구슬려서 어딘가 먼 말도 안 되는 곳으로 팔아넘기려는 그런 일을 하려는 남자가 있다고 해봐요. 그런데 그 녀석이 진짜 악당이 아니라서 이를 고민하고 있는 거죠. 어떻게 할까, 해치울까, 아냐, 기다려봐, 하는 식으로. 그럴 때에 다지마를 만나면, 그래요, 다지마의 얼굴을 보는 것만으로 충분해요. 다지마가 아무 말도 하지 않아도, —다지마를 만나면 금세 아자~ 하는 기분이 되는 거예요. 다지마는 그런 녀석이에요. 이건 실제로 있었던 이야기예요. 그 작은 악당한테 그때의 이야기를 들었거든요. —다지마는 그런 묘한 인간이에요. 자신은 정의파거든요. 그렇긴 해도 말뿐인 정의파. 그러니까 그렇게 되는 거겠지만요, 아무튼 정의파인 다지마가 이 작은 악당에게 여자를 팔아 넘겼다고 말하거나 하는 건 아니에요. 그런데 다지마를 만나면 팔아 넘겼다는 기분이 생기는 거죠. —이런 이야기를 들으면 다지마가 의식해서

주위 사람들에게 뭔가 하도록 하는 것이 아니라는 것을 알 수 있는데, —다지마의 그러한 묘한 작용은 물론 악한 일의 선동뿐만이 아니에요. 그런 것은 당치 않게 생활력을 솟아나게 하는데, 좋은 의미에서의 생활력도 솟아나는 거죠. 퇴물 배우 등을 분기하게 하거나, 요즘 말도 안 되게 매사에 말참견하던 자가 성실한 근성을 갖고 어묵집 이야기를 들어주고, —다지마는, 이 자는 어쩌면 뭔가 이상한 것을 가진, 보통사람과는 다른 굉장한 녀석일지도 몰라요."

단숨에 말했는데, 기분 탓인지 마지막 말을 했을 때 목이 쉰 목소리는 공포 비슷한 외경심과 증오에 가까운 반발의 기괴한 혼합을 보여주면서 떨리고 있었다. 그런데 곧 아사노는 악몽이라도 떨쳐내려는 듯이 머리를 흔들며,

"아니, 그렇지 않아"

하고 큰 소리로 말하고, 자기가 생각해도 큰 목소리에 놀라 얼굴을 찡그렸는데, —이어서 그 딱딱해진 얼굴표정을 바꾸려는 듯이,

"구라하시 군, 파이 안 먹을래요?"

갑자기 이렇게 말하고, 눈썹을 치켜떴다.

"먹을까요?"

"—구라하시 군, 나는 돈이 없는데, 있어요?"

"예, 조금이라면."

나는 아사노의 말을 마치 자신이 말한 듯이 부끄러운 생각이 들었다. 아사노도 흡사 나와 같은 표정을 짓고 있었다.

나는 곧 일어서려고 하였다. 그러자, 아사노는 만류하며,

"그 다지마 말인데요,—"

하고 말했다.

"다지마가 어떻다는 것이 아닐지도 몰라요. 인텔리는 다지마뿐이고, 주위의 아사쿠사 사람들은 다지마와 인간이 달라요. 그래서 그 사람들은 다지마를 우위로 인정하고 경의를 표하고 있는 거죠. 존경하고 있어요. 다지마의 말에 귀를 기울여요. 이런 점에서 다지마가 딱히 어떻다는 것은 아니지만, 다지마의 작용이라는 이야기가 나도는 것인지도 모르죠. (자신에게 납득시키려는 듯이 아사노는 고개를 끄덕이며) 맞아. 틀림없어. —다지마는 늘 이렇게 말했어요. 씩씩하게 살자, 고. 이 말이 그 녀석의 입버릇이에요. 좀 아니꼬운 대사이지만, —(이렇게 말하며 거무칙칙한 입술을 독살스럽게 일그러뜨리고) 뭐, 말뿐인 주장 같은 것이죠. 이런 말을 다지마의 주위 사람들은 무슨 일이 있을 때마다 다지마에게 듣고 머리에 배어 있는 거죠. 그러니까 다지마의 얼굴을 보면 곧 그 녀석이 머리에 떠오르는 것이 틀림없어요. —예의 작은 악당도 그런 거예요, 분명. 다지마의 얼굴을 보고, 씩씩하게 살자. 이 말이 확 떠오른 거죠. 그래서 다지마를 만난 것만으로 다지마가 아무 말도 하지 않아도 아자~ 하는 기분이 든 거예요. 틀림없어요. 다지마의 씩씩하게 살자는 입버릇은 그런 안 좋은 마음을 떨쳐내 버리지는 못하겠지만, 작은 악당은 인텔리인 다지마가 말하는 씩씩하게 살자는 말이 무슨 말인지 몰라요. 무슨 말이든 상관없으니, 아자~ 척척, 해내라, 그런 의미로 나름 알고 있어요. 그래서 다지마를 보고 안 좋은 마음을 떨쳐낸 거죠. 그런 거겠죠. —그래. 특별한 것이 아니야. 전혀 놀랄 일이 없어."

아사노는 스스로 다지마의 이상한 영상을 내 앞에 그려내 보이고는, 동시이 자신이 무너뜨렸다. 무너뜨리고 있는 것들은 아사노의 득의양양한 스스로 자신을 경멸하는 그런 환희와 같은 눈처럼 반짝이고 전신에 장렬한 힘이 넘치는 느낌이었지만, 무너뜨리고 나니 금세 뚝하고 몸이 작게 움츠러든 것처럼 뭔가 쓸쓸하고 애절한 표정이었다.

그리고 소곤소곤 중얼거리며 이렇게 덧붙였다. 마치 무너뜨린 조각상 조각을 모으는 것처럼—.

"그러나 다지마에게는 이상하게 사람을 끌어당기는 곳이 있기는 해요. —모두 지금까지 줄곧 다지마 이야기를 하며 다지마를 만나고 싶어하거든요. —다지마는 지금은 아사쿠사에 없지만 모두의 마음에는 다지마가 여전히 존재하고 있죠. 그런 기분이에요." 이렇게 말하며 입술이 화상을 입을 것처럼 끝까지 다 피운 담배를 한 번 더 뻐끔 뻐끔 하고 머리를 쭉 빼고 입술을 내밀며 피우고는 뜨겁다는 듯이 재떨이에 버리면서,

"자, 나갈까요?"

그리고 일어나면서 문득 생각났다는 듯이,

"구라하시 군은 다지마를 어떻게 알고 있어요?" (아사노는 약간 기형적인 느낌이 들 정도로 다리가 짧았다. 아마 몸통이 길고, —과장되게 말하면, 서 있어도 앉은 때와 높이가 그다지 다르지 않을 정도였다.)

"그 사람의 부인이라는 사람과 다지마마치의 오코노미야키 가게에서 알게 되어……."

"호레타로 —아닌가요?"

아사노가 말을 가로막았다. "호레타로라는 오코노미야키 가게죠?"

'호레타로'에서 나는 아직 아사노를 만난 적이 없었다.

"아사노 군은 그곳에 ……"

"요즘은 가지 않습니다만……."

우리는 방을 나왔다. 경사가 급한 계단을 아사노는 먼저 내려가면서,

"그 오코노미야키 가게는, 이게 또 다지마의 —작품이라고 할까요. 그곳은 주인인 호레타로가 출정한 후에 부인이 가게를 연, —집에서 시작한 가게에요. 다지마가 부인에게 권해서 시작한 가게죠."

우리는 계단을 내려와 어두컴컴한 갈색 전기등이 켜 있는 부엌에 서 있었다. 연립에 살고 있는 사람들의 공동 취사장이다. 그 구석에 부엌 출입구 같은 (사실 틀림없지만) 연립이라고 하는 것의 현관답지 않은 연립의 현관이 있었다. —연립의 1층 큰길가에 면한 곳은 창훗가게, 가쓰오부시 가게 같은 모두 가겟집으로, 2층과 3층이 거주하는 집으로 되어 있고, 연립의 현관은 안쪽 골목에 있었다. 그래서 우리들은 2층을 빌린 사람이 조심스럽게 부엌에서 밖으로 나가는 듯한 모습으로 더러운 왜나막신이 흩어져 있는 부엌 바닥으로 내려갔다. —현관 옆에 변소가 있는데, 변소는 뭔가 어울리지 않는 느낌으로 수세식 변소였는데, 때마침 쏴- 하는 수돗물이 흘러넘치는 소리가 요란스럽게 들렸다.

"어디로 갈까요?"

밖으로 나오자 내가 말했다. 달이 골목 위에 걸려 있었다. 그날 밤 하필이면 멀리 날아 가버린 깃처럼 몹시 떨어져서 작게 보였다.

"아와모리(泡盛)*에 가지 않을래요?"

"돈은 2, 3엔 있습니다만, 그래요. 오코노미야키 가게에 갈까요?"

"아니, 아니."

아사노가 고개를 저었다. "맛없는 술보다 아와모리가 맛있어."

연립의 근방에 12시까지 들어가면 약간 시간이 늦어도 쫓겨나지 않는 아와모리 가게가 있었다. (이것은 아사노의 말이다.)

그곳에 갈 때까지 아사노는 어찌 된 일인지, —방에서는 혼자서 들뜬 사람처럼 떠들어대던 아사노가, 아니, 그 때문인지 기분이 언짢은 분위기로 입을 다물고 내 앞을 뚜벅뚜벅 걸어갔다. 그 치켜 올라간 어깨는 원래 그런 어깨 모양인지, 아니면 일부러 어깨를 으쓱하며 걷고 있는 것인지, —살이 전혀 없고 뼈가 울툭불툭한 어깨가 색깔이 변해 하늘하늘해진 겉옷 밖으로 앙상하게 드러났다. 아사노는 영락한 분위기를 애처롭게 드러낸 어깨를, 그래, 그 영락한 느낌을 소중하게 뼈 위에 실어 떨어뜨려서는 안 되는 것인 양 미동도 하지 않고, 마치 유령처럼 쑥 하고 몸을 앞으로 내밀고 걸었는데, 유령과 다른 것은 닳아 헤어진 짚신 같은 왜나막신에서 뿜어져 나오는 솨-솨- 하는 일종의 쾌적하고 리드미컬한 소리였다. 그 소리, 그리고 그 걷는 모습을 아사노가 즐기고 있는 것이, —사랑스러워 보였다.

—아와모리 가게는 스탠드 앞에 대여섯 명이 나란히 앉으면 가득

---

* '아와모리'는 일본 류큐(琉球) 섬의 증류주로, 술로 마시거나 오키나와 요리의 조미료로 사용한다. 여기서는 '아와모리'를 파는 술집을 의미한다.

차는 좁은 가게로, 살찐 아주머니가 혼자서 운영하고 있었다. 딸을 영화배우에게 시집보냈고, 사위는 지금은 매우 불우한데, 원래는 조금 인기가 있던 적도 있었지만, 그런 관계 때문인지 다카다 미노루(高田稔)* 등에게 받은, 그러나 지금은 완전히 색깔이 바랜 노렌(暖簾)** 이 걸려 있었다. 가게 손님도 공원의 극장 관계자가 많았다. 이곳은 류큐(琉球)***의 아와모리를 팔고 있는데, 출항세 납부 완료—나하(那覇)**** 세무서라는 종이가 붙은 병이 몇 개나 입구에 굴러다녔다. 아사쿠사에 모이는 사람들은 가짜 술을 아무렇지도 않게 마시는데, 이는 속아서 마시는 것이 아니라, 가짜 술이라는 것을 알고도 마시는 것이다. 그러니까 아와모리가 진짜냐 가짜냐 하는 혀로 감정하는 것이라면 장사하는 사람 못지않았다. 아사노가 그런 사람의 하나였다. 아사노는 아주머니에게 "왔어요" 하면, "오, 시끄러운 사람이 왔군" 하는 식으로 말을 주고받는 단골이었다. 아주머니는 그것이 장사를 잘하는 수단인지, 전혀 손님 대접 따위는 하지 않는 거친 말투로 말을 건넸다.

아와모리가 나오자, 아사노의 혀가 다시 움직이기 시작했다 '호레

---

* 　다카다 미노루(高田稔, 1899~1977)는 다이쇼(大正), 쇼와(昭和) 시대의 배우, 영화 프로듀서이다.

** 　가게 입구에 걸어두는 상호가 적힌 포렴(布簾).

*** 　일본 오키나와(沖繩)의 옛 이름.

**** 오키나와 현의 시.

타로'의 이야기를 시작했다.

"호레타로의 아저씨 —그 양반은 그래 봬도 제법 대단한 예능인이에요. 지금은 오코노미야키 가게 아저씨로 죽치고 있지만."

"전쟁 때 입은 부상으로 무대에 나갈 수 없다던데······."

"아니, 그게, 그게 말입니다. 나가지 못한다는 것은 완전히 거짓말은 아니지만. —보정이 잘 못됐다고 하더군요. 그 양반, 공병대(工兵隊)로, —이야기 들었죠? 못 들었어요? 들어 보세요. 재밌으니까. 참으로 용감했던 모양이에요. 재밌는 이야기를 많이 들려줄 거예요. 단, 말을 잘 꺼내야 해요. —그 양반 기분 좋을 때를 노려서 이야기하도록 유도해야 해요. 별난 남자라서 그냥은 좀처럼 이야기하려고 하지 않으니까요. —대퇴부 쪽이에요. 그래서 퇴원했는데, —병원에 계속 입원해서 치료를 받고 집으로 돌아왔는데, 보기에는 아무 이상이 없어 보이는데, 역시 아직 무대에 서면, —오래 서 있으면 아프거나 저리기도 한다고. 아직 당분간 외출은 못한다고 하는데, 본인의 기분으로는 이제 만담 무대에 나가고 싶지 않다, 무대는 싫다, 그런 기분이 아닐까요? 그렇다고 오코노미야키 가게의 아저씨로 만족하고 있는 것도 아닌 것 같고······."

아사노는 묵직한 컵을 입에 갖다 댔다.

"예능인이 싫어진 걸까요?"

나도 묵직한 컵을 들어 올려 컵 가장자리가 입술을 대면 매우 미끄러운 것이 기분 나쁘다고 생각하면서 투명하고 강렬한 액체를 한 입 머금고 서둘러서 물을 마셨다.

"그렇지 않아요."

이렇게 말하고 아사노는 길게 자란 손톱에 검은 것이 가득 낀, 게다가 때가 낀 더러운 손등으로 철퍽철퍽 입술을 훔치고는 (―왠지 아와모리 가게의 술주정꾼처럼 더러운 느낌이었다.)

"그 양반은 훌륭한 예능인이니까요. 시시한 아마추어 예능인들이 발호하고 있는 현재의 무대가 싫어진 거죠. 아마추어 만담꾼이 거들먹거려 화를 내고 있는 거예요. ―아, 그 양반의 기분을 알 것 같아요."

아사노는 눈을 부라리며 내 얼굴을 노려보면서, ―(이 초짜 작가 같으니라구! 하고 그 눈빛이 말하는 것 같았다.)

"그 사람은 (하고, 뭔가 어조를 새롭게 하여) 만담 따위 할 사람이 아니라서, ―언젠가 나에게도 이렇게 말했어요. 만담을 하기 위해 무대에 홀로 나가서 많은 손님을 상대로 지지 않는 것이 그것이 예능인인 것이지, 두 사람이 나가서 하는 만담꾼 따위 예능인이 아니야. 이렇게 말하면서 ―만담꾼이 된 자신은 이제 더 이상 예능인이 아니라며 웃었는데, 원래는 요세에 나가서 활동했었죠. 그것이 예의, 벌써 상당히 지난 이야기인데, 요세의 몰락으로 하는 수 없이 만담꾼으로 전향, ―전락했다고 할까요. 모리야 호레단지(森家惣団治) 문하에 들어가서 모리야 호레타로가 된 것인데, 이 호레단지 역시 요세의 몰락으로 만담꾼으로 전향했고, 원래는 라쿠고(落語)*를 하던 사람이었죠. ―호레타로

---

* '라쿠고(落語)'와 '만담(漫才)'은 모두 재미있는 이야기로 관객을 웃게 하는 이야기 예능의 일종인데, 라쿠고는 1명이 하는 데 비해, 만담은 2명이 무대에 나와 이야기

군은 (아사노는 여러 가지로 말투를 바꿨다.) 본래 기요모토(清元)**의 사람으로, ㅡ어머니는 엔주(延寿) 씨의 예명을 이어받았다고 합니다. 샤미센은 아이 때부터 배워 여러 해 수련을 쌓았대요. 아버지는 상당히 큰 청부업자라고 하는데, 그래서 원래는 고지식하게 장사를 하고 있었는데, 어쩌다 예능인이 된 건지. 어이, 아주머니. 여기 한 잔 주세요."

아사노는 컵을 금세 비웠다. 아주머니가 따라주는 것을 물끄러미 바라보며,

"ㅡ오코노미야키 가게는 다양한 예능인이 오죠? 다양하다고 해도 그런 더러운 곳이니까 대단한 사람은 오지 않을 테지만 말예요. 아저씨가 싫어하는 시시한 초짜 만담 같은 놈들뿐이고, 그런 초짜 만담꾼이 거기서 똬리를 틀고, 아, 오늘 밤은 굉장한 무대였어, 얼마 벌었는데? 아, 몸이 몇 개가 있어도 부족할 정도야, 이런 대화로 기염을 토하니까 아저씨는 한층 더 기분이 좋지 않겠죠."

그래서 부인이 혼자서 바쁜데도 아저씨는 밖에 나가 돌아다닌다고 아사노가 말했다.

나는 이 이야기에서 '풍류 오코노미야키ㅡ호레타로'는 소개하고서, 정작 본인인 호레타로를 지금까지 한 번도 소개한 적이 없다. 말해놓는 편이 ㅡ아사노의 이와 같은 이야기를 소개하기 전에 역시 호

를 하는 점이 다르다. 또, 라쿠고는 스토리가 없으면 성립하지 않는데, 만담은 특정 스토리가 없어도 2명이 이야기를 주고받으며 진행하는 형식이다.

** 샤미센(三味線) 음악의 일종, 혹은 대대로 내려오는 샤미센 연주 가문.

레타로를 소개해두는 편이 상황이 좋았을 거라고 생각한다. 그러나 이는 내 부주의로 내가 꺼내지 않은 것이 아니라, 호레타로가 나오지 않았기 때문이다. 내가 '호레타로'를 소개할 장면이 있을 때, 언제나 호레타로는 집에 없었기 때문이다. 부인에게 물어보면 전우의 집에 놀러 다니는 것 같았다. "무척이나 그리운 모양이에요. —전우 분도 집으로 놀러오거든요."

그런데 나는 초짜 만담꾼이 '호레타로'에서 기염을 토한다는 아사노의 말을 듣고, 가메야 폰탕을 머리에 떠올렸다.

—폰탕은 바로 요전 날까지 영업을 뛰던 배우였다. 아직 스물이 안 된 젊은이로, 완전히 최하급 배우였는데, 그것이 폰탕의 말로 표현하면 '형님'인 쓰루야 안폰과 한 팀을 이루면서 만담꾼이 되었다. 만담꾼이 되었을 당시에는 여기저기에서 시험적으로 출연했는데, 많이 바빠졌을 때 나는 '호레타로'에서 자주 만난 적이 있는데, 완전히 의기양양해 있었다. 한 달에 몇 백 엔을 번다는 수입까지 듣고 (어느 정도 허풍이 있겠지만) —나는 영업을 뛰며 헉헉대던 배우 상태에서 일약 그런 돈을 벌 수 있게 되었다니 기염을 토하는 것도 무리는 아니라고 생각했다. 또, 만담꾼 전성시대의 현재라고는 하지만 갑자기 무대에 서서, 그것을 업으로 삼아 돈을 버는 것은 거참 엄청난 것이라고 생각되었다. —문외한인 나조차 엄청난 일이라고 느꼈으니까, 호레타로는 얼마나 쓸쓸한 생각이 들었겠는가. 그렇지만 나는 그때 호레타로의 마음속을 몰랐다.

—그리고 이것은 여담이지만, 이윽고 쓰루야 안폰과 가메야 폰탕

콤비는 공원의 '만담성설관'의 E관에 들어갈 수 있었다. 초짜지만 잘했던 모양이다. 아니면 초짜의 '신선함'이 손님에게 호평을 받았는지도 모른다. 이렇게 해서 그들한테는 경사스러운 무대 아사쿠사의 극장으로 진출하게 된 것은 좋은데, 이제 시작한 지 얼마 안 된 무렵이기 때문에 월급은 60엔. 60엔은 2인 1조에 주어진 액수로, 그러므로 한 사람당 30엔.

그런데 쓰류야 안폰, 이 사람은 폰탕 같은 배우 출신이 아니라, 이전에는 전혀 무대와 관계 없는 규슈의 아무개 기차역의 조수 역원이었다. 그러다 예능 업계에 뛰어들었는데, 이윽고 각 방면에 갖지 않은 빚이 가득하여 빚을 갚아주고 몸을 빼내어 콤비가 되면서 근무하던 곳은 해고된 것으로, 그런 정석을 밟아 둘이서 도쿄로 나온 것이다. 이와 같이 전에는 철도 관리를 하다, 어떠한 경로를 밟아 만담꾼이 된 것인지, 이는 지금은 생략하기로 하고, ―전에 예능인을 한 그 부인도 함께 만담꾼이 되었다. 즉, 원래는 부부가 같이 예능을 하고 있었는데, 가메야 폰탕과 콤비가 되면서 약진을 기약하며 입체 만담이라는 것을 (―이렇게 말은 해도 특별히 그렇게 새로운 기축이 있는 것은 아니다. 다만 그러한 간판뿐이고 내용은 보통의 만담과 다르지 않다.) 시작하자, 부인은 별도로 다른 사람과 콤비를 꾸렸다. 그리고 그 부인이 별도로 돈을 벌어오니까, 안폰의 벌이가 30엔이어도 그럭저럭 해나갈 수 있었는데, ―혼자 몸인 폰탕은 이러한 별도의 벌이가 없기 때문에 비록 혼자 방을 빌려 생활하고 있어서 돈이 안 든다고 하지만 30엔으로는 해나갈 수 없었다. 그래서 '형님'에게 ―변두리의 극장에 나가서 돈을 벌자, 벌이가 없으면 생계가 막힌다고 권유했지만, 안폰은 ―격이 떨어지니까 안 된다, 지금이 인내가 필요한 때라고 하면서 말을 듣지 않았다.

―이러한 이야기를 나는 '호레타로'의 부인에게 들었다.

"폰탕은 얼마 전에 그토록 건강했는데, 불쌍하게도 죽어버렸지 뭐에요. ―만담은 혼자서는 할 수 없으니까요."

폰탕은 기세가 왕성했을 무렵에는,

"―뭔가 재미있는 이야깃거리 없습니까? 좀 가르쳐 주세요. 아무래도 좋은 이야깃거리가 없어서."

내 얼굴을 보면서 이렇게 말하곤 했는데, 요즘은 완전히 말도 하지 않게 되었다. 입을 다물고 5전의 '야키소바'를 시간을 들여 먹고 있었다.―

"소설 같은 것도 마찬가지 아니에요?"

아사노가 탁자에 팔꿈치를 대고 손에 턱을 괴고는 사람을 깔보는 듯한 표정으로 말했다.

"―예능의 소설보다 이야깃거리로 속여 손님을 낚는 초짜 소설 쪽이 활개를 치고 있잖아요, 나는 호레타로와 마찬가지 심경입니다. 쳇! 속이 뒤틀려!"

덤빌 듯한 목소리였다. 그러나 곧 턱에 괸 손을 빼내고 고개를 푹 수그리더니 갑자기 약하게 아양을 떠는 목소리로,

"아니, 내가 소설을 쓰지 않는 것은, ―쓰지 않는 것이 아니라, 쓸 수 없는 거예요. ―나는 이제 틀렸습니다. 아, 아무 말도 하지 말아주세요……. 나는 안 됩니다."

—나는 완전히 취해 있었다.

몹시 취하자, 내 머릿속에서 가여운 고야나기 마사코가 난무하기 시작했다. 나는 고야나기 마사코의 이름을 입술에 올리지 않을 수 없었다.

"K극장의 고야나기?"

아사노가 물었다. "K극장이라면 제 세력권이죠. 내 세력권을 망쳐놓다니 괘씸하군."

농담 같기도 하고, 진담 같기도 했다. 이러한 아사노는 취해 있는 것 같기도 하고, 취해 있지 않은 것 같기도 했다.

"망치고 말 것도 없어, 아직 한 마디도 들은 적이 없으니……."

나는 말했다. 나는 자신의 말에 스스로 가슴이 미어져, 아, 술에 취하면 우는 사람이 되어버린 건가 하는 생각이 들었다. "—나는 그저 그녀가 무대에서 춤을 추고 있는 것을 객석의 구석에서 보고 가슴이 뛸 뿐이어서……"

"이건 또 무슨……."

아사노가 말을 가로막았다. "뭘까요, 이건."

그리고 비웃는 듯한 웃음을 지으며,

"자, 내일 함께 분장실로 가요. 구라하시 군을 고야나기 마사코와 만나게 해줄 테니. 그리고 함께 밖으로 나가서 차라도 마시면 되잖아요."

"…………."

나는 아사쿠사의 레뷰 쪽에 아는 사람이 없는 것은 아니라서 부탁하면 만날 기회를 얻을 수 있었는데, —부탁하는 것을 어쩐지 잘 못하는 성격이어서 그러한 기회를 지금까지 얻을 수 없었다. 그리고 기회가 왔다. ─그런데 나는 주저했다.

그러나 아사노는 혼자서 정하고는,

"내일 집에 있죠? 저녁에 부르러 갈게요."

아사노가 단호하게 딱 잘라 말을 해서, 비로소 나는 동경하는 고야나기 마사코를 만나는 기쁨에 드디어 직면할 수 있었다. 기쁨 때문인지, 술 때문인지, 심장이 두근두근 떨렸다.

"아사쿠사라면, 매사에 나에게……"

이렇게 흥분하며 말하고, (─나는 흥분한 아사노를 여기에서 처음으로 보았다.) 아사노는 퍽 하고 앞가슴이 벌어진 곳을 두드리며 혼자서 신바람이 났다.

아름다운 살결

이 재미있는 소설도 이로써 벌써 다섯 번째이다. 쓰기 시작해서 이미 7개월이 지났는데, (5개월이 아니라, 7개월이라는 맞지 않는 숫자는 2개월 연재를 쉬었기 때문인데, 그렇다면 왜 쉬었는가 하면, —에이, 그런 이야기는 아무래도 좋다.) 그 7개월 사이에 내가 쓴 것이라곤, 아, 놀랍게도 단 하루의 이야기. 시작한 지점에서 이야기도 전혀 진전을 보이고 있지 않다. 이것이 숙달된 작가였다면 그동안 예를 들면, 5년이나 7년에 걸친 파란만장한 이야기를 전개했을지도 모른다. 어떻게든 해봐야지, 나 같은 사람도, 이렇게 내가 나 자신에게 말하는 목소리를 듣는다. 나는 어떻게든 이야기의 템포를 빨리 하려고 노력하지 않으면 안 된다.

약속한 대로 아사노 미쓰오 군이 집에 찾아와 줘서 나는 집을 나갔다.

국제거리(국제극장이 있는 거리)로 나가는 모퉁이에 자전거를 맡기는 곳이 있는데, 아사노가 말했다.

"—맡겨놓고 간 뒤에 그대로 찾으러 오지 않는 사람이 자주 있다고 해요. 사환 같은 애들이, 왜 그럴까요? 심부름 나온 틈을 타서 자전거를 맡기고 잠깐 활동사진이라도 볼 생각이었는데, 그만 얼떨결에 놀다보니, 이제는 주인 있는 곳으로 돌아갈 수 없다. 그래서 자전거를 내팽개쳐 놓고 달아나 버린다나. 그런 자전거가 늘 있다고 하니까요." 전날 밤과 마찬가지로 아사노는 말이 많았다.

국제거리로 나오자, 때마침 국제극장의 쇼치쿠(松竹) 소녀 가극의 낮 시간 일정이 끝난 모양인지 관객인 듯한 화려한 소녀 무리가 보도를 꽉 채우고 서서 다와라마치(田原町) 쪽으로 흘러갔다. 아사쿠사 적인 분위기와 다른 것을 우리에게 선명히 각인시키면서 그 현란한 흐름은 똑바로 다와라마치의 전철, 버스, 지하철 정류장으로 흘러갔다.

쇼치쿠 소녀 가극은 아사쿠사에서 자라서 독립한 것으로, 지금도 아사쿠사에 있는 국제극장에서 하고 있는데, 현재의 관객은 뭔가 아사쿠사에 혐오와 경멸, 그리고 어느 정도 공포를 느끼며 등을 돌리고, —그와 같이 정거장과 국제극장 사이를 직선으로 곧장 한눈팔지 않고 왕복하며 6구 쪽으로 전혀 벗어나려고 하지 않고, 발을 들여놓으려고도 하지 않는다. 지하철 다와라마치 출구에 '국제극장은 똑바로 나와

주세요'라고 적혀 있는데, 전적으로 이 말대로 똑바로 나와 곧장 돌아가게 되어 있다. 그러한 시원스러운 흐름에 대하여 전부터 나는 어찌 된 셈인지, ㅡ즉, 나는 젊은 관객들이 6구 쪽으로 벗어나서 돈을 쓰고 가는 것을 기대하고 있다. 예를 들어 식당의 주인도 아니거니와, 또 예를 들어 여성용품을 팔고 있는 잡화점과 관계가 있는 것도 아니지만, ㅡ뭔가 자신감이 강한 인간에 대하여 느끼는 것과 비슷한 초조함과 화를 느꼈는데, 그때 말하자면 향수 냄새가 나는 자신감 같은 것에 우리들, ㅡ오, 모든 것에 자신이 없는 우리들이라니. 자신감이 없는 것을 자랑으로 생각하고 있는 듯한, 그 정도로 그 외에는 자랑할 것이 없는 우리들은 완전히 기가 눌려 차도 쪽으로 빠져 나갔는데, 수다쟁이 아사노는 여기에서 다시 한 마디 하지 않을 수 없는 것인지, 그는, ㅡ야, 이야기의 템포를 빨리 해야겠다는 말이 입가에서 마르기도 전에 이러한 형국이어서는 곤란하다. 서둘러 앞으로 나아가자.

우리는 K극장의 분장실로 갔다.

아사노는 마치 대전표의 맨 윗단에 이름이 적혀 있는 씨름선수 같은 얼굴을 하고 곧장 안으로 들어갔다. 그 뒷모습은, 어젯밤에 그가 "아사쿠사라면 모든 것을 나에게 ……" 하면서 가슴을 두드리던 때와 마찬가지로 흥분해서 일종의 광채를 띠고 있는 것 같았다. 들어갈 때, 아사노는 "ㅡ자" 하고 나에게 말했지만, "함께 들어가자"는 의미로 보기에는 좀 애매한 느낌이었고, 게다가 완전히 기가 죽어 있었기 때문에 혼자서 밖에 남아 있었다.

골목의 분장실 앞에도 자전거를 맡기는 곳이 있었다. 그 옆이 국제거리에 면한 만담극장인 T관 뒤편에 해당하여, 막간을 이용해 흥을 돋우는 음악이 들려왔다. 그에 맞춰서 내 심장은 두근두근 울렸다.

"왜 그러세요?" 아사노가 문에서 얼굴을 내밀고 물었다.

나는 침을 삼켰다.

—댄싱 팀의 분장실은 무대 뒤편의 3층에 있었다. 경사가 급한 아무것도 씌워놓지 않은 철계단을 잘못 디딜 뻔하며 나는 3층으로 갔다. 원래 편하고 당당하게 분장실에 들어갈 처지는 아니지만, 그러한 까다로운 내 심리 풍경은 생략하고, 그건 그렇고 분장실 풍경을 보니, 여기에 분장실 풍경을 상세히 써도 될지 어떨지.

쓰고 싶다. 나처럼 가벼운 성격의 사람은 내가 일찍이 마치 여자의 비밀이라도 들여다보는 것 같은 이상한 흥미와 호기심으로 꼭 엿보고 싶어서 설레던 분장실의 풍경, 이에 대하여 여러분도 나와 마찬가지로 흥미와 호기심을 갖고 있을 거라고 지레짐작하고, —게다가 그곳을 들여다볼 수 있어서 흥미와 호기심을 만족시킬 수 있었던 것은 나뿐인 것 같은 일종의 어리석은 우월감으로, 따라서 뭔가 과시하는 듯한 기분으로 주절주절 이야기하고 싶은데, —이것도 생략하자.

생략하는 것은 꼭 약속한 템포 때문만은 아니다. 무엇을 감추겠는가, 그때, —길고 가느다란 방 양쪽으로 죽 줄지어 무희들이 나란히 앉아 있는 한가운데에 아사노가 억지로(?) 시켜서 앉아 있게 되었는데, 그때 나는 이제 더 이상, 마치 —눈이 약한 심해어가 해가 쨍쨍 내리쬐는 화려한 곳으로 끌려 나온 것처럼 그곳의 어느 하나도 정확히 내 눈에 들어오는 것이 없는 꼴이었다. 그래서 —과연 그 후로 이 일이 계기가 되어 분장실로 가끔 가게 되었는데, 그때마다 그곳에서 뭔가 살짝 날치기하듯 분장실 풍경의 편린을 마음에 담아 지금 묘사하려고 생각하니 할 수 있는 것이 이미 마음에 담겨 있는데도 그러나 그때 처음으로 분장실 안으로 들어갔을 때는 그렇지 않았기 때문에 그것을 뭔가 과시하는 분위기로 묘사하는 것은 어떨까 싶다. 그때의 상태에 정직하게 따라서 아무것도 적지 않는 편이 리얼리스틱(?)할 거라는 생각도 들어 생략하는 것이다.

—아사노가 고야나기 마사코에게 소개를 해주었다.

"고야나기 군, 이쪽은 구라하시 선생님이야. 소설가 선생님."

분장실 한가운데에 들어가 앉아서 매우 오만한 모습으로 거들먹거리는 말투로 말했다.

"선생님은 고야나기 군, 당신을 매우 좋아하셔. 잘 부탁드려 놓는 게 좋을 거야."

큰 소리로 말을 해서 무희들이 모두 이쪽을 돌아보았다. 나는 얼굴이 새빨개져서,

"저야말로, 잘 부탁……."

아사노는 '선생'이나 되는 사람이 굽실굽실한 태도를 취하면 곤란하다는 식의 표정을 지으며 내가 인사하는 것을 못하게 말리려고 했다

"선생님은……."

한층 위엄 있는 목소리로 말하는 것을,

"아사노 군……."

하고, 내가 말을 가로막았다. (선생님, 선생님 하고 부르는 것 좀 그만둬 줄

래?) 놀림을 당하고 있는 것 같아서 괴로워 그렇게 말하려고 했지만, 흥분해 있었는지 입이 잘 떨어지지 않았다.

고야나기 마사코는 이쪽으로 무릎을 향하고 단정하게 앉아 있는데, 무릎 맨살이 나오는 것을 스커트를 연신 끌어당겨 가리면서 뭔가 부끄러운 듯한 표정을 짓고 있었다. 몸을 움츠리며 고개를 숙인 채 딱히 아무 말도 하지 않았다.

아직 그야말로 어린 애 같은 몸을 하고 있었다. 무대에서 보면 가련하고 슬랜더한 자태이기는 하지만 제법 어엿한데, ―여기에서 보니 딴판으로 애 같았다. 목이 아파보일 정도로 가늘고 가슴은 남자 아이 같았다.

나는, 나도, 아직 전혀 어린 애 같은 그녀를 뭔가 부끄럽게 만들고 힘들게 하고 있는 것 같아서 마음 아프게 생각하고 있는데, ―한쪽에 있던 무희 한 명이,

"저기, 아사노 씨"

하고 말을 걸어, 다행이다 싶어서 안도의 한숨이 나왔다.

"간밤에 ××씨 일행이 우리 집에 왔어요. ―맞아. 어제가 아니라 벌써 오늘이구나."

남자 같은 말투로 "―요시와라(吉原)에 술 마시러 간다고 하던데, 모두 술에 취해서는 함께 가자고 하더라고요. 싫다고 했더니, 그럼 차라도 마시게 해달라고 해서 우리 집으로 불렀더니, 그대로 눌러앉아 이야기를 시작해서 아침까지 돌아가지 않지 뭐에요."

"××군이라니 누구?"

누구, 누구 말하고 "—나, 정말로 곤란했어요."

코가 낮고, 그 대신인지 입술이 튀어 나온 그 무희는 아무렇지도 않게 맨 다리를 내놓고 박박 긁으면서 아사노와 그런 이야기를 하기 시작했다. 나와 고야나기 마사코는 잠자코 공손한 자세로 있었다.

이윽고 아사노가,

"사-짱, 인사해야지" 하고 말했다.

사-짱이라는 이름의 무희는 다리를 드러낸 채,

"처음 뵙겠습니다……."

하고 주눅 들지 않는 태도가 몸에 배인 듯하여, 나는 기분이 편했다.

"이 사람 집은 센조쿠(千束)의 빗자루 파는 집인데" 아사노가 말했다. "어젯밤 손님 같은 사람을 빨리 돌려보내려고 빗자루에 수건을 씌우려고 해도 집안 가득 온통 빗자루여서 어느 것으로 할까……"

"바보군요, 아사노 씨는……"

"정말이라니까."

"빗자루 투성이라는 건 정말이지만."

"수건 이야기, 언젠가 자신이 한 거잖아."

사-짱은 명랑하게 웃었다.

—쇼가 시작되기 전이었다.

쇼가 끝나면 막간에 사-짱이랑 고야나기 마사코와 함께 차를 마시러 가게 되어 있어서, 우리는 쇼가 끝날 때까지 무대 밑의 지하실에서 기다렸다.

지하실에는 의상방 등이 있어서 좁은 복도에는 자극적인 모습을 한 무희들이 무대에 나갈 순번을 기다리느라 우왕좌왕하고 있었다. 나는 객석을 돌며 쇼를 보고 싶었는데, 아사노는

"쇼 따위 봐봤자 별거 없어요"

하면서 제법 아는 척을 하고는 이곳의 생생한 분위기가 더 재미있다는 눈초리였다. 아사노로서는 보기 드물게 젠체할 정도로 그는 완전히 들뜬 표정으로, ─그런 분위기로

"─빙 군"

하고 기타를 안고 있는 키 큰 남자에게 말을 걸었다.

"야, 아사노 씨"

이 사람은 '유쾌한 4인'이라는 4인조 보드빌리안의 한 사람으로, 빙 크로스비(瓶口黑須兵衛)였다.

아사노는 빙과 함께 쓸데없는 이야기를 나눈 다음,

"소개할게. ─이쪽은 소설가 구라하시 군."

그러자 빙이,

"아, 이것 참……"

하고 과연 무대에서 사는 인간답게 경의를 과장된 몸짓으로 보이며,

"늘 작품을 읽고 있습니다."

나는 부끄러워서,

"─아, 고마워요."

"지난 달 작품은 강담세계(講談世界)였습니다만, 작품을 매우 재미있게 읽었습니다……"

나는 강담세계라는 대중잡지에 아직 한 번도 작품을 발표한 적이 없다. 나는 매우 당황해서

"—아, 고마워요."

—지하철 옆 골목에 '봉쥬르'라는 아사쿠사에서 보기 드물게 긴자풍의 느낌이 나는 찻집이 있다. 긴자풍의, —그리고 보니 긴자풍의 찻집은 이른바 아사쿠사의 내부에는 들어갈 수 없는 바깥쪽의 소위 피부와 같은 지하철 옆 골목, 국제거리 같은 곳에 마치 옴벌레처럼 퍼져 있었다.

이러한 점에서 보면 지하철 골목은 아사쿠사의 긴자 같은 거리인데, —그래, 추억이 있다. 지금으로부터 몇 년 전일 것이다. 아유코가 나와 헤어지고 S영화의 여배우를 하고 있던 무렵에 같은 촬영소의 여배우와 함께 긴자 거리를 걷고 있을 때 나를 만나서 셋이 별 생각 없이 아사쿠사로 놀러 간 적이 있다. 그리고 이 지하철 골목의 긴자 같은 찻집에 들어간 적이 있다. 겨울이었다. —그곳을 나와서 지하철 쪽으로 걸어가다 화려한 모습을 한 두 명의 여배우가 문득 발걸음을 멈추고 뭔가 작은 목소리를 이야기를 하기 시작했다. 소곤소곤 이야기를 나누고 있는 분위기로, 눈을 힐끗힐끗 옆의 잡화점으로 시선을 보내고 있었다.

"왜 그래? 무슨 일이야?" 나는 돌아보며 말했다.

"아냐, 이 사람이 말이야."

하고 아유코가 —코가 높게 뻗어 있는, 그 때문인지 점잔 빼는 느

낌의, 그리고 뭔가 도자기 같은 딱딱한 분위기의 얼굴을 한 또 한 명의 여배우를 돌아보며 말했다.

"—이 사람이 말이죠, 탕파(湯婆)를 살까 하길래……"

"탕파?"

새침 떠는 여배우와 탕파.

매우 기이한 느낌이었다. —바라보니 잡화점 가게 앞에 계란 모양의 탕파가 이것도 약간 기이한 느낌으로 몇 개 꿰어져 매달려 있었다.

긴자 거리에서 여배우가 탕파를 사고 싶을까? 그 옆 골목은 아사쿠사의 긴자 같은 거리라고는 하지만 역시 긴자는 아닌 것이다.

그 거리의 '봉쥬르' 한쪽 구석에 아사노와 나, 고야나기 마사코와 사-짱이 두 사람씩 마주보고 앉아 있었다.

—동경하던 고야나기 마사코를 드디어 만나게 된 것이다. 화장하지 않은 민얼굴, 수족을 바로 가까이서 얼마든지 바라볼 수 있고 무슨 이야기든 할 수 있는 상태를 드디어 갖게 된 것이다.

이 얼마나 기쁜 일인가. —그러나 기쁨과 동시에 그때까지는 예기치 못했던 깊은 슬픔에 나는 휩싸였다.

만나서 무슨 이야기를 하겠다는 것인가. 나는 자신에게 물었다.

"……"

만나서 무슨 이야기를 하겠다는 것인가. 아무것도 할 이야기는 없다.

그래도 뭔가 이야기를 걸어보려고 나는 할 말을 찾았는데, 내 마음은 텅 비어 있었다.

—아사노 혼자서 떠들고 있었다.

"고야나기 양도 이번에 K극장에서 나가는 위문단으로 지나(支那)*에 간다고 하던데?"

"─네."

수줍어하는 작은 목소리로, 그 목소리를 보완하기라도 하는 듯이 미소를 띠고 있었다.

"언제 출발해요?"

"메이지세쓰(明治節)** 날이에요."

"어디에서? ─도쿄역? 흠, 배웅하러 갈까? 몇 시?"

"─3시"

부끄러운 듯이 여전히 작은 목소리이다.

"모두 함께 몇 명이 가는 거야?"

연속 해대는 질문에 ─뭔가 작은 새가 연신 맞아서 지상에 떨어져 슬프게 날개를 파닥거리고 있는 듯한 그런 느낌으로 눈을 깜빡거리며 구제를 요청하고 있는 듯한 표정을 사-짱에게 보냈다.

"모두 5명이에요" 하면서 사-짱이 대신 대답했다. 뒤를 이어 마사코가 열심히 노력하고 있는 듯한 미소 띤 얼굴로 두세 번 끄덕였다.

마사코는 말 대신에 미소 짓는 느낌으로 ─질문하지 않으면 말도

---

* '지나'는 중국을 가리키는 차별어로 현재는 쓰지 않지만, 이 작품이 발표된 1930년대 동시대적 상황을 살펴볼 수 있도록 원문 표현 그대로 번역하였다.

** '메이지세쓰'는 메이지 천황의 생일에 해당하는 11월 3일을 가리키는 날로, 1927년부터 1947년까지 축일로 지정되었다.

하지 않고, 말을 해도 불과 몇 마디의 말을 했을 뿐이었다. 그런 마사코는 싱싱하고 아름답다고 하기보다 햇볕을 못 쬐어 창백한 피부의 인상 때문인지 애처로운 모습이 화분에 심어놓은 화초를 연상시켰다. 고요하고 덧없이 꽃을 피우고 있는 작은 식물의 가련한 슬픔이 느껴졌다. 애정보다도 애련을 남자 마음속에 불러일으킬 정도로 애처로웠다.

"고야나기 양 집은 어디야?"

아사노의 질문에,

"―데라지마(寺島)에요." 사-짱이 대신 말했다.

아사노, ―"데라지마?"

사-짱, ―"히로코지(広小路)군"

아사 ―"연습이 있는 밤은 집에 돌아가서 자는 거야?"

사― "분장실에서 자요. 저희 집은 한 시 두 시에도 돌아갈 수 있지만요."

아사 ―"데라지마라면 걸어갈 수 없을 텐데."(그리고 내 쪽을 향하여) "조금 전에 간 분장실에서요, 모두 숙박하고 있어요. ―첫 날과 둘째 날만 연습이 없을 뿐이고, 사흘째부터는 벌써 다음에 내놓을 것의 연습이 시작되기 때문에 집이 먼 사람들은 분장실에서 묵고 있어요. 그러니 열흘 중에 연습이 없는 이틀만 집에 돌아갈 수도 없는 일이고, 한 달을 거의 분장실에서 숙박하는 거죠. 모두 잘 하고 있어요. 무대만으로도 힘든데, 그날의 흥행이 끝나면 연습, 그리고 그런 먼지투성이 분장실에 정어리 통조림처럼 꽉 들어차서 잠이 들고, ―실제로 몸이 나빠지지 않는 것이 이상할 정도예요. 젊음이 좋죠. 젊기 때문에 모두 하고 있는 거예요."

(나는 미네 미사코가 아사쿠사의 무희는 무대의 소모품이라고 T극단의 문예부원에게 들었다고 나에게 말한 이야기를 떠올렸다.)

사— "아사노 씨도 참, 정어리 통조림이라니, 그런 심한 말을."

아사— "그렇잖아요. 그런 좁은 분장실에 스물 몇 명이나 잠을 잔다면—"

사— "정어리, 글쎄요, 그러고 보니 우리 무희 같은 사람이야 정어리 같은 처지죠."

아사— "그렇게 비뚤어지게 말하지 말고."

사— "비뚤어지게 보여요."

아사— "그러나 정어리는 어설픈 도미 따위보다 맛이 좋으니까요. 비하할 것 없어요."(담뱃진으로 검게 변한 더러운 이빨을 드러내고 나를 보고 씩 하고 기분 나쁜 웃음을 던지며) "특히 도미 같은 것만 먹고 있으면 정어리가 먹고 싶어져요. 먹어보면 정어리가 도미 따위보다 훨씬 맛이 좋아요."

사— "뭐에요, 그게."

아사— "아무것도 아냐. 아무튼 정어리라고 했다고 해서 화내지 말라는 소리야. 오랜만에 이런 이야기를 하니 갑자기 배가 고파지는데."

—이것이 계기가 되어 우리는 돌솥밥을 먹으러 갔다.

장소가 바뀌었으니 기분을 바꾸어 들뜬 목소리로 나도 마사코와 말을 주고받으려고 생각하고 있는데, 마사코가 뭔가 손님방 구석에 굴러다니고 있는 종잇조각을 주워 무릎 위에 놓고 가만히 시선을 떨

구고 있어서,

"뭐야? 그것 ―좀 보여줘"

하고 말했다.

마사코는 잠자코 미소를 지으며 꺼내 보였다. 딱히 뭐라고 설명도 안 했다. 보여 달라고 하자 꺼내 보여주는 것이 뭔가 슬프고 얌전한 느낌이었다.

종잇조각을 보니, ―이게 웬일인가. 아무것도 아닌 내용이었다. 화장품 효능이 적힌 종이였다. 화장품을 사서 여기에서 상자를 열어 그것만 버리고 간 것이겠지. 상대가 얌전한 마사코가 아니었다면 놀림을 당했다는 생각에 화를 냈을 것이다. 아무튼 이걸로는 마사코와 이야기할 재료가 되지 않는다. 전혀 이야깃거리가 되지 않아 실망했지만, 나는 내동댕이칠 수도 없고, 복잡한 표정을 짓고 있었다. 그러는 사이에 '식물성 미백소 배합'이라는 이상한 문자가 내 눈에 들어왔다.

"쇼크붓세이 비⋯⋯" 나는 중얼거렸다.

"비⋯⋯ 비하다소 하이고⋯⋯⋯"

나는 그 종이를 테이블 위에 놓았다. 테이블은 술로 질퍽거렸다.

"이건 뭐라 읽는 걸까? 비하다소 ―피부라고 하는 것은 발음이 어떻게 될까? 뭐라 말하는 걸까요?"

무슨 말을 하는 건가 싶어 아사노가,

"피부? 피부의 발음?"

"응"

"피부라, ―뭐 피부의 살갖이겠죠. 그러게, 뭐라 발음하는 걸까? ―

기다려봐. 살갗이네. 신체발부 이를 부모에게 받아……. 머리칼과 살갗을 손상시키면 안 된다고. 발부. 발은 머리카락이고, —살갗이 부 아닌가? 아니, 아냐. 부는 피부의 부야"

마사코는 발그레하게 상기된 볼에 손등을 갖다 대고 웃고 있었다. 복숭아 색을 한 작은 새끼손가락이 깨물어주고 싶을 정도로 귀여웠다.

"피부, —그리고 보니 고야나기 양은 피부가 좋네."

아사노는 눈을 가늘게 뜨고 술을 홀짝거리며 마시고는,

"정말로 피부가 좋아."

이렇게 말하면서 손에 들고 있는 효능 적힌 종이를 아무렇게나 구겨서 뭉쳐 버렸다. 종이 질 탓인지, 매우 큰 소리가 났다.

"정말이지 마-짱은 피부가 아름다워요"

하면서 사-짱이 할 일이 없어 무료해진 손가락을 콧구멍 안에 집어넣으며 말했다.

"옷을 벗으면 정말 멋져요. 새하얗고 매끈하고……."

"—이것 참 괴롭군."

"여자인 나도 반할 정도예요."

마사코는 얼굴을 붉혔는데, 딱히 그만둘 생각 없이 양쪽 볼을 손으로 어루만지며 테이블에 고개를 숙였다. 나도 고개를 숙였다.

"제가요, 분장실 욕조에서 언제나 마-짱의 등을 씻어주고 있어요. 마-짱의 몸을 씻어주는데, 너무 좋아요. 아름다운 몸이거든요."

그런데 돌연,

"구라하시 군"

하고 아사노가 쉰 목소리로 가로막았다. "구라하시 군은 전법원(傳 法院)의 뜰을 알고 있습니까?"

갑작스러운 것을 물었다. 그러나 아사노가 갑자기 사-짱의 이야기를 가로챈 기분을 나는 뭔가 알 것 같은 기분이 들었다.

"전법원 뜰이라면……"

"정원이에요."

"정원이라고 하면……"

"구청 앞의……"

"아, 그곳이군요. 아직……"

"가본 적이 없어? 안 되겠네."

"……………"

"제법 괜찮아요. 구라하시 군은 아사쿠사를 아무것도 모르는군요. —그곳은 고보리 엔슈(小堀遠州)*가 만들었다고 해서 교토의 가쓰라리큐(桂離宮)와 마찬가지로 회유식 정원이라고 하던데."

(이건 나중에 알았는데, 정원 입구에 잘 적혀 있다.)

"다마키좌(玉木座) 앞쪽에 벽으로 둘러싸인……"

사-짱이 말을 끼어들었다.

"응"

"나도 들어가 본 적 없어. 이야기는 들었지만."

아사노는 쓴웃음을 지었다.

---

* 고보리 엔슈(小堀遠州, 1579~1647)는 에도(江戸)시대의 조원가(造園家)이다.

"정원이 멋져?"

"그야, 좋지."

별나게 힘을 주어 말했다.

"밀회장소로 딱이야. —어때요? 구라하시 군, 고야나기 양과 랑데
부하러 가면?"

이렇게 말하고는 —허둥대며 그 말을 지워버리려는 듯이 목소리에
힘을 실어,

"에도 분위기가 감도는 실로 좋은 정원인데……. 안쪽 노구치(野口)
식당 근처부터 묘한 유행가 레코드가 시끄럽게 울려서 이것이 분위
기를 망치고 있지. 게다가 에도 분위기의 정원 맞은편에 매우 현대적
인 구청의 사이렌 확성기가 높이 솟아 있어서, 이런 것들이 아무래도
이상하긴 해요."

돌솥밥이 나왔다.

"자, 먹어요."

하고 아사노는 말하며,

"어? 펜 국**은?"

이것은 여종업원에게 —. 한펜 국을 주문해 놓은 것이 있었다.

"네, 지금 나왔습니다."

가게는 혼잡할 정도로 붐볐다. 우리들은 2층 구석에 앉아 있었다.

** '펜 국(ぺん吸)'은 다진 생선살에 참마나 쌀가루를 넣어 찐 '한펜'을 넣어 만든 국을
말한다.

여종업원이 나가자,

"국이 뒤에 나오다니, 아 싫어라."

이렇게 말하면서 이미 돌솥 덮개를 열고 김이 피어오르는 속으로 젓가락을 넣어 재빨리 한 입 먹고는,

"앗, 뜨거워"

하고 눈을 희번덕거렸다. 마치 굶주린 개가 단단한 뼈를 어찌할 줄 모르는 때처럼 골계적이고 한심스러운 입모양이었다.

"아, 웃겨라."

사-짱이 마사코의 무릎에 손을 갖다 대고, 무릎을 흔들며 껄껄 웃었다. 마사코도 간지러운 듯이 몸을 비틀며 웃었다.

—나이는 젊지만 무희인 이 여자들은 벌써 어엿한 생활자이기도 하다. 그러나 그렇게 손을 마주 잡고 웃고 있는 두 사람은 천진난만한 아이 같았다. 생활 따위는 모르는 아이 같은 천진난만한 웃음이었다.

그러나 아사노는 이 웃음에 기분이 나빠졌는지,

"익살스러운 배우처럼 나를 보는군요. —구라하시 군은 괜찮은 미남배우고……"

하고 나를 겨냥하는 말투였다.

그런 우리들 옆에 고지대 주택지구에서 아사쿠사로 놀러 온 듯한데, 차림새는 좋지 않지만 유연하고 느낌이 좋은 노인 부부가 —둘이서 한 개의 테이블이니까 마주보고 앉으면 좋을 텐데, 테이블 모서리에 서로 몸을 가까이 대고 가만히 앉아 있었다. "할아범", "할멈"하며 서로 어루만지는 분위기로 입을 우물우물하면서도 그 입을 서로

의 귀에 가까이 대고 뭔가 즐거운 듯이 서로 이야기하고 있다. 그리고 이야기를 하면서 할머니는 자신의 돌솥에서 굴을 덜어내 할아버지의 돌솥으로 옮기고 있어서, ─그곳만이 주위의 소란에 흐트러지지 않고 온화하고 조용한 공기가 감돌고 있는 것 같았다. 나는 그런 공기가 부러웠다.

　─아사노의 말에 마사코는 웃음을 거두었는데, 사-짱은 계속 웃으면서

　"아사노 씨는 익살스러운 역을 하면 분명 인기가 좋을 거예요"

　하고 말했다.

　"쓸데없는 말 하지 마. 그런데─ 구라하시 군."

　혀에 바람을 쐬고 나서,

　"최근에 공원 안에서 여기저기 활터가 생겼다던데."

　"─호오"

　"호오라니, 구라하시 군은 눈치 못 챘어요? ─안 되겠네."

　마사코는 돌솥 뚜껑을 흠칫거리며 살짝 열고 안을 들여다보았는데, 아사노의 날카로운 말투에 탁 하고 뚜껑을 닫았다.

　"어서 드세요. (그리고 나에게도) 식으면 맛없어요. ─전쟁의 영향인가요?"

　"네?"

　"활터는요, ─분명 늘어날 거라고 생각해요. 분명히 유행할 거예요. 원래 활터는 아사쿠사의 명물로 ─옛날 활터와 지금의 활터는 물론 다르지만, 뭐 부활이라고도 할 수 있겠죠."

"그렇군."

마사코는 돌솥 안에서 작은 조개관자를 꺼내어 하나씩 입에 넣었다. 이제 별로 뜨겁지 않을 텐데, 그래도 조금만 뜨거워도 물집이 잡히지 않을까 걱정이 되는지 얇은 피부의 부드러운 입술을 조금 일그러뜨리며 조개관자를 이빨에 끼워 넣는데, 이빨이 살짝 푸른색을 띨 정도로 투명한 흰색이고, 입술은 바깥쪽만 살짝 입술연지를 발라서 입술을 일그러뜨리면 연지를 바르지 않았지만 그래도 아름다운 엷은 홍색을 띤 입술 안쪽이 들여다보여 빨간 연지와 하얀 이빨 사이로 선명하게 젖은 색이 뭐라 형언할 수 없이 눈을 괴롭히며 육박해 왔다. 나는 이른바 자신이 애써 감춘 관능이 실로 간단히 발각되어 한방에 쿡 찔린 생각이 들어 부끄러운 듯한 슬픈 듯한 기분이었다. 그렇다. 마사코의 괴로울 만큼 일그러뜨린 입술과 그런 포즈는 원래 괴로운 인상을 의식한 것이 아니겠지만(나는 그렇게 생각하는데), 이는 그야말로 교태가 틀림없었다. 그 교태에서 아사노는 내 눈을 떼어내려는 듯이,

"예전에 선비는 아사쿠사의 활터에서 제법 놀았던 모양이죠?"

하고 말을 이었다.

"비묘사이(美妙斎)*는 활터의 여자와 문제를 일으킨 적도 있죠. — 그 비묘사이에게 활터의 초보를 가르친 사람이 고다 로한(幸田露伴)이라고 하는데, 로한이 당시에 활터 놀이나 그 후에 생긴 이른바 명주

---

* '비묘사이'는 메이지 시대의 소설가·평론가인 야마다 비묘(山田美妙, 1868~1910)의 호임.

(銘酒) 파는 집을 돌며 놀던 솜씨는 비묘사이는 도저히 따라갈 수 없을 정도였다고 하니, 지금의 로한으로 보자면 상상도 못할 거예요."

"그렇군요."

"어떻습니까? 약간은 수필의 소재가 되지 않을까요? 이용하면 안 돼요. ―아니, 써도 상관없어요."

"…………"

나는 마사코와 이야기가 하고 싶었다!

그러나 그러한 (나에게는) 변변치 못한 이야기를 아사노가 혼자서 계속 지껄여대고 있는 사이에 실로 어이없이 시간이 지나갔다.

―시간이 되었다며 달리듯이 떠나는 마사코를 분장실 입구까지 배웅하고 그곳에서 헤어졌다.

실로 어이없는 느낌이었다. 그 어이없는 까닭도 있었지만, 나는 마사코와 헤어지자 ―뭔지 알 수 없지만 뭔가를 잃은 듯한 슬픔이 바싹바싹 몰려왔다. 그렇다. 만나고 있을 때도 두근두근 가슴이 뛰면서도 동시에 슬퍼 어찌할 줄 모르는 나였지만, 이제 슬픔만이 내 마음을 차지했다. ―나는 말할 수 없을 정도로 몹시 피곤했다.

아, 나는 얼마나 열렬한 그야말로 바보 같은 생각을 고야나기 마사코에게 품었던가. 그 고야나기 마사코와 드디어 만날 수 있었다. 그 결과가 이럴 거라고는, ―이런 애절한 슬픔, 이런 낙막한 피곤함은, ―이게 도대체 뭐란 말인가. 때마침 잘 다니던 영화관 거리의 인파 속에서 나는 넋이 빠진 듯한 얼굴을 갸웃하고 있었다. 이때만큼 나는 일찍이 내가 혼자서 즐기고 있던 혼잡한 사람들 속의 고독, 군집 속에 나 홀로 있다는 것을 확실히, 그것도 생각지도 못한 고통을 선명하게 느낀 적은 없었다.

내 머리에서는 아사노의 존재조차 사라졌다. 아사노도 어쩐지 입을 다물고 있었다.

그런데 돌연 아사노가 나에게 달려들며 밉살스러운 어투로 말했다.

"고야나기 마사코 같은 그런 여자는, 구라하시 군, 그야말로 애야. 믿을 수 없고 재미도 없지 않아요? 아니면 구라하시 군은 완전히 익지 않은 과실을 먹는 것이 취향입니까?"

"먹는다고? 그런, ―나는"

아사노는 내 말에 개의치 않고, "―고야나기는 그런 애 같은 분위기를 하고 있지만, 의외로 음흉스러울지도 모르지만……."

"음흉스럽다고?"

"자네도 제법 음흉스러운 느낌이 나는군."

"음흉스럽다니, 뭐가 말입니까?"

아사노는 가볍게 웃어 보이며 낯빛이 좋지 않은 얼굴을 머쓱하게 쓸어내렸다.

"―도미를 먹다 지치면 색다른 것을 즐기는 사람들은 정어리가 먹고 싶어지는 법이지. 그런데 다른 사람처럼 그런 본심을 숨기고, 나는 먹고 싶은 게 아냐, 하는 식으로 말하는 것을 음흉스럽다고 말하죠."

허겁지겁 친절하게 그리고 자랑스럽게 마사코를 나에게 끌어다

만나게 해준 아사노인데, ―지금은 후회하고 있다. 나의 '독설'을 증오하고 있는 기분을 말끝에 확실히 내비치고 있었다.

―곧 나는 아사노와 헤어졌다.

혼자가 된 나는 아사노로부터 '도미 먹다 지쳐 정어리를 먹으려는 남자' 취급을 당한 자신을 새삼 바라보았다.

나는 딱히 도미를 먹다 지친 기억은 없지만, ―고야나기 마사코를 향한 생각에 과연 한 점의 야심이 포함되어 있지 않은지 엄중히 생각을 해보니, 없다고 확실히 말할 수 없었다.

확실히 말할 수 없는 자신을 생각하니 너무나 부끄러웠다. 그리고 그런 남자라고 아사노가 생각하는 것이 더욱 부끄러웠다. ―매우 치욕스러웠다.

어쩌면 마사코도 나를 그런 남자로 봤을지도 모른다. 어쩌면? ―아니, 분명 그렇게 봤을 것이다. 이런 생각을 하자, 나는 견딜 수 없었다.

사-짱도 그렇게 봤을 것이다.

그렇다. 분장실의 무희들도 모두 그렇게 봤을 것이다.

빙 크로스비도 그렇게 봤을 것이 틀림없다.

―그런 줄도 모르고 분장실에 유들유들 얼굴을 들이밀고 있었다니, 얼마나 가볍고 천박하고 뻔뻔한 얼굴로 보였을까.

나는 수치심으로 전신이 타오르는 느낌이었다.

―미네 미사코가 나에게 엽기적인 기분으로 아사쿠사를 한가로이 거닐고 있냐고 한 말이 떠올랐다. 미사코도 나를 '정어리'를 찾는 남

자로 본 것이다.

그렇다면 ―도사칸도 그렇게 봤을 것이다.

가메야 폰탕도, 스에히로 슌키치도…….

나는 자신에게 냉엄하게 쏟아지고 있는 이들 눈을 회초리로 찰싹찰싹 매를 맞는 것처럼 느꼈다.

그 눈 속에서 나는 아직 만난 적이 없는 다지마 시게루(但馬滋)의 눈도 보았다.

그 눈이 왠지 가장 빛나고 있었다.―

이들 눈은 이른바 아사쿠사의 눈이었다. 나는 아사쿠사에 더 이상 있을 수 없다는 생각이 들었다.

나는 쫓기듯이 오모리의 집으로 돌아갔다. ……

제6회

모자 아래에 머리가 있다.

아사쿠사에서 거리를 두고 며칠이 지났을까. 내 안에서 점차 아사쿠사에 대한 일종의 향수의 감정이 울적해졌다. 또다시 아사쿠사로 가고 싶어졌다. 처음에는 왠지 아사쿠사에 가고 싶다는 막연한 생각이었는데, 이 생각이 이윽고 아사쿠사에 가서 이것도 해보고 싶다, 저것도 해보고 싶다, 하는 식으로 구체적인 욕망으로 커져갔다. 이는 이향에 몸을 둔 사람이 예를 들어 ─아삭아삭 소리 나는 씹는 맛이 좋은 단무지에 오차즈케(お茶漬)*를 한 그릇 쓱싹 먹고 싶은 욕망 속에 노스탤지어의 구체적인 것을 느끼는 것과 비슷한데, 그러나 나에게 아사쿠사는 역으로 외국이나 마찬가지이기 때문에 이상한 조합이다. 즉, 향수라기보다 역시 동경이라고 해야 할지도 모른다. 그렇지만 기

---

* 밥에 간단한 마른 찬을 조금 넣고 찻물을 부어 먹는 요리.

분으로는 동경이라기보다 향수에 훨씬 가까웠다.

―나는 예를 들면 아사쿠사의 싸구려 식당의 밥을 산처럼 수북이 담은 덮밥이 몹시 그리워졌다. 자신의 집에서 먹는 깔끔하고 조촐한 그릇에 '식사'를 하고 있는 중에, 나는 불결하고 다부진 '밥'이 먹고 싶어졌다. 일종의 도락(道樂)이라고 할지는 모르겠지만. 그래, 내 친구 중에 연립의 방에 혼자 살면서 세 번(혹은 하루에 두 번) 식사를 밖의 간이식당에서 하는 이가 있는데, 언젠가

"나는 앉아서 밥을 먹고 싶어"

하는 말을 한 적이 있는데, 그 친구가 본다면 내 생각 따위는 그야말로 어이없다고 할 것이다.

그 친구는, 다른 이야기인데, 우리에게 또 이런 말도 했다.

"나는 싸구려 일품요리 같은 여자와 하는 연애는 이제 질렸다. 잇따라 다른 요리가 나오는 호화로운 정식 같은 그런 풍부한 느낌의 일류 여자와 연애를 해보고 싶다."

너무 멋진 표현이어서 그 좋은 말솜씨에 우리는 껄껄껄 웃었다. 그말은 우리 모두의 기분에도 맞는 말이었다. 우리가 알고 있는, 알고 있다기보다 우리가 일상적으로 쉽게 사귈 수 있는 범위의 여자들은 완전히 일품요리처럼 한눈에 그 내용을 알아버리는 그런 마음이 빈약하고 얄팍한 '삼류'의 여자들이었다. 사귀면 사귈수록 풍부한 것이 느껴지는 여성을 우리는 몰랐다.

그런데 그 친구가 앉아서 밥을 먹고 싶다고 말했을 때도 우리는 입을 크게 벌리고 웃었다. 웃을 수 없는 이야기인데, 그 때문에 오히려

그렇게 웃었을 것이다. 우선 말한 본인이 가장 먼저 껄껄 웃었다. 가장 심하게 웃었다.

나의 밥에 대한 동경 혹은 노스탤지어는 그 친구가 가정적인 식사에 느끼는 애절한 생각과 비교하면 이것이야말로 진정 웃음을 자아내는 부끄럽고 어리석은 것처럼 보인다. 그러나 이는 아사노의 이른바 도미를 먹다 지쳐 정어리가 먹고 싶어지는 그런 종류가 아니다. 그렇다면 밥을 그리워하는 것은 어떤 것일까. 우울한 기분을 즐기는 재미있는 취미일까? 그렇다. 취미인가? 아니면 …….

*

보기 드물게 춥지 않은 어느 날 오후였다. 나는 2층 장지문을 열고 바깥 유리창도 열고서는 그쪽으로 향한 책상에서 원고를 쓰고 있었다. 머리가 여러 가지 일로 산만해 원고가 진척되지 않았다. 내가 앉아 있는 눈앞에 길을 사이에 두고 2층집이 있는데, 창문이 닫혀 있었다. 그 집 창문을 멍하니 바라보고 있는 시간이 많았다. 이래서는 안 된다고 기분전환하기 위해 나는 화장실에 갔다. 그다지 짧지 않은 시간을 화장실에서 보내고 2층 책상 앞으로 돌아오니, ―앞집 창문이 몇 개 열려 있고 그 집의 열네다섯 정도 되는 딸이 창에 몸을 기대고 있었다. 뭔가 생각에 잠긴 듯한 암울한 눈으로 밖을 바라보고 있었다.

시선이 마주쳤다. 양쪽 모두 동시에 눈을 피했다. 나는 책상 쪽으로 얼굴을 향하고 있었는데, 잠시 후에 살짝 얼굴을 들어 쳐다보았다.

—상대방 쪽에서도 이쪽에서도 서로 다 보이는 상태인데, 훤히 다 보이는 곳에서 내가 어떻게든 해보려고 하고 있으니 아가씨는 분명, 아어떡하나 하면서 창문에서 떨어지겠지, 그렇게 생각했는데, 아가씨는, —아가씨도 어떻게 해보려고 노력하고 있었다. 이쪽의 시선을 의식하고 있는 옆얼굴이다. 아가씨의 나이는 누구라도 이른바 꽃봉오리에서 꽃으로 옮겨가는 도중에 묘하게 추한 모습으로 일시에 금세털썩 떨어져버리는 시기인데, 그 아가씨는 특히 창백한 얼굴에 여드름 같은 것까지 난 그런 추한 얼굴을 태연하게 드러내 보이는 옆얼굴이었다. 그리고 그 옆얼굴은, —저는 생각에 빠져 있어요, 하고 내 눈에 일부러 자신을 드러내 보이려는 듯한 분위기였다. 혼자서 조용히생각에 빠져있는 슬픈 소녀의 모습을 뜻밖에 살짝 엿보니, 이는 슬픈일인데 상대가 이러한 모습을 자랑스럽게 내보이는 것은 설령 그 상대가 열네다섯의 아가씨라고 해도 뭔가 반감을 느끼게 했다. 어른스럽지 않다고 비웃겠지만, 싫은 느낌이다. 얼굴의 추함이 어느 정도 작용하는 부분도 있지만, 나는 애가 탔다. 원고는 전혀 써지지 않았다.

처음에는 살짝 보고 있었는데, 어느새 나는 얼굴을 쑥 들어 올리고응시하고 있었다. 응시하는 눈을 아가씨의 얼굴에서 떼어낼 수 없었다. 아가씨는 이를 충분히 의식하면서 —태연하게 슬픈 기분을 즐기고, 그 슬픔의 자세를 나에게 보여줌으로써 한층 더 즐기고 있는 얼굴이다. 나는 패하여 장지문을 탁 하고 닫고 말았다.

순간 나는 내 소설이 그야말로 불쾌한 이 아가씨와 완전 비슷하다는 생각이 들었다. 나는 슬프다, —이런 것을 독자에게 강요하는 듯한 소설을 나는 특히 즐겨 쓰고 있다.

"—이게 무슨 일이란 말인가."

그것이 어떤 의미로 계기가 된 것인지 나는 알 수 없지만, 그 날 그 일을 계기로 나는 아사쿠사에 갔다.

국제거리에 6구의 작은 극장 사람들의 휴게소 같은 느낌의 사카타라고 하는 밀크 홀이 있다. (그곳은 그 해 즉, 1938년 12월에 깨끗이 개축하여 그때까지 밀크 홀이라고 간판에 씌어 있었는데, 밀크 팔라로 이름을 바꾸었다.) 거기에 나는 밀크 커피를 마시러 갔다.

나는 누구도 만나고 싶지 않았지만, 아니 만나는 것을 어쩐지 꺼려하고 있었지만, 그곳에서 나는 도사칸을 만났다.

도사칸과 나는 '호레타로'에서 만났을 뿐이지만, 미사코로부터 도사칸이 나를 알고 있다고 하는 사실을 들은 탓인지 알고 지내는 사람처럼 착각해서, "야" 하고 인사를 하자, 도사칸이 깜짝 놀랐는지 눈을 깜박깜박해서 그제서야 착각이라는 것을 알아차렸다. 그 때 이미 나는 그 앞의 의자에 앉아 있었다.

뭔가 이야기를 걸어보는 것이 좋겠다는 생각에,

"요전 날에 호레타로의 2층에서 연습한 어트랙션 쪽은 어떻게 되었습니까?"

하고 나는 물었다.

도사칸은 붙임성 있고 매우 기가 약해보이는 미소를 띠며 흥행이 시원치 않아 연습만 했을 뿐 아직 실제로 한 번도 해보지 못했다고 어두운 목소리로 말했다.

"그것 참 곤란하게 됐군요."

그것으로 이야기가 뚝 끊겼다.

나와 도사칸은 동시에 얼굴을 돌렸다.

"잠깐, 잠깐요, 밀크커피"

하고 나는 양복에 왜나막신을 신은 그곳의 여급사에게 말했다. 가늘고 긴 테이블 위에는 삶은 달걀을 담은 접시, 봉지에 들어 있는 버터 피넛을 넣은 병, 그리고 도너츠 와플, 슈크림, 롤 카스테라 종류를 넣은 유리 과자상자가 늘어서 있었다. 나는 그 과자상자를 보고 있었는데, 어쩐지 걸신들린 기분이 들어,

"어이, 어이, 이것 주게. 시베리아"

작은 왜나막신을 질질 끌고 있는 여급사에게 말했다. 여급사의 맨발은 모기에 물린 자국으로 얼룩져 있었다.

나와 도사칸은 서로 다른 쪽을 바라봤다.

—그런데 그로부터 얼마나 지났을까, 정신을 차려 보니 우리는 이전부터 알고 지낸 듯한 친밀한 말을 주고받고 있는 것을 느꼈다. 나는 몹시 낯가림이 심한 반면에, 이상하게 이런 성격도 있었는데, 도사칸도 나와 마찬가지인 것 같았다.

그리고 도사칸은 나에게 이런 이야기를 했다.

"전 부인은 상하이로 갔다면서요? 네, 미-짱, 미네 미사코 양에게 들었어요. 고로짱, 오야 고로(大屋五郎)와는 어떻게 됐을까요? 헤어졌을까요? 어차피 헤어질 거라고 생각하고 있었지만, 헤어질 거라면

레이(玲)짱과 오야 고로를 같이 있게 해주고 싶었어요. —그래요. 이치카와 레이코(市川玲子), 미-짱의 여동생이에요. 원래 고로짱과 함께 지냈죠. 가엾게도 죽어버려서. 그게 오야 고로에게 버림받은 것이 원인이 되어서. 본래, 그야 심장이 조금 좋지 않은 애였지만요. 그 때문인지, 몹시 기가 약한 성품 좋은 아이였는데, 실제로 가엾게 됐지 뭐에요. 오야 고로와 헤어지고 얼마 안 있어 그 일이 힘들었던 모양이에요. 연습이 있던 날 밤에 무대에서 객혈하고는, —그리고 잠시 병원에 있었지만, 그 길로 일어나지 못하고 죽어버렸어요. —오야 고로, 나쁜 놈이에요. 맞아요, 나쁜 녀석입니다. 그러나 이렇게 말하면 좀 그렇지만, 당신 전 부인도 나빠요. 부인 쪽이 더 나빠요. S영화의 여배우를 했었는데요. 그 때 일로 오야 고로는 그 무렵 T좌에 출현하고 있었는데, 그 T좌의 옆에 있는 작은 극단이 S영화 개봉관이었죠. 그곳에서 아유코 씨, 전 부인이라고 했죠? 아유코 씨가 잠깐 실연(實演)을 했는데, 거기서 오야 고로와 알게 되었어요. 미남 배우니까요. 아유코 씨는 완전히 고로짱에게 반해서 실연이 끝난 다음에도 매일 아사쿠사로 와서는 T좌의 분장실에 들어가 죽치고 있었어요. 사람들 눈 따위는 신경 쓰지 않았으니까요. 당시 평판이 대단했죠. 오야 고로에게는 어엿한 레이짱이 있었는데, 같이 T좌에 출연하고 있었죠. 이 사실을 아유코 씨는 처음에는 몰랐을지도 모르지만, 분장실에 드나들면서 들었을 거예요. 그러나 아유코 씨는 아무렇지도 않게 분장실을 드나드니, —레이짱 쪽이 오히려 움츠러들어버린 거죠. 이에 분개한 어떤 사람이 잠자코 보고 있으면 안 된다고 레이짱에게 말해도 레이짱은, 그래도…… 하면서 그저 눈물만 흘렸어요. 그러는 사이에 오야 고로가 레이짱에게 헤어지자고 말을 꺼낸 거죠. 이렇게 말했다고 합니다. 아유코 씨에게는 큰 부자에 사람 좋은 후원자가 있는데, 그 후원자가 아유코 씨에게 정식으로 결혼해서 가정을 갖게 되면 뭉칫돈을 주겠다고 말했어요. 그래도 아유코 씨는 후원자와 헤어지고 나와 결혼하고 싶다, 결혼하면 후원자에게 받은 돈으로 나를 공부시켜 주겠다고 하고 있어요. 나를 일류 가수로 만들어주고 싶다, 그리고 자신도 가정을 갖고 다시 살고 싶다, 그렇게 말했어요. 내가 아사쿠사에서 부상해 훌륭하게 될 수 있는 큰 기회다, ―헤어져 달라, 그렇게 말했다고 합니다. 그래서 레이짱은, ―정말로 나는 죽은 레이코 짱이 슬픈 아사쿠사의 아이라고 생각해요. 고로짱의 출세를 위해서라면 나는 괴롭지만 물러나겠습니다, 이렇게 말했다고 하니. 레이짱은 가엾게도 정말로 오야 고로를 사랑했던 거예요. ―객혈하고 병원에 들어가자, 이제 나는 가망 없다, 죽기 전에 한 번이라도 고로짱을 만나게 해달라, 울면서 미-짱에게 부탁했다고 해요. 미-짱은 사람도 아닌 오야 고로라고 분해하면서 그런 녀석을 만나고 싶다고 하면 안 된다고 야단을 쳐도, 레이짱은 말을 듣지 않았다고 합니다. 마지막에는 역시 레이짱이 가여워서 오야 고로에게 만나달라고 분하지만 말하러 갔다고 합니다. 실제로 신파 비극 같아서 거짓말 같지만, ―그러나 아사쿠사에는 신파 비극 같은 이야기가 굴러다닙니다. 이것이 아사쿠사의 좋은 점일 텐데요, 그러나 또한 안 좋은 점이기도 합니다. 나쁜 녀석들이 이런 곳에 파고들어 아사쿠사의 좋은 부분을 이용하니까 말이죠. —고로짱이 만나러 왔냐고요? —그게 어떻게 되지 아세요? 고로짱은 아유코 씨와 함께 병원에 왔어요. 둘이서 위풍당당하게 레이짱의 베갯맡에 서서, —그때 아유코 씨는 보기에도 값비싸 보이는 굉장한 꽃다발을 병문안 인사로 갖고 왔다고 합니다만, 나중에 미-짱이 —그런 어이없는 꽃다발 따위를 갖고 왔다고 분개했어요. 뭐든 들고 올 거면 계란이라도 들고 왔으면 좋으련만. —병원비 마련하느라 힘들다고 했으니까요. 미-짱은 두 사람이 돌아가자 그 꽃다발을 창문 밖으로 던져버렸다고 해요. —그리고 곧바로 레이짱은 고로짱, 고로짱 하고 부르면서 죽어버렸어요."

도사칸은 피 같은 붉은 입술을 일그러뜨리며 레이코처럼 병이라도 있는 것처럼 가슴을 안타깝게 문지르며,

"완전히 신파 비극 아닙니까? 화가 나서 미치겠어요."

"음—"

나는 괴로워 기절할 것 같은 목소리를 냈다.

이 이야기는 나를 얼마나 놀라게 했던가. 그런 신파 비극 같은 것이 현실적으로 일어나다니, —있을 수 없는 일이 현실적으로 일어났다는 것, 그 공포가 나를 내리쳤다.

그리고 나는 얼마간 (여기에는 뭔가 연결고리가 있을 테지만, 나로서는 알 수 없었다.) 격한 감정의 폭풍우 속에서 문득 고야나기 마사코의 어쩐지 애처로운 모습이 떠올랐다.

"나는 그래서—"

도사칸이 말을 이었다. "—당신 얼굴을 전부터 알고 있는 것은 실

은, 이렇게 말하면 좀 그렇지만 그런 아유코 씨의 남편이었다고 하는 사람은 어떤 사람일까, 그런 생각이 들어서……"

"음—"

나는 다시 괴로워 기절할 것 같은 목소리를 냈다.

그런 내 옆에는 도사 순회할 배우를 모으는 듯한 남자와 배우로 보이는 남자가 한쪽 소매 안으로 양쪽에서 손을 집어넣고 손가락으로 급료 이야기를 서로 하고 있었다.

"하나 더 내주세요."

표주박 같은 얼굴을 하고 눈 아래를 새카맣게 한 신분 낮은 분위기의 한 남자가 애교를 떨며 졸라대고 있었다.

"안 되는데."

상대방이 말했다. 두 사람은 이야기에 몰두하고 있어서 우리 쪽으로는 눈길도 주지 않았다.

밖의 국제거리를 호외 파는 아이가 종을 울리면서 허둥지둥 뛰어다니고 있었다. ……

*
**

…………

나는 K극장 객석의 가장 뒤쪽 어둠 속에 서 있었다.

영화는 이제 곧 끝난다. K극장은 영화와 쇼를 걸어놓고 6구의 레뷰 관계자들은 영화를 곁들이는 것으로 보고 있지만, 영화 관계자들

은 영화가 메인이고 쇼는 영화를 보러 오는 관객들에 대한 서비스라고 생각한다. (이는 순문학 출신 작가가 저널리즘에 요구되는 것과 마찬가지인데, 순문학 작품과 동시에 또 한편에서 통속소설을 왕성히 쓰면서, 사람에 따라서는 이러한 작가를 바야흐로 통속분야로 보기도 하고, 그러나 어떤 사람은 역시 순문학 작가라고 말하는 것과 비슷하다.) 영화는 —고토(江東)에 있는 소학교의 어느 여학생의 작문을 저널리즘이 묘한 방식으로 입을 모아 칭찬하면서, 그 소녀는 일약 천재라는 말까지 듣게 되어 작품을 각색해서 신극 무대에 걸고 영화로도 상영한 것이다. 이 영화를 친구가 가서 보자고 해서 마루노우치(丸の内)의 영화관에서 봤는데, 이를 K극장에서 다시 보는 것은 그 영화가 그 정도로 매력적인 것이었다기보다, 나한테는 영화라는 것은 언제나 설령 그것이 걸작 영화라고 해도 어차피 곁들이는 느낌이어서, 보고 싶은 것은 쇼, 정확히 말하면 고야나기 마사코가 출연하는 쇼이지만, 그렇다고 쇼만 보러 가는 것은 이제 얼굴이 익숙해진 검표 직원 여자아이에 대해서도 어쩐지 낯간지러워서, 미리 쇼 전에 들어가서 이렇게 한 번 본 영화를 별로 즐겁지 않은 얼굴로 보고 있는 것이다.

장면은 — 여학생의 아버지 양철공이 섣달 그믐날인데 주인이 돈을 지불하지 않자 무일푼으로 설을 맞이하게 되었다. 사람 좋은 아버지는 집으로 돌아가 가족과 얼굴을 마주하고 고통스럽게 괴로워하면서 난폭하게 굴었다. 이러한 장면 전개 속에서 허둥지둥 소란스러운 장면과는 다르게, 쥐 죽은 듯이 조용한 객석 분위기에 나는 엇? 하는 생각이 들었다. 마루노우치에서 봤을 때는, 이 장면에서 관객들이 와

하고 웃었었다. 예를 들면, 외상값으로 고생도 경험도 해보지 않은 샐러리맨이 무일푼이 되어도 자고 기다리고 있으면 부모에게 돈을 받을 수 있는 학생이라든가, 고토의 공동주택에서 태어나본 적도 없는 금리생활자라든가, 이런 부류의 마루노우치 관객은 섣달 그믐날의 비극을 보고 아하하, 하고 웃었던 것이다. 맞아, 이렇게 말하는 나도 얼마간 웃었는데, 양철공 아저씨 역을 연기한 배우의 광란적 연기는 얼마간 희극적인 부분이 있었다. 그러나 그 우스꽝스러움에 아사쿠사의 관객은 결코 웃지 못했다. 웃지 못한 정도가 아니라, 보고 있자니 내 앞의 뭔가 장인 여장부 같은 사람은 거무스름하고 흐트러진 머리칼이 얼굴로 내려오는 것을 개의치 않고 솔로 눈물을 닦고 있었다. 여기저기에서 훌쩍이는 울음소리가 들려왔다.

(오— 아사쿠사여.)

나는 감동으로 가슴이 옭죄어오면서 아사쿠사라고 하는 것에, — 그 실체는 모르지만 막연히 뭔가 아사쿠사라고 하는 것에 손을 내밀고 싶었다. 내밀고 싶었다.

(역시 아사쿠사다.)

나도 모르게 마음속으로 중얼거렸다. 뭔가 공중에 떠 있는 듯한, 공중에서 허무하게 발버둥치고 있는 듯한 나를 구해준 것은 아사쿠사이다. 역시 아사쿠사에 와서 좋았다. 진심으로 그런 기분이 들었다. 나는 울고 싶었다. 기뻤다. —울고 있었다. 그러나 이는 아사쿠사의 손님과 함께 영화를 보며 운 것이다. 나는 아사쿠사라고 하는 것에 대하여 눈물을 흘린 것이 아니다. 나는 —둥실둥실 부유하고 있다가, 뭔지는 모르지만 간신히 조우하고 매달렸다. 그것이 무엇인지는 아직 잘 모른다. 진심으로 매달릴 만한 것이 무엇인지, 매달려서 과연 생각한 대로 구제될 수 있을지 아직 잘 모르지만, 붙들고 나아가면, 그렇다, 나는 '머리 위에 모자를 얹는' 것을 할 수 있을 것이라고, 그런 기분이 들었다. 이상한 말이지만, 사정을 이야기하자면, 언젠가 술 취한 사람이 길에 떨어진 모자를 주워서 머리에 얹으면서, "—모자 아래에 머리가 있다"고 고함을 쳤다. 그 소리만 길을 가던 내 귀에 들어와서, 술 취한 이가 그 앞에 뭐라 말했는지 그건 모른다. 앞에 무슨 말인가 있겠지만, 그 이상한 말은 그것만으로도 충분히 내 흥미를 끌어 내 머리에 파고들었다.

'모자 아래에 머리가 있다. ……'

이런 노래인지 뭔지가 있는지도 모른다. 시시한 장난질 문구인지도 모르지만, 내게는 의미심장하게 울렸다.

'모자 아래에 머리가 있다.

양복 안에 인간이 있다.'

언젠가 나는 이렇게 중얼거려봤다. 머리 위에 모자가 있어야 한다. 모자는 인간이 쓰는 것이고, 인간의 머리를 위해 존재하는 모자여야 하는데, 모자를 위한 머리, —그런 인간이 있지는 않은지. 모자, —이는 재미있는 상징이다.

'모자 아래에 머리가 있다.'

이는 재미있는 말이다. 재미있다고 생각하고 있으니 말의 회초리가 찰싹 하고 나를 때렸다. 그렇다, 이런 내가 모자 아래에 머리가 있는 듯한 인간이 아니었던가. 적어도 그런 경우가 왕왕 있지 않았던 가. ……

영화가 끝났다. 드디어 쇼다.

그러나 나는 쇼를 보려고 K극장에 들어갔을 때의 나와 지금의 나가 다르다는 사실을 발견했다. 나는 예를 들면 꽃을 찬미하려고 위를 바라본 기분이었는데, 지금은 땅을, 자신의 발밑을 응시하는 기분이었다. 그렇기는 하지만 고야나기 마사코를 향한 나의 동경은 간단히 반했다든가 사모하는 마음뿐만 아니라, 뭔가 매달릴 것을 발견하고 싶은 마음이 방황하는 기분으로 나타난 것이 틀림없으므로, 그런 점에서 뭔가 공통된 것이 있었다.

정신을 차리니 오케스트라가 울리고 막이 스르르 올라갔다.

위아래 양쪽에서 댄싱 팀이 잽싸게 무대로 뛰어갔다. 무희들은 모두 같은 의상에 같은 춤, 그리고 똑같은 화장에 똑같은 몸매여서 뭉쳐서 나오면 누가 누군지 알 수 없을 정도로 헷갈리는데, 내 눈에는 마사코만이 눈에 띄어 그곳만 빛나고 있는 것처럼 생각되어 딱히 찾아내려고 하지 않아도 금세 알 수 있었다. 완전히 맨다리이다. 사-쨩이 여자지만 홀딱 반했다고 말한 그 하얀 피부가 내게도 눈이 부셨다.

눈이 부시다고 말한 것은 무슨 의미인가? 마사코와 만나기 전에는 눈이 부시는 것은 눈이 부셔도 마사코 위에 시선을 물끄러미 고정시키고 볼 수 있었는데, 마사코를 만나고 나서부터는 뭔가 부끄럽고, (반복해서 말하면) 말쑥하게 양장한 마사코를 한 번 보고나서는 손이나 발을 드러낸 마사코가 아무래도 눈이 부시고, (―거듭 반복해서 말하면) 내 얼굴을 마사코가 알고 나서는 내가 마사코의 맨 다리에 뭔가 빛나는 시선을 쏟고 있는 것을 마사코 쪽에서도 보고 있는 듯하여, 실제로는 어둠 속에 있는 나를 마사코는 알 리 없지만, 그래도 아무래도 그런 기분이 들어 시선을 마사코에 고정시킬 수 없었던 것이다. 나는 사-짱으로 시선을 옮겼다. 그러자 사-짱과 눈이 마주쳐, 아니 사-짱도 내가 객석에 있는 것을 알 리는 없고, 내 존재를 알아차릴 리 없으므로 눈이 마주친 것이 아니라 사-짱이 이쪽으로 어쩐지 시선을 향하고 있는 것을 내가 마음대로 그렇게 느낀 것에 지나지 않지만, 그래도 역시 뭔가 부끄러워져 시선을 돌렸다.

이윽고 댄싱 팀은 무대 뒤쪽으로 물러나고, 탭댄스 추는 남자가 발걸음 가볍게 나왔다. 그리고 무희들 앞에서 무희들에게 보여주려는 듯이 탭댄스를 춰 보였는데, 나는 그 남자에게 얼마나 강하게 선망을 느꼈던가. 질투라고 하는 편이 나을지도 모른다. 동시에 나는 오케스트라 연주자들한테조차 질투를 느꼈다. ―그들은 초연해 있었다. 내 눈에 빛나고 있는 것은 그들 누구의 눈에도 보이지 않았다. 그런 그들에게, 그렇기 때문에 더욱 질투를 느낀 것이다.

나는 마사코 쪽으로 살짝 시선을 돌렸다. 마사코는 사-짱과 나란히 다리를 나란히 하고 서 있었는데, 그 생기 있고 윤이 나는 정말로 얼룩 하나 없는 살짝 부풀어 오른 다리를 (집요한 문장을 읽는 독자여, 용서해 주오. 미숙한 나는 그 다리에 풍요롭게 흘러넘치는 매력적인 요소 가지가지를 어떻게 하면 전달할 수 있을지 몹시 초조해져 간결하고 적확한 표현을 찾을 수 없다. 어차피 집요하게 된 이상, 덧붙여 말하자면) 손으로 집으려고 해도 손가락이 미끌어져 집을 수 없는 데다, 그럼에도 약간 딱딱한 것에 닿기만 해도 피부가 찢겨 엷은 홍색의 투명한 피가 쑥 튀어나오지는 않을까 생각되는 그 다리를 마사코는 부끄러운 듯 옆으로 비비꼬고 있었다. 아, 이 얼마나 고혹적인 선일까. 그러나 동시에 그 아름다운 선이 나타내고 있는 수치심에 나는 약간 과장해서 말하면 깜짝 놀랐다. 아마 이것도 마사코와 만났기 때문으로, 내 기분 탓이라고는 생각하는데, ─며칠 전에 분장실로 내가 처음 방문했을 때, 마사코가 맨살의 무릎을 감추려고 스커트를 자주 펄럭이고 있었는데, 그때의 마사코의 수치심과는 뭔가 다른 음흉한 뭔가가 느껴졌다. 아니, ─나에게 괴로운 느낌이었다.

그러나 곧 댄싱 팀은 두 갈래로 무대 안쪽으로 달려 들어가고 마사코는 내 시선에서 자취를 감췄다. 장면이 바뀌어 '유쾌한 4인'이 기타를 치면서 무대에 등장했다.

나는 K극장을 나가자,

"마사코를 만나고 싶다. 그러나 혼자서는 분장실로 갈 수 없다. 역시 아사노 군이 있어줘야……."

이런 생각을 마음속으로 중얼거리고 있으니 아사노가 쑥 하고 내 앞으로 얼굴을 내밀었다. 나를 밉살스럽게 노려보고 있는 얼굴, ─잇따라서 미사코의 "왜 아사쿠사를 빈둥대고 있어?" 하고 말했을 때의 얼굴이 …….

나는 거기에서 아사쿠사가 나를 보는 얼굴을 본 듯한 느낌이 들었다. 내가 손을 내밀어도 그 손을 받아주지 않는 아사쿠사의 얼굴. 나는 K극장에서의 감동까지 뭔가 천박한 감격이었던 것처럼 다시 생각되었다. 나는 영화관 거리의 어두운 뒷골목을 걸었다. 그리고 밝은 공원 극장 앞으로 나오자,

특별제공
곰 전골요리
○○동물원 불하 곰

큼직하게 써 붙인 기괴한 광고지가 내 눈에 비쳤다. '동물원 불하?' 이것을 기쁘다고 생각하며 광고에 이끌려 들어가는 손님도 있을까? ―있으니까 이런 광고를 자랑하듯이 내걸었겠지만, 나는 동물원의 좁은 울타리 안에서 우울하게, 그렇지만 어쩐지 슬프고 집요하게 빙빙 돌고 있는, 털도 닳고 늙어빠진 데다 약간 더러운 만큼 슬픔도 한층 더한 곰을 뇌리에 떠올리고는 이를 먹는다는 말에, ―예를 들면 협박을 받아도 먹을 수 없을 것 같았다. 불쌍한 것뿐만 아니라, ―그런 곰고기를 상상하는 것만으로도 마음이 좋지 않았다. 그러나 세상에는 이런 것을 먹고 싶어 침을 흘리는 악식가(惡食家)가 있는 법이다. 나도 악식이라면 별로 뒤떨어지지 않는데, 이건 좀…….
(아니, 잠깐, 나도 조금 먹고 ―위약한 신경을 새롭게 고쳐볼까?)
뭔가 다부지게 되는 비법이 거기에 감춰져 있는 듯한 기분이 들었

다. 싫은 것을 참고 먹으면 신경이 강인해지고, 강인하고 다부진 소설을 쓸 수 있을지도 모른다. 그런 기분이 들었다.

이건 이른바 대중적인 쇠고기 전골냄비 요릿집을 여름 무렵에 그 옆을 지나갔을 때 흡사 시골에서 막 나온 것 같은 분위기를 그대로 드러낸 여자가 골목에서 콩을 까고 있는 것을 자주 봤을 때와 비슷하다. 붉게 부풀어 오른 손가락을 갑갑하게 가위 구멍에 집어넣고 바닥에 높이 쌓아올린 콩을 맛없어 보일 정도로 느릿느릿한 손짓으로 툭툭 자르면서 가게에서 여자들의 화려한 교성이 들려올 때마다 그쪽으로 부러운 듯이 얼굴을 돌렸다. 나도 빨리 부엌일에서 벗어나 가게로 나가고 싶어, 하는 듯한 표정이 내 머리에 남아 있었다.

(그 여자아이도 지금은 가게로 나갔을까?)

포렴에 얼굴을 갖다 대자마자,

"어서 오세요."

뛰어 덤빌 듯이 ─과연 곰 전골요리를 먹이고픈 만큼 완전히 맹수 같은 여자들의 목소리에 나는 간담이 서늘해져 뒷걸음질 쳤다. 즉, 나는 위약한 신경을 뜯어고칠 수 없는 것이다.

*

그렇다. 먹거리로 말하자면, 6회 처음에 식당 밥에 대하여 썼다. ─내가 가는 아사쿠사 밥집은 여러 군데 있어서 일정하지 않은데, 즉 급할 때는 내 방에서 가까운 갓파바시(合羽橋) 거리의 밥집, 산책 가는 길이면 공원을 지나 우마미치(馬道)로 나가서 주변 밥집으로 간다.

그 우마미치와 국제거리 사이에 히로코지(広小路) 거리와 고토토이(言問) 거리 사이에 보통 아사쿠사라고 불리는 한 구획 안에 있는 식당들은 이른바 밖에서 아사쿠사에 놀러오는 사람들을 위한 밥집으로, 아사쿠사 안에서 일하는 사람들을 위한, 딱히 그렇다고도 한정하기 어렵지만, 아무튼 그러한 안에 있는 사람들끼리 가는 느낌의 싸구려 밥집은 그 구획의 외곽에 있다. 우마미치, 국제거리, 히로코지, 고토토이 거리, 그곳에 그야말로 밥집 같은 싸구려 밥집이 있다.

우마미치의 '다이코쿠야(大黒屋)'에서 '우산 팔이'와 마주앉아, ―우산 팔이는 비가 내리면 6구에 나타나 일회용 우산을 파는 아사쿠사 특유의 장사인데, 그 남자와 '다이코쿠야'에서 때때로 얼굴을 마주하는 사이에 언제부터인가 친숙해져서 저쪽에서 말을 걸어와 우산 도매를 하고 있는 할머니 이야기, 최근에 그 도매가를 높이다니 빌어먹을 할멈, 하는 종류의 이야기를 듣고, 나는 13전의 밥을 먹고, ―(된장국 3전, 야채요리 5전, 덮밥을 시로라고 하며 5전. 합해서 13전. 말이 나온 김에 더 보면, 조금 더 밥을 먹고 싶을 때는 작은 그릇의 밥이 있어서 이를 반이라고 하며 3전.) ―우산 팔이가 거기서 소주를 마시면서 대기하고 있는 것을 보니 아무래도 수상한 하늘 낌새, 밖에 나가서 아즈마바시(吾妻橋) 쪽으로 어슬렁어슬렁 가니 폰탕이 마쓰야의 무사시 전철 출구에서 허둥대며 나오다가 딱 마주쳤다. 앞 절의 다음날이다.

"안녕하세……"

폰탕은 흰색이 바랜 듯한 얼굴을 하고 있었는데, 내가 폰탕의 집이

무사시 전철 연선이냐고 묻자, 이때도 이상하게 충혈된 눈을 꿈벅이며,

"아니, 어젯밤에 데라지마마치(寺島町)에 잠깐 갔다 왔는데……"

씨익 웃으면서 말하기에,

"데라지마마치?"

고야나기 마사코의 집은 데라지마 히로코지라고 들었다. 마사코를 떠올린 것이다. 그러자 내 성실한, 아니 촌스러운 얼굴에,

"싫어요"

하고 폰탕은 어깨를 두드리는 듯한 손짓을 하며,

"그 여자, 요즘 좀 ……. 데라지마마치의 그녀가 있는 곳에 ……"

"……?" 나는 아직 잘 몰랐다.

"졸립다, 졸려."

이것은 오사카 방언으로,

"그럼, ―조만간 한 번 같이 갈까요?"

나는 아 그렇군, 유곽에 갔구나 하고 눈치 챘을 때는 폰탕은 양복 어깨를 여자처럼 흔들며 찻길을 가로지르고 있었다.

그건 그렇고, 나는 13전의 밥을 먹고 나서 20전의 커피를 마시러 갔는데, ('봉쥬르'는 매너리즘이다. 어딘가 잘 모르는 곳으로 가보자.)

그래서 아즈마바시 가미나리몬(雷門) 근처에 있는 '마롬'이라는 지금까지 한 번도 들어가 본 적이 없는 가게 문을 열고 들어갔다. 커피를 주문하고 담배에 불을 붙이고 있는데, 우연히 사-짱이 들어왔다. 여기에서 누군가와 만날 약속을 한 듯이 두리번거리며 가게 안을 둘러보다 나를 알아보고는 깜짝 놀랐는지 얼굴을 붉혔다. 약속한 사람

은 와 있지 않은 듯한데, 사-짱이 내 옆으로 와서,

"요전 날에는 잘 먹었습니다"

이렇게 말하며 머뭇거리고 서 있어서,

"자, 앉으세요"

하고 나는 말했다. 가게에는 아베크족이 많았다.

사-짱은 이 또한 이상할 정도로 붉은 눈을 하고 있었다. 폰탕의 눈과 비슷하다.

"……?"

그런 나의 시선에 앞에 앉아 있던 사-짱은 다시 얼굴을 붉히며,

"이상하죠? 눈이 ……"

허둥지둥하는 목소리였다. 그 목소리도, 얼굴을 몹시 붉히고 있는 것도, 뭔가 사-짱답지 않았다.

"나, 울고 말았어요."

"울었어?"

"네, 방금 전에 엉엉 울었어요. 눈이 빨갛죠?"

마음의 평정을 되돌린 듯이,

"돈짱은요, ―저기, 일전에 선생님이 분장실로 오셨을 때 선생님 앉아계신 바로 옆에 있던 애."

붙임성 좋은 목소리로 이렇게 말하고 내가 끄덕이는 것을 기다릴 틈도 없이 말했다. 나는 분장실에 갔을 때를 이제 완전히 잊고 있었기 때문에 전혀 기억이 없지만, 응응 하면서 고개를 끄덕였다.

"그 사람이 말에요, 갑자기 극장을 그만두게 되어 오늘이 마지막

무대였어요. 자신은 그만두고 싶지 않대요. 그렇지만 아버지가 만주로 가기 때문에 함께 가야한대요. 그래서 조금 전에 무대에서도 절반은 우는 얼굴을 하고, 분장실에 들어와서는 갑자기 와 하고……"

정중한 말과 편한 말을 섞어 사-짱은 수다를 떨었는데, 수다를 떨면서 문 쪽으로 눈길을 보냈다.

"그런데 선생님, 이번에 O관을 그만두고 우리들이 있는 곳으로 들어온 무희가 트렁크를 들고 울상을 지으며 분장실로 왔어요. 그 사람도 O관에서 모두 함께 엄청 울고 헤어져 온 참이었거든요. 와 보니 이쪽에서는 돈짱이 엉엉 울고 있잖아요? 그러니까 그 사람, 다시 슬퍼져서 트렁크를 내던지고 엉엉 울어버린 거예요. 돈짱과 얼싸안고 엉엉, 엉엉. 그래서 우리도 슬퍼져서 함께 우는 바람에 분장실에 있던 모든 사람이 엉엉, 엉엉. 이건 뭐 엄청 소란스러웠다니까요."

"흠"

"그래서 눈이 새빨개졌어요."

이 이야기는 거짓말은 아닌 것 같은데, 그러나 사-짱의 눈이 붉은 것은 그 탓만은 아닌 것 같았다. 사-짱은 이야기가 끝나자 안절부절 못하는 목소리로,

"저, 선생님"

하고 머뭇거렸다.

"왜?"

"여기로 빙 씨, 안 왔어요?"

"글쎄, 나도 지금 온 참이라서……"

이를 증명이라도 하듯이 주문한 커피가 나왔다. 사-짱은 다시 얼굴을 붉혔다. 빙은 끝내 모습을 나타내지 않았다. ……

일기와 주(注)로 이루어진 1회

(—무슨 이유 때문인지 스토리 부분으로 들어가려고 하면 붓이 머뭇거려진다. 그래서 이번 회는 이러한 정체를 방지하기 위해 당시의 일기를 발췌해서 거기에 주를 덧붙이는 형태로 스토리의 진전을 도모하고자 한다.)

*

×월 ×일

'호레타로'에 갔다. 품에는 읽고 있던 앙드레 말로의 『왕도』. 손님이 없어서 철판 앞에서 읽었다. 나도 여행을 가고 싶다.

"그대, 그녀와 주변 사람들이 〈변태〉 남자를 어떻게 부르는지 알고 있나? …… 〈인텔리〉라고 부르고 있어요…….."(『왕도』에서)

×월 ×일

안주인에게 아사노라는 자가 원래 자주 왔었다고 아무렇지도 않은 듯이 말하자, —아사노가 오코노미야키 계산이 밀려 도망다니면서 돈을 내지 않는 이유를 들려줬다. "뭐, 사람들이 하는 이야기인데요, 심한 매독에 걸려 머리가 이상해졌다고 하는 사람도 있으니까요." 미워 죽겠다는 듯이 안주인이 말했다.

스에히로 슌키치가 흥행이 좋지 않아서 만자이로 바꾸려고 한다고 말했다.

밤에 달콤한 통속소설을 썼다. 오모리로 돌아갔다.

(주1)

내가 혼자서 『왕도』를 읽고 있는 곳에 스에히로 슌키치가 흥행 교섭으로 여러 곳을 돌아다녔는지, 매우 피곤하고 창백한 얼굴을 하고 돌아왔다.

"어떻게 됐어요? 슌키치 씨?" 하고 부엌에서 안주인이 말했다.

"—못 했어요" 하는 그.

등골이 곤약으로 변했나 싶을 정도로 푹 쳐져서 철판 앞에 앉아 있었는데, 목소리는 매우 가볍고 명랑했다. 성질이 원래 그런지, 습관인지, 아니, 성질과 습관을 나눌 수 없겠지만, 분명 피로와 명랑함의 갭

이 다소 이상하여 마음이 아팠다.

　(그러나 이것은 내가 아사쿠사에 둥지를 틀고 있는 예능인의 이른바 아사쿠사 같은 강인하고 다부진 것을 몰랐던 탓이다. 그들은 어떠한 경우에도 결코 절망을 하지 않는다. 내일 먹을 밥이 없어 곤란해도 명랑하게 노래를 부르고 있다. 그런데 ―나는 얼마나 절망적 기분을 즐기고 있는가.)

　"도사칸을 어제 만났어요." 내가 말하자,

　"도사칸과 팀을 짜려고 생각하고 있는데요."

　"호오"

　"그런데 미-짱이 안 된다고 만류하고 있는 모양이에요. 그 녀석은 다지마 씨에게 갔어요. 어떻게 해야 할지 몰라서. ―여쭤볼 생각인 거죠. 다지마 다이묘진(但馬大明神)에게 편지로 물어보고 있는 것 같아요."

　"왜 만류하는데요? 몸이 안 좋은가……"

　"아니오, ―(스에히로는 부인이 있는 부엌을 힐끗 곁눈질하고는 작은 목소리로) 영락하니까 그러겠죠. 인간은 한 번 떨어지면 더 이상 올라갈 수 없어요. 미-짱은 그렇게 말하던데요. 사실 그건 그렇죠."

　스에히로 슌키치는 전에는 '유쾌한 4인'의 한 사람인 빙 크로스비와 동격이었다. 그렇긴 해도 하급배우인데, 한 레뷰 극단에 있던 적이 있다. 그랬던 것이 빙은 (이전에는 빙이라고 하는 예명이 아니었다.) 지금은 연줄로 일류 연예인이 되었고, 스에히로는 영락해서 ―'호레타로' 2층의 작은 방에서 기거하고 있다. 그런 스에히로가 하는 말이라서 실감이 깃들어 있는 말에 틀림없지만, 그 명랑한 목소리에는 전혀 그런 느낌은 없었다.

스에히로는 계속해서 미-짱이, 아니 미사코가 도사칸이 영락한 것을 신경 쓰는 것은 도사칸에게 반한 탓이라고 말했다. 도사칸도 미사코에게 반하여, "어느 쪽인가 하면 그 녀석 쪽이 훨씬 열을 올리고 있죠." 스에히로가 말했다.

"그래서 미사코 양의 남편 다지마 군에게 그 …… 여쭤본다는 것도 이상하군요. 부적절한 연애 상대의 남편에게 그런 ……"

"부적절한 연애 좋아. 헤헤헤……"

스에히로는 그것이 그의 천성인지, 무대용으로 만든 웃음인지 알 수 없는 기괴한 웃음소리를 내며 웃고 있을 뿐, 아무 말도 하지 않았다.

—그 날, 미사코는 보기 드물게 모습을 나타내지 않았지만, 대체로 언제나 일을 도와주는 사람처럼 '호레타로'에 앉아있는 것은 앞에서도 적었다. 뭔가 이곳과 특별한 관계라도 있는지, 그 날 나는 스에히로에게 물어봤다.

"미-짱과 다지마 씨가 처음 살림을 차렸을 때, 빌린 것이 여기 2층이에요. 미-짱은 이곳의 아주머니에게 상당히 신세를 져서 놀고 있을 때는 그래서 일을 도와주러 나오는 거예요."

스에히로의 대답이었다.

"그래서 미사코 양은 지금 어디에 살고 있어요?"

"집으로 돌아갔죠. 다지마 씨가 병으로 고향으로 가버렸기 때문에……"

"집이라고 하면, 이 부근의 ……"

"아니, 다마노이(玉の井) 근처에요."

나는 그 대로 흘려듣고 있었다. 고야나기 마사코의 집도 데라지마라고 들었는데, 그건 그때 머릿속으로 들어오지 않았다.

×월 ×일
아침에 집에서 A신문의 칼럼 평론을 썼다(※2)
오후에 아사쿠사에 갔다.

*

이렇게 추운데, 여전히 젤리 디저트가 있다. 사람들이 먹고 있는 것도 놀랍다.(※3)

*

개와 아이(※4)
부닌*의 회상기 중에서 체홉의 말. ―"여기에 큰 개와 작은 개가 있다고 하자. 그런데 작은 개는 큰 개가 있다고 해서 용기가 꺾여서는 안 된다. ―그리고 신이 부여한 목소리로 짖어야 한다.

―――――――――

* 부닌(Bunin)은 러시아의 시인, 소설가이다.

저녁 무렵에 아사노의 하숙집을 방문했다.

"웬일이에요? ……고야나기 마사코와 만나게 해달라는 얼굴이군요."

적중했다. 그러나 마사코는 만나지 않았다. (※5)

아사노는 또 다시 나를 '도미를 먹다 지쳐 정어리를 먹으려는 남자'라고 말했다. 이렇게 집요하게 말하니, 내가 정말로 그렇게 되어주겠다.

'악한에게 하루에 서너 번씩 그가 정직의 화신이라고 말해주면 그가 적어도 완전한 '정의파'가 되는 것은 확실하다. 그러나 그 반대로 정직한 남자를 너무 집요하게 악한이라고 부르면, 그는 자신이 반드시 악한이 아닌 것은 아니라고 증명하고 싶은 굴절된 욕망을 일으킬 것이다.'(애드거 앨런 포)

나는 원래 정직한 남자가 아니다.

(주2)

칼럼 평론은 다음과 같은 것이었다.

'위대한 일을 한 사람의 전기를 읽으면 꼭 인간미라고 하는 항목이 나온다. 위대한 일이란 무엇인가. 인간의 능력을 최대한으로 발휘하는 것이다. 그리고 인간미란 무엇인가. 때로는 인간미라는 '미명' 하에 인간의 능력을 최대한으로 발휘한 사람이 인간의 능력을 최소한으로 살아가는 낮고 비소한 레벨로 끌어내려진다. 그리고 그 레벨에서의 인간적 약점이 치켜세워지고, 그것이 인간미라고 하는 것이 된다. 인간이란 약점이 없으면 안 된다고 하는 이른바 근대의 인간관에서 이것이 애교가 된다. 애교 정도라면 괜찮지만, 거기에 자칫하면 인간의 능력을 최대한으로 발휘하는 것은 이른바 인간미가 낮은 것에서가 아니라, 실은 최대한의 레벨까지 올린 인간성에서 비로소 발휘된다고 하는 사실까지 무시당하고 있다.

문학은 그러한 인간관을 따라 왔다. 문학은 인간 탐구의 일이다. 그러므로 문학의 대상이 되는 인간 중에는 인간의 능력을 최대한으로 발휘한 사람도 있거니와, 그 최소한에서 살아온 사람도 들어 있다. 그러나 문학은 후자에 보다 집착했다. 거기에는 예의 인간미가 풍부하게 노출되어 있기 때문이다. ―그러한 문학이 이번에 전쟁에 직면했다. 전쟁은 인간의 능력을 최대한으로 발휘할 수 있는 위대한 영위이다. 이는 인간의 영위이지만, 이른바 인간미가 낮은 곳에서가 아니라, 높은 정신의 고양에서 비로소 발휘된다. 이러한 엄숙한 사실은 일반적으로 인간 능력의 최대한의 발휘를 같은 레벨까지 끌어올린 인간성으로 그리는 문학에 대한 기대와 바람을 가져왔다.'

나는 자신이 이러한 소설을 쓰고 싶었다. 쓰고 싶은 기분은 거짓한 점 없는 것이었는데, 기분과 실제는 같이 가지 못했다. 기분이 먼저 달려가, 이는 흡사 내가 안장에서 떨어지는 것을 개의치 않고 질주하는 준마처럼, 나는 말에서 떨어지지 않으려고 고삐를 쥐고 질질 땅바닥을 끌려 돌아다니는 느낌이었다.

젤리 디저트는 노란색을 띤 한천으로, 대만의 무화과 열매를 으깨서 만든다고 하는데, 이것을 주사위처럼 자른 다음 설탕물, 얼음을 얹어서 먹는다. 팥빙수의 팥 대신에 한천이 들어가는 식이어서, 한 그릇에 5전.(이듬해에 7전으로 가격 인상.) 팥빙수 등 도쿄 어디를 찾아봐도 어디에도 없는 이 추운 날에 아사쿠사에서는 여전히 얼음을 얹은 젤리 디저트를 팔고 있는 것이다. 여름 한 철 장사라고 생각했다가, ―아무튼 놀랐는데, 그 후 거리에 얼음이 얼어 있는 추위 속에서도 당당히 가게를 계속해서, 당연히 손님은 별로 들지 않았지만 그래도 때때로 외투 차림에 목도리를 한 손님이 길거리와의 사이에 아무런 방한 설비도 갖추지 않고 길거리에 내놓고 하는 가게 안에서 여름철과 똑같은 자리에 앉아 얼음을 서걱서걱 먹고 있는 것을 볼 수 있다. 즉, 아사쿠사에서는 연중 내내 얼음을 먹을 수 있는 것이다. 뭔가 뜨거운 연고가 있는 것 같다.

연립 부근의 골목을 하릴없이 어슬렁거리고 있으면 눈에 띄는 것이 있다. ―

보기에도 불쌍해 보이는 마른 작은 개가 보기에도 매서운 크고 살찐 개를 무서워하며 멍멍 비명을 지르고 도망가는 것이다. 가엾게도 나는 작은 개에게 동정했다. 그런데 거기에는 여러 명의 아이가 있어서 이를 보고, "야, 이것 봐" 하면서 개에게 돌을 던졌는데, ―이는 밉살스러운 무서운 개가 아니라 매우 비참하게 꼬리를 흔들며 흙을 긁으면서 필사적으로 도망가는 작은 개에 대해서였다.

나는 기분이 나빴다.

그 맹견은 아이들과 친밀한 개이고, 가여운 작은 개는 그곳으로 헤매다 들어온 아이들과 인연이 없는 들개 같은 개이다. 그 때문에 아이들은 딱히 조력을 필요치 않는 맹견에 가담해서 조력을 필요로 하는 약소한 개를 괴롭히는 것일까? 그렇다고 하지만 도망가는 개한테 돌은 던지지 않아도 되는 것 아닌가. 그렇게 생각하며 보고 있자니 큰 개가 이윽고 기분 좋고 여유롭게 그곳을 떠나가고, 아이들이 딱히 부르거나 하지 않는 모습은 아무래도 아이들과 그 개가 친밀한 관계가 아니라는 사실을 분명히 보여줬다. 아이들은 단지 잔학을 좋아하는 마음에서 돌을 던지는 것이고, 약소한 것을 괴롭히는 쾌감, 불쌍한 것을 증오하는 감정에 소박하게 그 때 휩싸인 것에 지나지 않는다는 것이 분명했다.

나는 그러한 아이의 마음이 싫었다.

그러나 그러한 나는 뭔가 반성하고 있을 때, ─나는 어떤 일을 떠올렸다. 어떤 꿈을 떠올렸다. 내가 아유코와 헤어진 직후에 꾼 꿈이므로, 이제 상당히 전의 일인데, 지금도 분명히 기억하고 있는 것은 그것이 상당히 싫은 꿈이었음을 증명하는 것이다.

'파리의 지붕 밑'이라는 영화가 개봉되었을 무렵에 이 영화는 나에게 깊은 감명을 주었다. 그 때문에 철도 선로 옆에서 싸움하는 장면이 있는데, 꿈은 그 장면을 빌려서 전개되었다. 나의 집 근처에 철도 선로가 있어서 아침저녁으로 그 선로 옆의 길을 지나간 탓도 있겠지만, 나는 완전히 캄캄하고 음울한 선로 옆에서 힘없는 나의 도저히 저항할 수 없는 근육이 다부진 남자, ―그것도 이쪽은 혼자인데, 상대방은 몇 명이나 되는 사람들에게 둘러싸여 있었다. 꿈이므로 하다못해 ― 현실에서는 물론 불가능하겠지만, 아니, 그러니까 더욱 더 그 남자들을 팍팍 기분 좋게 내던져버리는 '꿈'을 꾼다면 좋았을 텐데, ―나 자신이 얼마나 패기가 없는지. 나는 벌써 밟히거나 발로 차여 엄청나게 얻어맞았다. 그러나 그런 한심한 꿈은 아유코가 도망갔을 때 느낀 원통함 때문에 이를 갈고 있는 나를 보여주었다. 아유코가 내게서 떠나간 것은 아유코로서는 적당한 이유가 있었겠지만, 나로서는 아무래도 납득할 수 없었다. 무법의 말도 안 되는 처사로밖에 생각할 수 없었다. 나는 이제 당신에 대한 애정을 잃었다, 그러니 헤어집시다. 이렇게 아유코에게 말을 듣고, 나는, 그럼 나도, 하고 말하며 아유코에 대한 애정을 오래된 모자라도 버리듯이 간단히 버릴 수는 없었다. 그렇다고 해서, 그건 곤란해, 나는 아직 당신을 사랑하고 있어, 당신을 잃고 싶지 않다고 말해도, ―아니, 그야말로 울며 애원해도 아유코가 떠나가는 것을 만류할 수는 없었다. 나는 어떻게 해도 감당하기 어려운 강력한 팔로 다짜고짜 넘어뜨리는 바람에 분한 눈물을 삼키며 힘이 없어 상대가 이렇게 여유롭게 떠나가는 것을 잠자코 보내줄 수밖에 없는 상태였다. 꿈은, 그 억누를 길 없는 분함을 구상화시킨 것으로 생각된다.

그런데, 말이다. 나는 폭한 무리에게 완전히 얻어맞고 있는 사이에 문득 정신을 차리니 이는 꿈속 이야기로, —나는 언젠가 그 폭한 한 명이 된 자신을 발견했다. 그리고 나는 땅바닥에 패기 없이 비참하게 뒹굴고 있는 녀석에게 뭐라 말할 수 없는 증오와 분노를 느꼈다. 그러한 비참한 녀석을 무법이든 뭐든 어디까지나 놀리고 괴롭히는 쾌감에 취하면서 나는 그 녀석을 계속 밟고 찬 다음에 바로 일어섰다.

그리고 그 녀석 옆으로 가서, —오, 아니, 이 녀석은 역시 나이다! 깜짝 놀라 잠에서 깼다. 내 베개는 눈물로 젖어 있었다.

나는 말할 수 없는 불쾌한 기분이었다. 선로 옆이라고 하는 장면까지 분명히 머리에 남아 있는 것도 불쾌한 기분을 한층 더 강하게 했다. 나아가 —이 꿈은 소설에 쓸 수 있겠다, 다음 순간 자신도 모르게 생각했는데, 이런 천박함도 한층 더 불쾌한 기분을 강하게 만들었다.……

(주5)

—고야나기 마사코를 만나지 않았을 때는 뭔가 슬프고 외로운 사모의 정은 슬픔과 동시에 즐거운 것이었음을 나는 만난 다음의 괴롭고 쓰디 쓴 모정에 의해 알게 되었다. 고야나기 마사코에 대한 모정(慕情)은 어떤 것일까, 하고 나는 새삼 생각해보았다. 이것은 뭔가 마음의 갈망이 나타난 것이 아닐까. 그랬던 것이 막상 고야나기 마사코를 만나고 나니 —그때까지는 그 모정이 두둥실 공중에 떠있는 구름인지 안개인지 잡기 어려운 상태로, 그 때문에 슬프기도 하고 또 봄 안개, 여름 구름이라도 보는 듯이 뭔가 즐거운 일이었는데, 급히 아사

노의 말을 빌려 표현하면, '도미를 먹다 지쳐 정어리를 먹으려고 한
다'는 명백히 뭔가 박정한 곤봉 같은 것이 그 구름 속에 쑥 돌출해 있
는 느낌이었다. 나는 그 곤봉을 싫어했지만, 싫다고 그것을 다시 기체
화하는 것은 이제는 할 수 없는 일이었다.

　—게다가 만나고 싶다. '정어리를 먹으려고 하는 남자'라고 마사코
가 보고 있다고 생각하면 견디기 어려웠지만, 그래도 만나고 싶었다.
한 번 만난 이상은 무대의 마사코를 멀리 객석에서 바라보는 것만으
로는 참을 수 없었다.

　'정어리를 먹으려는 남자'라고 말한 아사노가 미웠지만, 마사코를
만나게 해달라고 하기 위해서는 역시 아사노를 의지할 수밖에 없었
다. 분장실로 나는 혼자서 갈 수 있는 사람이 아니다.

　아사노는 센조쿠마치의 작은 잡화점 2층에 셋방을 구했다.

　"아사노 군, 있어요?"

　애꾸눈을 한 여주인에게 말하자,

　"있어요." 손님이 아니어서 화가 났는지, 퉁명스러운 목소리이다.
그냥 모르는 체 하고 있는데,

　"—있습니까?"

　불러달라고 말하는 대신에 얼간이 같은 목소리로 말하자, "—뒤쪽
으로 돌아가서 올라가면 될 거예요."

　뭔가 불쾌한 냄새가 나는 골목을 지나 부엌 문쪽으로 돌아서 떼어
내지 않으면 열릴 것 같지 않은 유리문을 열자, 아사노의 것인 듯 닳
아 헤진 왜나막신이 그곳에 있었다. 완전 새카만 왜나막신 위에 바깥

쪽 여주인 것인지 둥글둥글 곱슬의 적갈색 머리칼 빠진 것이 얹혀 있었다.

"―아사노 군"

어두운 계단 아래에서 소리를 지르자,

"오오"

뭔가 허둥대며 뒤집히는 듯한 소리가 나고, 아사노가 쑥 하고 얼굴을 내밀었다. 어두운 탓인지 눈이 고양이처럼 기분 나쁘게 빛나고 있었다.

"야, 아사노 군" 계단을 올라가려 하자,

"나갑시다. ―잠깐 기다려요."

내가 올라가는 것을 막는 듯한 매우 낭패한 손짓이었다.

―밖으로 나오자,

"제 집을 찾아오다니, 웬일이에요? ―아무래도 고야나기 마사코를 만나게 해달라는 얼굴이군요."

나는 씩 웃으며 잠자코 있었다.

이윽고 K극장 뒤쪽으로 갔는데, 분장실 입구에 다가가자 갑자기 발이 멈추었다.

"분장실로 가는 것, 나는 그만두겠습니다."

"―어째서?"

"……"

"그렇습니까? 그럼 ……"

담박하게 말했다. 그리고 내 앞을 왜나막신 소리를 내며 지체하지 않고 갔다.

'봉쥬르'에 갔다. 그곳에서 아사노는 아사쿠사 모임을 하지 않겠냐고 말을 꺼냈다. 아사쿠사에 애정이나 관심을 갖고 있는 문단 사람들이나 저널리스트 등을 모아 아사쿠사를 사랑하는 모임 같은 것을 하자는 것이다.

"거기에 6구의 극장 녀석들을 차례대로 불러야 하지 않을까요? 재미있는 모임이 될 거예요. ―처음에는 역시 K극장일까요? 당신의 고야나기 마사코가 있는……." 아사노는 혼자서 힘을 주어 말했다.

×월 ×일

스에히로 슌키치를 만나서 함께 만자이 극장 E관으로 갔다. (※6) 오리지널이라는 것에 대하여 생각했다. '호레타로'에서 미사코를 만났다. (※7)

연립에 머물렀다.

연립의 옆방에 여자 손님이 와서 큰 소리로 이야기를 하고 있다.

"저쪽에서 형사 같은 자가 왔어. 이쪽은 아무것도 수상한 일은 안 했으니까……"

"수상해, 그렇지 않아?"

"아, 그런가?"

이런 대화가 들렸다. 만자이를 생활에서 말하는 듯한 느낌이다.

현실은 소설보다 기이하다고 하는데, 현실은 만자이보다 기이하다. 그럴지 모른다.

이삼일 전 점심 때 연립의 부엌에 갔더니 밖에서 술에 취한 사람이 소리를 지르고 있었다.

"귀뚜라미도 집을 한 채 갖고 있지 않은가."

연립 사람들에게 독설을 내뿜고 있는 것이다. 어째서 그렇게 화가 나 있는지 모르겠지만, 귀뚜라미를 말한 것은 재담이 좋다고 생각했다. 만자이 등에서 기억한 대사일까, 아니면 술 취한 사람의 창작일까.

스탕달의 『바이런 경』을 읽었다.

생각하게 하는 말. ─"끊임없이 자신에게 홀려 어떠한 효과를 타인에게 줄 것인지 하는 것만 신경 쓰고 있었다는 점에서 바이런 경의 기질은 장 자크 루소와 매우 비슷하다. 경 만큼 연극을 할 수 없는 시인은 다시 또 없을 것이다. 경은 다른 인물이 되는 것은 할 수 없는 것이다. 경이 세익스피어를 특히 싫어한 것은 이러한 이유 때문이다. 뿐만 아니라 경이 세익스피어를 경멸한 이유는 세익스피어가 베니스의 불량한 유태인 샬록이 되는가 하면, 또 경멸할 만한 잔인하고 용맹한 사람 존 케이드도 될 수 있었다는 점일 것이다."

(주6)

국제거리에서 스에히로 슌키치를 만났는데, 가메야 폰탕을 만나러 E관으로 가는 길이라고 한다.

"착착 만자이로 전향 중이군요."

스에히로는 몸에 전혀 어울리지 않는 이상한 짧은 코트를 갑갑해 보이게 입고 있었다.

"어쩐지 좋은 예명 같지 않아요?"

"글쎄."

"좀 생각해 보세요. 뭔가 시국풍이랄까……"

"시국풍……"

"네, 요전 날에 이런 이야기를 들었는데요. ─나라를 지킨다. 이를 둘로 나누어, '나라를'에 '지킨다'. 만자이 콤비에 잘도 이름을 붙였다고 감탄했어요. 이것도 바로 며칠 전에 배우로부터 만자이로 전향한 사람한테……"

나는 E관으로 가 보려고 함께 걷기 시작했다.

"그래, 그래. 미-짱이 '호레타로'에 와서 말이야, 당신이 오지 않으려나, 하고 있던데요."

"뭔가 볼일이라도……"

"딱히 볼일은 없어 보였는데요."

"다음에 가 봅시다."

E관에 가니 가메야 폰탕은 마침 무대에 나갔다고 한다. 스에히로는 안쪽으로, 나는 객석으로 들어갔다.

이 극장은 무대에서 손님 얼굴이 구석에서 구석까지 명료하게 보이는 좁은 곳이어서 나는 키가 큰 데다 이때 높은 왜나막신을 신고 있어서 서 있는 관객의 머리 위로 얼굴이 쑥 나올 정도였는데, ─안으로 들어간 순간 무대의 폰탕과 나는 시선이 딱 마주쳤다.

"―야"

하는 표정으로 폰탕이 바라봤다. 분명히 표정을 알 수 있었다. 나도 "―야" 하는 정도로 고개를 끄덕여 보였다.

"―호오, 돈은 영어구나."

폰탕은 나를 보면서 딴청을 부리며 말했다.

"―영어야."

폰탕의 이른바 '형님'인 쓰루야 안폰이다. 폰탕보다 조금 키가 크고, 그 대신 마른 체형으로 '미남'형 얼굴을 하고 있다. 두 사람 모두 더블 옷을 입고 짚신을 신고 있었다.

"그럼, 독일어로는 돼지를 ……"

"독일어로? ―독일어로는 햄이라 하지."

"아, 그렇군."

"잘 기억해놓게."

"그럼, 프랑스어로는?"

"소시지야."

이 이야기를 나는 '일류' 만자이 무대에서 들은 적이 있다. 똑 같이 그대로 한 것은 아니지만, 같은 취향이다. ―만자이는 각각 독립된 짧은 웃긴 이야기를 몇 개 결합하여 성립된다. 그러므로 창작 안에 한두 개 빌린 것을 끼워 넣을 수 있는데, 나는 뭔가 불쾌한 기분이 들어 경멸스러운 감정을 억제할 수 없었다. 그 만자이를 경멸할 뿐만 아니라 빌린 것을 손쉽게 끼워 넣는 만자이라고 하는 것을 경멸한 것인데, 그러나 —생각해보면 '고상'한 문화 분야에서도 이와 비슷한, 아니 만자이 이상으로 빌린 것 7할, 오리지널 부분은 불과 3할 같은 방식이 당당히 독창적인 얼굴로 통하고 있는 듯하다. —모두 만자이 같은 것이다.

(주7)

'호레타로'에 가니 미사코가 없었다. "손님방에 나가야 할 일이 있다면서 잠깐 외출했습니다"고 안주인이 말했다.

젊은 남자 손님이 둘이 와서 우동 반죽을 숟가락으로 떠서 흘리며 자신의 이름인 듯 로마자를 철판 위에 쓰고는, "이번에는 잘 됐다"는 등 말을 하며 흥겨워하고 있다. 우동 반죽이 좀처럼 맘대로 되지 않으니까, 호흡이 고르지 않았다. 재미있어 보여서 나도 '아구튀김'을 주문했다. 아구를 우동 반죽에 정성스럽게 섞어서, 참, 자신의 이름을 쓰려다 왠지 머뭇거렸다. 그럼 누군가 다른 이름을, —그렇다고 나는 고개를 끄덕였다.

K라고 우선 썼다. 과연, 쓰기 어렵다. 먼저 우동 반죽을 뚝 떨어뜨리니 그 위에 큰 혹이 생기고 말았다. 이어서 o—, 이어서 y— Koyanagi Masako

보는 것도 쉽지 않은 솜씨가 엉망인 모습이다. 우동 반죽을 떼어내어 마구 섞어버렸다.

다시 한 번, —이번에는 신중하게 해서 어떻게 해서든 볼 수 있을 정도는 되었다. 그래서, 이것은 그대로 두고, —(그렇다. 이번에는 일본 글

자로……) 하고 생각하고 있던 때에,

"아주머니, 갑니다" 하고 먼저 와 있던 손님이 말했다.

나는 혼자가 되었다. 나는 고쳐 앉아서, ─고…… 하고 쓰기 시작했는데, 이것이 어찌된 일인가. 내 마음이 갑자기 쿡 하고 애절한 생각에 옭죄어드는 것이다. 고야나기 마사코가 벌써 미치도록 그리웠다. 로마자일 때는 이러지 않은 것은 역시 로마자로는 생생히 호소할 수 없는 탓일까. 아니면 그때는 손님이 있었던 때문일까.

한숨을 쉬면서 숟가락을 옮기고 있었다.

고야나기 마사코. ─몹시 옆으로 퍼져 불룩 살찐 글자가 완성되었다. 날씬한 실물의 고야나기 마사코의 느낌과 완전히 다른 추하고 뚱뚱한 글자로, 그 추함이 싫었지만 ─가만히 보고 있는 사이에 그 싫은 기분 속에 그와는 다른 더 심하게 싫은 기분이 불쑥불쑥 끓어올랐다. 글자 형태는 실제 고야나기 마사코와는 전혀 비슷하지 않다고 해도, 그 글자 자체는 그야말로 고야나기 마사코의 이름임에 틀림없다. 이를 무참하게 철판 위에 올려놓고 굽고 있는 것은 뭔가 우시미쓰 마이리(丑三詣)*와 비슷한 저주의 소행이라도 행하고 있는 듯한 기분이 든 것이다.

---

* '우시미쓰 마이리(丑三詣)'는 '우시노고쿠 마이리(丑の刻参り)'라고도 하는데, '우시노고쿠' 즉, 새벽 1시부터 3시 사이에 신사의 나무에 증오하는 대상을 지푸라기 인형으로 만들어 세워놓고 못으로 찌르는 의식이다. 에도시대에 시작되어 질투심에 괴로워하는 여성이 백의를 입고 촛불을 붙인 철쇠를 머리에 두르고 하는 주술 행사의 일종이다.

(―이러면 안 돼.)

우동 반죽이 얇은 바깥쪽부터 구워지기 시작해서 점차 색이 변해 갔다. 나는 마음속으로 안 돼, 안 돼, 하고 중얼거렸다. 그러나 그대로 그 변화를 응시했다.

그러고 있으니, 그곳으로

"―아, 추워"

미사코가 난폭하게 문을 열어 젖혔다. "아, 구라하시 씨."

"야, 안녕하세요."

미사코는 선 채로 구두를 벗고 안으로 들어와서,

"―아니"

철판의 글자에서 나에게로 시선을 옮기며,

"이것, ―구라하시 씨가 쓴 거예요?"

"응"

"마사코, 알고 있어요?"

"―내 애인."

"애인?" 이상하다는 듯이 목소리를 올려서,

"아니, 농담이에요. 내가 무척 좋아하는 애에요."

"……!" 계속 선 채로 미사코가 나를 험상궂게 바라보고 있었다. 나는 시선을 피하면서, 이름의 마지막 글자 '코'를 덥석 입 안으로 넣었다.

"앗, 뜨…… 뜨거워"

미사코가 내 앞으로 털썩 앉았다. 나는 입을 우물우물 하면서,

"당신은 고야나기 씨를 알고 있어? —아니, 같은 아사쿠사에 있으니 알고 있겠군."

나는 허둥대며 혼자서 중얼거렸다.

"그보다 미사코 씨, 요전 날에 도사칸 구— 아, 말하기 어렵군. 도사칸 군을 만나서 굉장한 이야기를 들었는데, 놀랐어. —당신은 왜 나에게 이야기의 절반만 말하고— 모두 이야기하지 않은 거야?"

이런 이야기를 하고 있는 곳으로 '호레타로' 주인인 호레타로가 밖에서 돌아와 이야기는 그대로 중단되었다.

"엄청 추워졌네. —어서 오세요. 밖은 추워요. —이 애는, 아 (방을 들여다보고는) 자고 있군. —잠깐 목욕하고 몸을 따뜻하게 한 다음 다시 와야겠네."

제8회

여행으로의 초대

....

....

추운 밤에, 아니 추운 계절이니 추운 것은 어찌 보면 당연한데, 온기라고 하면 베갯맡에 켜놓은 전등밖에 없어서 심리적으로도 한층 추위가 더했다. 그런 연립의 방에서 나는 이불속에 들어가 책을 읽고 있었다. 한쪽 손을 이불 밖으로 꺼내고 책을 눈 위로 들고 보고 있으니 그 손이 곧 차가워져서 추위로 아파와, 다른 쪽 손, 이불 속에서 따뜻해진 손을 꺼내어 교대로 들고 보고 있으니 자연스러운 이치로 차가운 손을 이불 속에서 따뜻하게 하는 속도보다 따뜻해진 손이 밖에서 차가워지는 속도 쪽이 아무래도 빨라서 아직 충분히 따뜻해지지 않은 손을 하는 수 없이 꺼내어 교대하게 되어, 그 교대가 점차 빨라지고, 그러는 사이에 이불 안에 넣은 손이 조금도 회복되지 않았는데 밖의 손이 견디기 어려울 정도로 차가워져 버리는 식이 되어, 이윽고 양 손 모두 좀처럼 회복하기 어려울 정도로 차가워져 버렸다. 하는 수 없이 나는 책 읽는 것을 이러한 외적인 사정으로 중단하는 것은 몹시 고통스럽지만 무리해서 참고, 책을 이마 위에 올렸는데, 이는 아픈 머리 위에 올린 얼음주머니 같은 형태로, 즉 중단의 고통으로 아픈 머리를 얼음주머니처럼 이마에 얹어서 완화라도 시키려는 듯이 해놓고 양 손을 이불 속으로 집어넣고는 빨리 따뜻하게 덥히기 위하여 손을 허벅지 주변에 집어넣으니, 마치 얼음을 갖다 댄 것처럼 차가워서 뜨끔 놀라 앗 소리가 나왔다. 벌써 이렇게 추워지면 연립에 머무를 수 없겠다고 중얼거리면서도, 실은 추운데 오모리까지 가는 것이 완전 먼 느낌이라서 집에 돌아가는 것이 귀찮아져서, 다시 말해 이 추위 때문에 여기에 머무르게 된 것이다.

　—벌써 1시를 지나 이 연립은 여름철에는 한밤중의 12시 반부터 1시 반 무렵까지 하루 중에서 가장 번잡한 시간인데, 예를 들면, 이 시각이면 자신은 술에 취하지 않았다고 하면서 혀 말린 혼잣말을 하며 위험한 발걸음으로 계단을 쿵쾅쿵쾅 올라오는 여급들도, 여름철에는 혼자서 방으로 돌아와도 가게의 여흥이 남은 탓인지 뭔가 혼자서 떠들기도 하고 때때로 심하게 술이 취한 동료를 데려와 방안에서 꺄-꺄-동물처럼 소리를 지르다가 결국에는 싸움을 하거나 울면서 제법 소란을 떠는데, 이러한 소란스러운 연립의 입주민들도 술에 취해 갈지자 걸음 걷는 것은 여름철과 별반 다르지 않은데, 추우니까 정신이 기운

을 잃은 탓인지 이미 조용히 잠에 든 낌새이다. 완전히 고요하다. 안도 바깥도 ㅡ. 그렇다. 여름철은 새벽 3시 무렵까지, 조금 과장하면 한밤 중에도 연립의 바깥 거리는 사람들의 통행이 끊이지 않고, 내 베갯맡 에 울리는 발자국 소리 속에 아사노 미쓰오의 왜나막신 같은 닳아 헤 진 신을 질질 끄는 듯한 소리가 싫으면서도 너무나 요염한 발걸음을 연상시킨다. 굽이 낮은 왜나막신의 얇은 굽이 똑똑 하고 매력적으로 울리는 때는 제법 기분이 좋다. 그런데 지금은 거리도 고요하고 멀리 서 쓸쓸하게 개의 울음소리가 들려온다. 쓸쓸하다고 한 것은 내 외로 운 마음에서 나온 느낌일지도 모르지만, 의외로 이것은 언젠가 본 작 은 개를 위협하고 있던 밉살스러운 큰 개가 뭔가 사정이 있어서 완전 히 의기소침해서 쓸쓸한 소리를 내고 있는 것인지도 모른다는 생각이 들어, 나의 쓸쓸한 마음도 위로가 되는 것 같았다.

귀를 기울이고 있으니, 이것은 비구름이 낮게 내려앉은 밤에 때때 로 있는 일인데, 멀리 저쪽의 우에노(上野) 역 주변에서 보-보- 하는 기 적 소리가 희미하게 들렸다.

(여행을 떠나고 싶다.)

문득 통절하게 느꼈다. 이런 여행가고 싶은 기분은 내 안에서 계속 타올랐던 감정이다. 그렇다. 내가 아사쿠사에 온 것은 일종의 여행이 아니었던가. 나는 이런 감정을 이때 비로소 알게 되었다.

나는 조금 전에 방 안의 온기라고 하면 전등 외에 다른 것이 없다 고 썼는데, 내 경우에는 온기는 없어도 일단 월동준비로 이불이 있는 데, 이것은 스에히로 슌키치로부터 들은 이야기로, 그의 친구 중에서 실업자 배우가 모든 것을 전당포에 넣어버리고 겨울밤에 얇은 이불 한 채밖에 없어서 정말로 전등의 열을 이용하여 추위를 견뎠다고 하는 이야기를 들은 적이 있다. 그는 벽장 안 위쪽에 들어가 문을 꽉 닫고 상단에 면솜이 조금밖에 들어 있지 않아 센베이처럼 딱딱한 싸구려 이불을 뒤집어쓰고 누워 벽장 아래쪽으로 전등을 끌어왔는데, 어디서 갖고 왔는지 어처구니없이 큰 전구를 붙여 휘황찬란하게 빛나는 그 빛으로 몸을 따뜻하게 했다는 이야기이다. 정말로 그렇게 하면 따뜻해지는지 어떤지 나는 내 스스로 시도해본 적이 없어서 보증할 수는 없지만, 그는 그렇게 해서 황당한 장치를 신안(新案)의 전기스토브라고 불렀다고 스에히로 슌키치가 말하면서, "황당한 녀석이에요" 하고 웃은 적이 있다. 나도 웃었는데, 그야말로 웃기는 이야기인데 웃기는 가운데 슬픔이 조금씩 번져 나오는 이야기였다. 이 슬프고 웃기는 기분은 이야기를 묘사적으로 쓰지 않으면 조금 전달하기 어려워서, 실은 이 이야기를 단편에 쓴 적이 있으므로 중복되는 것은 굳이 하지 않겠다. 그리고 그때는 내가 아직 그 이야기를 단편에 쓰기 전의 시점이어서, 이야기를 쓸 수 있겠다는 기분으로 나는 그 이야기를 막연히 떠올리곤 했었다. 그건 그렇고, 이런 이야기를 멍하니 떠올리고 있는 것은 다름이 아니라, 손이 상당히 따뜻해졌는데 조금 전에는 손을 따뜻하게 해야 해서 책 읽는 것을 중단한 것이 매우 고통이었음에도 불구하고 이제는 책을 읽어야 할 손을 꺼내는 것이 귀찮게 느껴졌기 때문이다. 이마에 올려놓은 책도 목을 옆으로 움직이는 바람에 머리 너머로 떨어져 있었다. 다시 말해서, 나는 손이 따뜻해졌기 때문에 졸음이 몰려온 것이다.

그런데 이때, 갑자기 문밖에서 허둥대는 사람의 발소리가 들렸다. —뭔가 외치는 듯한 소리도 들리고, 이윽고 연립 아래에서도 소란스러운 분위기였다. 무슨 일인가 싶어 귀를 기울이고 있으니, 계단 아래에서 "어디입니까? 화재는?" 하는 말소리가 내 귀에 울렸다. 나는 벌떡 일어났다. 아마도 솔직하게 말하면 놀람보다도 호기심으로 —.

창문을 열었다. 가미나리몬 쪽으로 (오, 이런 벌을 받은 것인가. 그러나 그때의 실감을 솔직하게 말하면) 너무나도 따뜻해 보이는 불길이 타오르고 있었다.

문득 정신이 들고 보니, 잠옷 차림 위에 겉옷을 걸쳐 입고 외투를 입고 있었다. 이렇게 말하는 것이 적절하게 생각될 정도로 나는 실로 민첩하게 몸단장을 하고 있었다. 그런데 문득 생각해 보니, 가미나리몬을 향해 일제히 달리고 있어야 할 터인데, 이유는 모르겠지만 나는 그 다음 동작으로 여유롭게 책상 위에 먹다 남은 유부초밥으로 손을 뻗고 있었다. 그 유연함을 빗대어 말해보면, 유부초밥은 연립의 골목을 국제거리로 나온 곳에 있는 '대대로 내려오는 옛날 단고(名代昔團子)'라고 씌어 있는 포렴이 걸린 '모모타로(桃太郎)'라는 가게의, 가게 선전을 할 생각은 아니지만, 제법 맛있는 그리고 맛있어서 유명한 유부초밥이지만 전술한 대로 따뜻한 혈액이 통하고 있는 손조차 차갑게 만들어버리는 그날 밤의 추위에 원래도 차가운 유부초밥이 얼음처럼 차갑게 되어, 그 차가움이 내 이빨에 쫙 스며들었다. 나는 벌벌 입술을 떨면서 연립 밖으로 나왔다. (나는 토쿄의 주택가에서 자랐는데, 아이

때는 밤이 되면 "유부초~밥" 하면서 유부초밥을 팔러 다니는 사람이 있어서, ―낮에는 모습이 보이지 않다가, 야심한 밤에 통행하는 사람이 없어질 무렵이 되면 어딘가에서 나와 그 기괴한 목소리가 가까이 들리는데, 목소리의 주인공은 발소리는 들리지 않는데, 어린 나는 사람을 유괴해갈 것만 같아서 무서워했었다. 지금은 이제 서민동네는 잘 모르겠지만, 지대가 높은 주택가 쪽에서는 이런 "유부초~밥" 혹은 "카링, 카링~", "냄비볶음, 우동~" 하는 ―지나(支那) 메밀가게 노점상이 부르는 필리리 하는 날라리 소리조차 거의 들리지 않게 되었지만, ―생각해보면 유부초밥에는 이러한 그리운 추억이 있어서 그런 유부초밥을 입에 넣으면 추억이 되살아나고, 게다가 어린애 같은 불구경 기분에서 그랬는지, 나는 몹시 어린애 같은 기분이 들었다. ……)

화재는 가미나리몬의 메이지 제과 가게 뒤쪽이었는데, 나는 '진동야(ちんどん屋)'* 앞까지 가서 그곳에서 불구경을 하고 있었다. 그리고 이것은 레토릭이 아니라 정말로 문득 정신이 들고 보니 내 주변은 여자들뿐이었다. 나이는 이래저래 다양했지만 모두 식당의 언니들이라고 생각되는 것이, 갓 잠이 들었다가 깨어나 그대로 달려 나온 것처럼 단정치 못한 모습이었다. 엇? 하는 기분으로 뒤를 돌아보니, '진동야'의 철문은 반쯤 열어둔 창에도 낮에 보면 모두 생기 있는 진동야 언니들이 화장을 다 지우고 이쪽이 부끄러워질 정도로 볼품없는 매우 생기 없는 누런 낯빛을 하고 겹겹이 나와 있어서 일종의 장관이랄까

---

* '진동야(ちんどん屋)'는 이상한 복장을 하고 악기를 울리면서 거리를 돌아다니며 광고하는 사람을 일컫는 말이다.

뭐랄까 처절한 느낌이었다. 나는 구경꾼이 넘치는 히로코지 거리로 시선을 돌렸다. 그곳도 ―여자뿐이라고 하면 거짓말이 되지만, 실로 여자가 많았다. 질릴 정도로 많은 여자의 모습에 나는 뭔가 아사쿠사에 관한 중대한 발견을 한 듯한, 적어도 엄숙한 기분이 되었다. 그 여자들의 대부분은 식당의 언니들로 보였다. 나는 지금까지 모르고 있었는데, 그렇게 많은 여자들이 공원의 식당 좁은 방에 각각 가득 들어가 자고 있다고 생각하니 기묘하고 이상한 기분이 들었고, 이상함도 격렬해지니 오히려 엄숙한 느낌조차 들었다.

(―잠깐, 기다려. 이 여자들 속에는 고야나기 마사코가 있을지도 몰라.)

나는 핫 하고 숨을 삼켰다. 한 달의 절반을 분장실에서 잔다고 한 고야나기 마사코가 혹시 불구경을 하러 나와 있다면, 부자연스럽지 않게 얼굴을 마주하는 것도 가능할 것이라는 생각에 북받치는 기쁨도 잠시, 왜 좀 더 빨리 이런 생각을 하지 못했는지 후회되었다. 그렇다면 불구경 따위는 바보 같은 짓이고, 나는 고야나기 마사코의 모습을 찾아 화재 현장에서 등을 돌리고 걷기 시작했다.

얼마 안 가서 나는 중요한 고야나기 마사코 대신에 볼일도 없는 스에히로 슌키치를 사람들 무리 속에서 발견했는데, 이쪽이 발견했을 때는 상대방도 나를 알아채고,

"아, ―돌아갑니까?"

"춥네요." 거짓말을 하고 도망가려는데,

"춥네요. ―그럼, 나도 돌아가야지. 함께 가요."

아니, 이런 하고 생각했을 때는 이미 때는 늦어서, 그는 나와 어깨

를 나란히 하고,

"산노도리(三の酉)*까지 있는 해는 화재가 많다고 하는데, 정말이군요." 벌벌 몸을 떨며,

"정말 안 되겠군. 완전히 몸이 얼어붙었어. 이래서는 잠이 들 것 같지도 않은데, 어때요? 한 잔 할까요?"

그러게요, 하면서 나는 애매하게 말하며 눈을 두리번두리번 사람들 무리 속으로 시선을 향했다.

고야나기 마사코는 결국 발견하지 못했다. 나는 그것이 뭔가 스에히로 슌키치 탓으로 생각되어 "한 잔 어디에서 할까요? 문을 연 곳이 있으려나?" 하면서 몹시 퉁명스럽게 말했는데, 말하고 나서 미안, 미안 하고 마음이 약해져 사과하는 기분으로 "—잠깐, 방에 지갑을 가지러 갔다 올게요" 하면서 부드럽게 말했다.

바깥 거리에 스에히로를 기다리게 해놓고 나는 방에 갔다 돌아오니 스에히로는 마찬가지로 불구경하고 돌아가는 듯한 키 작은 노인과 선 채로 이야기를 하고 있었다. 나를 보더니 스에히로는 매우 볼품없는 모습을 한 남자와 헤어지고, 우리는 국제거리를 국제극장 쪽으로 걸어 나왔다.

"그쪽은 예전 아사쿠사를 알고 있어요?" 스에히로가 말했다. "지

---

* '산노도리'는 11월에 유일(닭날)이 세 번째 드는 날을 가리키는데, 한 해에 유일이 세 번 들어 있는 것은 흔하지 않아서 흔히 세 번째 유일까지 있는 해는 화재가 많다고 하는 이야기가 있음.

금 이야기하고 있던 아저씨는 중화요리집 도코톤이에요. 예전에 에가와(江川)의 공놀이**에서 날렸던⋯⋯"

나는 어렸을 때 에가와의 공놀이였는지 아오키(青木)의 공놀이였는지, 어느 쪽인지 잘 모르겠지만 한 번 본 기억이 있는데, 예능인의 이름은 기억나지 않는다.

"엄청 날렸던 모양인데, 이제는 하지 않아서⋯⋯"

그렇다면 지금은 무엇을 하고 있는가 물으니, 지금도 공놀이를 하고 있다, 고집스럽게 공놀이를 지키고 있고, 일가 모두 공놀이를 하고 있다고 하는 대답이었다. 공놀이 따위 지금도 있을까 싶어 조금 놀라서 물으니, "뭐, 가끔 연예장이나 손님방 일이겠죠. 보통 때는 완전히 종이 붙이기, ─이른 아침부터 밤늦게까지 도코톤 씨를 비롯하여, 부인, 아들, 딸, 일가가 총동원되어 영차, 영차, 종이를 붙이고는"

"흠" 하고 불쌍하다는 듯이 내가 말하자, "그게 ─불쌍한 게 아니에요. 도코톤 씨는 돈을 엄청 벌었다고 하니까요. 그리고 생활이 곤란한 예능인에게 진심어린 친절한 마음에서 돈을 빌려준다고 해요. 그 의협심으로 고난을 헤쳐 온 예능인이 많이 있다는 이야기입니다."

스에히로는 계속해서 이야기했다. "─별난 아저씨에요. 조금 전에도 너덜너덜한 솜옷을 입고 있었죠? 잠옷 차림이니까 심한 옷을 입고 있는 것은 아니지만, 보통 때에도 마치 거지같은 옷차림을 하고 있습니다. 일가 모두 그래요. 따님도 심한 옷을 입고서 전혀 태연하게

** 큰 공 위에 올라가서 하는 곡예의 일종.

주변을 걸어 다녀요. '호레타로'에도 그 차림으로 우동 반죽 남은 것을 받으러 오니까 모르는 손님은 거지 딸로 착각합니다. —우동 반죽은 종이 붙이는 풀로 사용한다고 해요. 그릇 밑바닥에 우동 반죽이 남잖아요? 그것을 '호레타로'의 안주인이 상당히 성가실 텐데도 도코톤 씨를 위해 모아놨다가 따님이 매일 받으러 오면 주고 있어요. 이렇게 해서 종이를 붙이고, 요전 날에도 그렇게 해서 모은 돈을 50엔이나 헌납했어요."

"호오, 훌륭하군." 나는 말했다.

"좀 훌륭하죠" 하고 스에히로는 앵무새처럼 따라하더니, "—그러고 보니 출정 나가는 병사를 배웅할 때도 아저씨가 매우 열심히, 그렇지만 너무 열심히 해서 오히려 옆에서 곤란해 할 정도였다고 합니다."

뭐가 곤란했다는 건지 스에히로 슌키치가 말하는 것을 들어보니, —동네에서 소집되어 출정을 나갈 때마다 그는 훌륭한 환송 깃발을 만들고, 사용이 끝난 깃발이 쌓이면 그것을 가지고 옷을 만들었다고 한다. 그는 이를, —축 출정 아무개 군, 이런 글자가 등에 크게 적혀 있는 옷을 당당히 입고서 앞으로 종종걸음으로 달려 나갔다가 멈춰 서서 만세, 만세, 하고 손을 들어 행렬을 맞이한다. 행렬이 가까이 오면 다시 바로 앞으로 뛰어나가 "—만세, 만세!" 이러한 그의 성의와 열정을 환영받는 사람들은 알겠지만, 깃발로 만든 옷이 어쩐지 엉뚱해서 조금 전 진동야처럼 이상한 차림을 하고 종종걸음을 하고 달려 나가는 모습이 공놀이 때문에 묘한 허리놀림이 된 것인지 이상하고 우스꽝스러운데, 우스꽝스럽다고 해서 사람들이 웃을 수도 없고, 이런 점이 아무래도 곤란하다고 한다.

"본인은 진지하기 때문에 그런 이상야릇한 옷을 입고 촐랑촐랑 우스꽝스러운 흉내를 내지 말라고 말할 수도 없어서요. 실제로 아저씨는 진지해서, ─우리가 이렇게 평안하게 살아갈 수 있는 것도 모두 우리를 대신하여 전쟁에 가 주는 사람들 덕택이라고 언제나 그런 말을 하니까, 예를 들면 전철 안에서도 붉은 띠를 두른 사람을 만났다고 해 봐요. 그럼 아저씨는 사람들을 헤치고 나아가 그 사람 앞으로 터벅터벅 걸어가서 허리를 굽혀 공손히 경례하고 진지한 목소리로 이렇게 말한대요. 당신 덕분에 우리가 이렇게 무사히 살고 있습니다. 감사드립니다. 기분은 알겠는데 좀 돌발적인 데다 아저씨가 늘 더러운 차림을 하고 있잖아요. 그래서 뭔가 정신이 이상한 사람 같아서 상대방도 조금 인사하기 곤란하다고 합니다. 그런 경우에 아저씨와 함께 있으면 다른 사람들이 빤히 쳐다보기 때문에 몹시 불편해진다고 호레타로 아저씨도 언젠가 말했어요. 호레타로 아저씨 자신도 소집에 응할 때 도코톤 아저씨에게, 감사합니다, 하는 말을 들었다고 해요."

우리는 고토토이 거리에 있는 밥집에서 자동차 운전수를 상대로 심야 영업을 하고 있는 가게에 들어갔다. 나는 중화요리집 도코톤의 진정성에 감동하여 좋은 이야기를 들려준 스에히로 슌키치에게 감사하는 기분으로, 지금은 고야나기 마사코를 만나지 못한 분함도 마음에서 사라졌다. 두부찌개와 명란젓을 안주삼아 술을 마셨는데, 술병 윗부분에 파란 선이 들어가 있어서 술병이 머리띠를 하고 있는 듯한 느낌이었는데, 그래서인지 가게 언니는 내가 언니에게 "─술" 하고 말하면, "네, 띠 추가요" 하고 말하는 것이었다.

"미-짱이 뭔가 당신에게 분개하고 있었어요. 분개랄까, 뭐랄까."

스에히로는 입술을 쩝 하는 소리를 내며 술을 마셨다. "언젠가 당신에게 시비 건 적이 있다고 하던데요. 그런 이야기를 하더라고요."

"시비를 걸었다고? 무슨 일을 말하는 걸까?"

입맛으로 추측해보면, 술은 아무래도 구로마쓰 햐쿠타카(黑松百鷹)였는지 아니면 스미마쓰 하쿠타카(墨松白鷹)였는지, 즉, 하쿠타카(白鷹)가 아니거나 혹은 구로마쓰(黑松)가 아닌 종류의 머리가 아플 정도의 질이 좋지 않은 술이라는 생각이 들어 조금만 마셨었다.*

"미-짱이 죽은 여동생의 일로 뭔가……"

"아아" 언젠가 표주박 연못의 '오마사'라는 가게에 갔을 때의 일인 것 같았다.

그 가게의 구석에 옛날 무사 같은 분위기를 하고, 그렇지만 영락한 차림의 마른 중년의 남자가 있었는데, 기세를 부리고 있는지 습관인지 등을 곧추 세우고 술을 물이라도 마시듯이 무표정한 얼굴로 태연히 마시고 있었다. 그를 보면서 나는 마음 한쪽에서 어쩐지 마음이 쓰이는 그 남자가 어떤 것을 머릿속에서 생각하며 술을 마시고 있을지 생각하며, 그것이 전혀 상상할 수 없는데도 묘하게 초조함 비슷한 것을 느꼈다. 그래, 사람은 타인의 머릿속에 있는 생각을 그 사람의 얼

---

* '구로마쓰 하쿠타카(黑松白鷹)'는 이세신궁(伊勢神宮)에 진상하는 고가의 술을 가리키는데, 여기에서는 이름을 살짝 패러디하여 싸구려 술이라는 것을 표현한 것이다.

굴을 보듯이 볼 수 없다는 것은 당연한 일이지만, 생각해보면 그 당연함은 기분이 어쩐지 나쁘다. 그런 것을 마음속 한쪽에서 멍하니 생각하며, 다른 한쪽에서 나는 스스로 눈치 채지는 못했지만 '오마사'에 갔을 때 미사코가 나에게 엉겨 붙었었나 생각하며, 그때의 기억을 끌어 모았다.

"미-짱은 전에 당신이 좋다고 말했는데, 무슨 사정인지 요전 날에는 분위기가 바뀌어 엄청 화를 내고 있었어요. 죽은 여동생 이야기도 꺼내며……"

나는 미사코가 표주박 연못에서 나에게 아사쿠사에 뭐 하러 왔냐는 말을 힐난하듯이 말한 것을 떠올렸다. 그리고 그때 미사코는 그러한 힐난하는 듯한 말 뒤에 나와 이상한 인연이 있다고 하면서 자신의 죽은 여동생 이치카와 레이코와 나의 이전 아내 아유코와의 기묘한 관계를 말해줬는데, 그때 미사코는 그 이상은 말하지 않았지만 그 관계라고 하는 것은 아사쿠사에 불쑥 나타난 아유코가 아마 조금 들뜬 마음으로 이치카와 레이코에게서 오야 고로를 빼앗아 갔고, 그 때문에 레이코의 목숨도 빼앗아 갔다고 하는 좋지 않은 관계였다는 것을 나는 나중에 도사칸으로부터 들어 알게 되었다. 이런 일을 미사코 자신이 말하지 않은 것은 아유코에 대한 원망이 얼마나 깊은지를 보여주는 거라고 나는 느꼈다. 그리고 아유코 같은 아사쿠사의 외부의 인간이 아사쿠사에 와서 마치 장난치기 좋아하는 사람이 연못에 돌을 던지고, 던진 사람은 그 결과를 모르겠지만, 그 돌에 맞은 연못의 개구리는 그 일로 죽게 되는 그런 나쁜 장난을 하는 것에 대하여 미사코는 레이코 입장에서 깊은 분노를 품고 있었고, 나도 그런 장난질 하는 사람 중의 하나일 거라고 생각하며, 당신은 아사쿠사에 뭐 하러 왔느냐고 힐난한 것이 틀림없다. 그렇게 나는 그때의 미사코의 마음을 추측했다. 미사코가 분개했다는 것은 아마 그러한 것일 거라고 생각했다.

"나를 좋아한다고 말했다고?"

나는 자신을 결코 장난질 따위는 하지 않는 사람이라고 딱 잘라 말할 수 없기 때문에 미사코가 분개했다는 것을 듣고 당황했는데, 그 당황스러움을 감추려고 이렇게 장난치는 분위기로 말해 보았다. (미사코는 실은 내가 생각하는 것처럼 막연히 분개한 것이 아니었다. 앞 절에서도 쓴 대로, 오코노미야키 건으로 미사코는 내가 고야나기 마사코에게 빠져 있는 것을 알고 있었다. 고야나기 마사코이기 때문에 미사코는 분개한 것인데, 이는 나중에 알았지만, ㅡ그렇다면 왜 미사코는 특히 고야나기 마사코여서 분개한 것인가? 이는 아직 말할 시점이 아닌 것 같다.)

스에히로도 장난치는 분위기로, 미사코의 목소리를 흉내 내며 말했다.

"구라하시 씨는 뭔가 쓸쓸해 보이는 분이에요. 나, 그런 쓸쓸해 보이는 사람이 좋아요. 미-짱이 나에게 언젠가 그런 이야기를 했어요."

술기운이 도는지, 제스처를 해가며

"그래서 나는, ㅡ어차피 나는 활기찬 인간이에요, 하고 말해주긴 했는데요. 그래요. 그때 당신은 구라하시 씨가 아니라 다카세(高勢) 씨라는 이름으로 통하고 있었죠. 그건 어째서……"

설명하는 것이 귀찮아서 나는 그저 이름을 잘못 말한 거라고 해놓고, 스에히로의 잔에 술을 따르며,

"그런데 도사칸 구, ―아아 발음하기 힘들군. 도, 사, 칸, 군은 어떻게 된 거예요?"

"그 녀석은 잘 모르겠어요. 곤란해요. 욱" 하고 트림을 하면서 "이러니까 나이는 못 속인다니까."

"레뷰 쪽이 좋은 건가? 그 사람은 O관에 출연하고 있었다죠?"

"그게 말예요, 가엾게도 녀석이 홀딱 빠져 있는 무희를 그곳의 좌장에게 빼앗겨서요. 그래서 녀석이 자포자기해 좌장과 싸우고 나가버린 거예요. 기가 약해 보이는데, 나름 욱 하는 성질이 있어요. 맞다, 맞아. 선생님은 원래 소설가 지망이었다고 하던데요. 지금도 아직 기질이 있는지도 몰라요. 선생님 소설 자주 읽고 있어요. ―아, 벌써 술병이 비었네."

"띠, 추가요" 하고 나는 종업원 누님께 말했다.

*

그 해의 첫 번째 유일(酉日), 즉 이치노도리는 11월 1일이었는데, 나는 딱히 신앙심도 흥미도 없어서 신사에는 가지 않았다.

11월 3일. 메이지세쓰(明治節). 이 날, 고야나기 마사코는 위문단에 참가하여 도쿄 역 3시 출발로 중국으로 간다. 한 달 정도 돌아오지 않을 테니 출발 전에 꼭 한 번만이라도 만나서 식사를 함께 하려고 생

각했는데, 결국 그 기회는 얻을 수 없었다. 객석에서 남몰래 나는 무대의 그녀에게 "건강하게 잘 갔다 와요" 하고 말은 했지만 …….

3일은 비가 내려 도쿄 역에 배웅을 갈까 생각했지만, 배웅하는 사람이 많이 있는 속에서 볼품없이 서 있을 자신의 모습을 상상하니 도저히 갈 마음이 생기지 않아서 그 시각에 나는 방 창문으로 밖을 바라보고 있었다. 다와라마치의 인단(仁丹) 광고등이 —전기가 켜져 있지 않은 낮의 광고등은 그렇지 않아도 쓸쓸해 보이는데, 차가운 비에 푹 젖어 있는 쓸쓸하고 비참하게 서 있는 것이 내 눈에 들어와 지붕 밖에 보이지 않는 창밖의 삭막한 경치 속에서 특히 내 눈을 끄는 것이라곤 그것뿐이었다.

나는 재미없는 일이라도 좋으니 뭔가 생각을 해내어 고야나기 마사코에 대한 한결같은 생각을 쫓아내버리려고 노력하고 있던 참에 정말로 재미없는 일을 생각해냈다. 그게 무엇인가 하면, 스에히로 슌키치로부터 예명을 생각해 놓으라고 부탁을 받은 일이다. 그 예명이 문득 떠올라서 인단에서 연상된 것인지, 아무개 가(家) 노신, 아무개 가 테린 등과 같은 것은 어떨지, 만자이는 노신이나 테린처럼 손님의 두통을 고쳐드립니다 하는 식으로, ……그런 약 이름을 붙인다고 약 제조하는 곳으로부터 선전이라는 의미로 돈을 받을 수 있을지도 모른다. 일거양득이 아닌가. 잠깐, 아무개 가 아달린, 아무개 가 카르모틴이라고 하는 것도 재미있군. 아니, 그렇지만 이런 것은 스에히로 슌키치의 만자이를 듣고 있으면 아달린이나 카르모틴의 효과처럼 졸음이 몰려와 곤란하겠군. 그럼 아무개 가 아스피린에 아무개 가 톳카핀이라는 것은 어떤가. ―그런데 참, 스에히로 군은 시국풍의 예명을 부탁했었지. 약 이름을 빌려와서는 안 되겠네. ……

그로부터 며칠 지나서 나는 아사노 미쓰오를 만났는데, 아사노는 내 얼굴을 보더니,

"아, 구라하시 씨. 일전에 이치노도리 날 밤에 고야나기 마사코의 후원회 무리가 고야나기 마사코가 중국으로 간다고 하면서 송별회를 열었는데요. 취락(聚樂)의 2층에서 했어요. 구라하시 씨도 왔으면 좋았을 텐데요. 고야나기 마사코가 기뻐했을 텐데 말예요."

나는 그런 송별회가 있었던 사실을 전혀 몰랐다. 아사노는 그런 후원회가 있다는 사실을 나에게 말한 적도 없고, 그런 송별회에 대해서도 나에게 알려주지 않았다.

"호오, 후원회가 있습니까?"

하고 나는 나중에서야 그런 이야기를 하는 아사노에게 불만을 느끼면서 말했지만, 아사노도 내가 유감스러워하는 것이 재밌어서 이런 이야기를 하고 있는 듯했다.

"어엿한 후원회에요."

하고 아사노는 더러운 이를 드러내며 히쭉거리면서,

"회원은 구둣가게 종업원이나 생선가게 아들, 돈가쓰집 형님, 메밀국수집 배달원, 택시 조수, 도금공장 직공, 아, 지친다. 이런 사람들이 모임이라고 하니 단벌옷을 차려 입고 모여서 고야나기 마사코를 둘러싸고 그럴싸한 얼굴을 하고 고야나기 양의 예풍이 어떻다는 둥의

논쟁을 하는 광경이란, 그건 좀 구경할 만했어요. 소설로 쓰기 좋겠네요. —안타깝군요, 구라하시 씨가 왔으면 좋았을 텐데……."

짓궂게 웃어서,

"그건 그렇고, 일전에 이야기한 아사쿠사의 모임 말인데요, K극장을 처음에 하면 어떨지 싶어서 빙 짱에게 잠깐 말을 했더니 꼭 해달라고 기뻐하더라고요. 선전부에 이야기해서 모임의 비용을 내주도록 해도 된다고 하면서요. —어때요? 해보지 않겠어요?"

나는 애매하게 고개를 끄덕이며,

"할 거면 회비는 이쪽도 각자 지불하는 것이 좋겠네요."

"그럼, 선전부가 돈을 낸다고 하면, 그건 술값으로 돌릴까요? —아무튼 잠깐 K극장 분장실로 가볼까요? 고야나기 마사코가 없으니, 구라하시 씨는 가고 싶지 않나요?"

나는 오히려 반대로, 고야나기 마사코가 없으니까 그 분장실로 갈 수 있는 느낌이었다. 전에는 가고 싶어도 막상 가려고 하면 분장실 입구를 빠져나갈 수 없었던 K극장의 분장실로 아사노와 함께 지금은 움츠러들지 않고 순수하게 들어갔다.

제9회

이 새파래진 경치는

어찌된 일인가, 아, 여행자여, 이 새파래진 경치는, 핼쑥해진 당신
자신을 비추고 있는가.

베르렌느

전에 간단히 적은 것처럼 분장실은 무대 뒤편의 3층에 있다. 그 분
장실에 가려고 어둡고 가파른 계단을 올라 2층과 3층 사이의 좁은 층
계참에 도착했을 때 마침 ─내 앞에 가던 아사노는 이미 3층으로 모
습을 감추었는데, ─마침 그때 어두운 계단 위에 마치 팟 하고 빛이
비춘 것처럼 무슨 천인지 하얗고 투명한 살랑살랑하는 것이 있어서
그것만으로도 뭔가 요염하고 마음이 흐트러지는 의상을 입고, 어깨
위에는 꽃처럼 주름이 잡혀 있고 다리 앞으로 벌어져 있는 옷자락에
도 예쁜 주머니가 꽃송이처럼 달려 있는 그런 의상의 옷단을 치켜 올

린 무희 일행이 갑자기 머리 위로 나타났다. 쇼가 시작되는 시간인 것이다. 앗, 하고 놀라서 내가 층계참의 구석으로 비켜선 것과 동시에 무대화가 어수선하게 탁탁탁 계단을 내려왔는데, 다소 급한 계단에 좁은 층계참이어서 붉은 구두가 내 바로 코끝으로 몰려드는 느낌이었는데, 예의 둥실둥실 피어오르는 듯한 의상이 내 뺨을 스쳐지나가 뭔가 내 마음의 어떤 곳을 간지럽히면서 놀리듯이 지나갔다. 나는 과장해서 말하면 잠시 동안 완전히 눈을 희번덕거렸다. 그렇게 해서 의상의 옷깃은 몰라도 치마 밑단이 불러일으키는 좀 형용하기 어려운 바람, 이는 분명 내 뺨을 가차없이 문지르고 지나갔는데, 나는 문득 —술을 미치광이 물이라고 한다면, 이런 분위기는 다시 말해 미치광이 바람이구나 하는 생각이 들었다.

내려간 무희는 몇 명이었나, 나는 흥분해 있어서 이를 알 수 없었지만, 몇 명인지 이렇게 내려간 다음에 흥분해본들 알 수 없고, 아무튼 댄싱 팀 전원은 아니다. 일부라는 생각이 든 나는 어쩔 줄 모르고 있는데, 다시 위에서 내려오는 것을 견딜 수 없어서 (이렇게 말해도 싫은 기분인 것은 결코 아니다. 그 반대인데, 말하자면 완전 정 반대여서 오히려 고통스러웠다.) 잽싸게 계단을 올라갔는데, 잽쌀 정도로 뛰어올라간 때문에 외투의 옷단을 손으로 들쳐 잡고 있어서 그것은 흡사 치맛자락을 들쳐 잡고 있던 무희와 같은 모습이었다. 그렇지만 무희와 내가 이 얼마나 다른가 생각하니 자신도 모르게 쓴웃음이 나왔다.

계단을 올라가자 바로 왼쪽이 구두 벗는 곳이고, 그 너머로 댄싱 팀의 가늘고 긴 분장실이 보였다. 생각했던 대로 그 안에서 남은 무희들이 와- 하고 떼로 나와서, —흥분한 때문인지 눈이 어두침침해진 나에게 와- 하는 굉장하다는 느낌 외에는 아무것도 모르겠고, 한 사람 한 사람의 얼굴이 눈에 들어오지도 않은데, 그 속에서

"어머, —구라하시 선생님"

하는 목소리가 들렸다. 목소리를 따라 시선을 돌리니 사-짱이었다.

나는 이러한 경우에 익숙해 있지 않아서 갑자기 해야 할 말이 떠오르지 않고, 야, 야 하고 머리를 흔들자,

"선생님, 마 글자는 없어요."

"마 글자?"

시치미 뗀다고 생각한 것인지, 사-짱은 의미심장한 미소를 남긴 채 계단을 내려갔다. 그 뒤에서 마 글자가 고야나기 마사코를 뜻한다는 것을 알아차렸다.

—분장실은 무희가 모두 나간 뒤여서 텅 비었는데, 분장실에서 입는 옷 등이 잡다하게 벗어놓은 채로 있는 가운데, 아사노가 혼자서 태연하게 앉아 있었다. "잠깐, 들어오실래요?"

자신의 방이라도 되는 것처럼 말했는데, 아사노는 평소에 잡화점 2층의 자신의 방에는 결코 나를 들어오게 하지 않기 때문에 더욱 기묘한 느낌이 들었다. 그건 그렇고, 텅 비어 있는 곳에 들어가서 앉아 있으니 그곳에서 분장실 내부를 비로소 마음껏 충분히 볼 수 있었다.

가늘고 긴 방의 양쪽에 경대가 줄지어 걸려 있는데, 대부분은 작은 달걀 모양의 붉은 경대였다. 북향 한 켠은 창문이 나 있어서 그곳에서 어렴풋하지만 빛이 들어오는데, 경대 위쪽으로 이 또한 줄지어 상

점가의 가로등처럼 전등이 나란히 붙어 있다. 전등으로 따뜻하게 한다는 이야기를 앞에서 썼는데, 그 방의 복잡한 냄새를 포함한 후텁지근한 온기에는 이러한 전등의 열이 적지 않게 작용하고 있는 것처럼 느껴졌다. 그리고 전등 위에는 분명 빨래를 널 때 쓰는 것처럼 보이는 줄을 매 놓았는데, 세탁한 양말, 아마도 최근에 유행하는 내가 싫어하는 당근색의 양말, 그리고 쥐색의 속옷 같은 것을 널어놓고 전기 열로 말리고 있을 것이다.

이러한 빨래 말리는 풍경을 이야기하는 것만으로 이미 그 방의 약간 지저분하고 요염한 모습은 쉽게 상상할 수 있을 텐데, 다음으로 눈을 경대 아래로 돌려보니 테두리 없는 적갈색 다다미 위에 때가 낀 잠옷을 돌돌 말아놓은 것이나, 연습할 때 입은 옷에 연습 신발을 함께 끼워 둔 것, 얼굴 닦는 타월 등등이 여기저기 널려 있어, 예를 들어 게으른 여자가 더러워진 옷이든 뭐든 개의치 않고 다 몰아넣은 벽장을 들여다본 느낌이어서 요염함보다 더러움 쪽으로 조금 더 강하게 눈에 밀려들어왔다. 이렇게 쓰니 너무나 환멸적인 인상을 주려고 노력하고 있는 듯한데, 그러나 이는 나이 어린 무희들이 낮에는 원래 훨씬 많이 있는 데다 밤에도 대개는 머무르기 때문에 거의 24시간 내내 생활하고 있는 장소여서, 더러운 것은 더러워도 그 더러움 속에는 한껏 꿈을 꾸는 여자들이 가능한 한 그곳을 재미있는 생활 장소로 만들려고 애쓰고 있는 슬프고 덧없는 노력이 엿보이기도 하여, 이는 더럽다는 인상을 상당히 상쇄해주었다. 예를 들어, 벽에는 화장용 솔 대신에 이 또한 보기에도 성적 매력이 없는 타원형 스폰지가 걸려 있는 옆으로, ─

영화잡지에서 잘라놓은 것인지 미남 외국 배우의 사진이 붙여져 있고, 자신도 여자면서 아름다운 여배우의 얼굴도 군데군데 붙여 놓은 것들이 있다. 그리고 경대 옆에는 붉은 색 붓이 세워져 있는 옆으로 작은 인형이나 팬에게 받았는지 아무개 씨라고 쓴 귀여운 조화나, 그 외에 소녀가 좋아할 법한 작은 완구가 매우 소중하게 놓여 있었다. 그곳만 보면 —각각 소녀들이 그 좁은 장소에서 힘껏 즐거운 생활을 만들어가고 있는 그 가련한 아름다움이 분명 눈에 들어올 것이다.

이렇게 해서 나는 그곳의 약간 더러운 것에 결코 눈썹을 찌푸리지 않았다. 그렇다고 해서 요염함에 남몰래 히쭉거린 것도 아니다. 나는 뭔가 약간 슬픈 기분이 들었다.

—아사노가 말을 걸어도 나는 활발히 대답하지 않았다. 그러자 아사노는,

"바로 이 분장실 풍경을 소재로 글을 쓸 거예요?"

소재로 삼을 속셈으로 뛰어 들어온 것으로 생각한 모양이다.

"아니면, —" 하고 아사노가 계속해서 말했다. "고야나기 마사코가 없어서 우울한 겁니까?"

짧은 쇼여서 무희들은 곧 우르르 분장실로 돌아왔다.

그리고 내 눈 앞에서 아무렇지도 않게 예의 깃옷 같은 의상을 벗고, —아니, 예를 들어 아무렇지 않은 것은 아니어도 방이 훤히 다 보이는 곳에 뻔뻔히 앉아 있는 내 눈을 피해 옷을 벗을 수는 없었겠지만, —무희들은 겨울인데도 땀을 흘리고 있어서 거의 반라와 같은 모

습으로 (즉, 춤이 얼마나 격한 육체노동인지 여실히 보여주는데) 경대 앞에 떼를 지어 늘어서서 화장을 지우기 시작했다. 정리하는 것도 잊은 채 아무렇게나 놔둔 베개 위에 털썩 주저앉아 남자처럼 무릎을 세우고 머리를 경대로 쑥 내밀고 있는 사람도 있다. 남자처럼, 하고 말한 건 맨발이 남자 정강이처럼 털이 수북하고, 맨발이라고 하면 옆으로 앉은 발 밑바닥이 새카만 사람도 있다. 이런 모습은 조금 환멸적이었다.

그런데 이러한 무희들은 연령은 물론 제각기이지만 대체로 스물 전이 많은데, 객석에서 보자면 훨씬 나이가 위로 보인다. 그러니까 분장해서 보면 느낌이 완전 다른데, 같은 분장실이라도 화장을 한 무희와 화장을 지운 무희는 이게 또 완전히 달랐다.

진한 화장을 지우면 삶은 계란을 까놓은 듯한 반질반질한, 그렇다고 계란처럼 하얀 것은 아니지만, 과로 때문인지 햇볕을 못 본 때문인지 누렇게 뜬 좋지 않은 낯빛의 얼굴이 나오는데, 눈썹도 아무것도 없는 얼굴은, 앗 하고 놀랄 정도여서 마치 어린애 같다기보다 오히려 갓난애 같은 얼굴이다. 화장(化粧)이라는 글자는 둔갑한 분장이라고 쓰는데, 그야말로 둔갑하는 것이다. (언젠가 여배우로서는 경력이 오래 된 여자가 나에게 —무대화장을 하면 가면을 뒤집어 쓴 것 같아서 용기가 나온다, 기분이 달라진다, 그래서 무대에 설 수 있는데 맨얼굴로는 아무래도 무대에 나갈 수 없다, 긴 세월 무대를 밟고 있기 때문에 자신도 상당히 뻔뻔한 여자라고 생각하고 있지만 맨얼굴로는 역시 안 된다. —이렇게 말한 적이 있다.)

이러한 반들반들한 맨얼굴을 사-짱은 이쪽으로 향하고는,

"아사노 씨, 뭔가 모임을 한다면서요?"

"아, —누구에게 들었어?"

"빙 씨가 그러던데요."

이런 말을 하는 사-짱과 고야나기 마사코는 전혀 닮지 않은 얼굴인데, 나는 사-짱의 얼굴을 보고 있으니 이상하게도 거기에 고야나기 마사코의 얼굴이 또렷이 떠올랐다.

"빙 씨가 이런 말을 했어요. 그 모임에 우리를 불러서 게이샤 대신 술을 따르게 한다고 아사노 씨가 말했다던데요. —정말 싫군요. 그런 게이샤 흉내 내는 일을 하는 건."

"그런 말 내가 한 적 없어요."

그러나 아사노는 분명 허둥대고 있었다.

빙 크로스비와 나중에 분장실 입구 쪽에서 만났다.

빙은 멋진 양복을 입고 반짝반짝 빛나는 신발을 신고 있어서, —그 앞에 서 있으니 금세 자신이 초라하고 빠져 보였다. 더러운 짚신을 신고 더러운 외투를 입은 내 어깨를 빙은 십년지기처럼 친숙하게 톡톡 치며,

"저, 선생님"

"—네?"

이 세계에서는 대개의 사람이 선생님으로 불린다. 문예부원, 안무가 등이 선생님으로 불리는 것은 그런 대로 괜찮지만, 길거리 유행가수 출신, 성대모사 출신의 만자이 예능인 등이 극장에서는 간부급이어서 선생님으로 불리고 있다. 그러므로 선생님으로 불리는 것이 그리 놀랄 일은 아니라고 나는 요즘 알게 되었는데, 그러나 역시 거북해

져 얼굴을 문지르고 있으니,

"저, 선생님. 모임을 해 준신다면서요? 꼭 한 가지 부탁이 있어요. 솔직히 말하면 우리는 지금이 가장 중요한 때로, —여기에서 쑥 뻗어 나가고 싶은데, —거기에는 아무래도 선생님들의 후원이 있어야……"

"아니……"

"그렇게 말하지 말고, 네, 보살펴 주세요. 부탁이에요. 우리가 인기가 좀 있도록 도와주세요."

나도 솔직히 말하는데, —이러한 정도로 애교를 부리면 나는 내 칠칠치 못한 성격으로 아무래도 기분이 나쁘지는 않았다. 아니, —뒤에서 무슨 말을 하는지 알 수 없다는 생각이 들면서도 겉으로 이런 말을 들으면 제법 기분이 좋았다. 나는 빙과 일찍이 같은 극단에 있던 적이 있다고 하는 스에히로 슌키치를 떠올리고, 스에히로의 뭔가 서투르고 느릿한 태도와 대비해서 보면, 빙은 분명 출세하겠다는 생각이 들었다. 스에히로 쪽이 개인적으로는, 즉 영락한 분위기가 감도는 오코노미야키 가게 같은 곳을 좋아하는 나에게는 친밀함이 느껴진다는 의미에서 좋아하기는 하지만, 한편으로는 이상한 허영심을 마음속 어딘가 손이 닿지 않는 곳에 살짝 부끄러운 옴처럼 숨기고 있는 나는 이를 능숙하게 긁어주는 빙도 좋아했다. 그리고 빙은 바람대로 출세하면 내가 좋아하지 않는 타입이 될 거라고 예상되는데, 출세하기 전에 이런 분발한 모습의 빙은 이른바 장대한 불꽃이라도 보는 듯이 유쾌하여 결코 싫지 않았다.

"어, 아니, 비듬이 심하네."

빙은 내 외투의 뒤를 털어주기까지 하면서,

"고야나기 마-짱은 12월 초에는 돌아옵니다만, 모임은 뭐, ─고야나기 마-짱이 돌아온 다음에 하겠죠?"

후후후 웃으며 내 어깨를 두드렸다.

사-짱의 말도 그렇고, 빙의 말도 그렇고, 내가 고야나기 마사코에게 빠져 있다는 것은 언제부터인가 이제 극단 안에서 '유명'해진 것 같다. 네가 떠벌이고 다녔겠지? 그런 시선을 아사노에게 보냈는데, 아사노는 빙 돌아 나에게 등을 돌리고는,

"빙 군은 실제로 완전히, 아니 정말로 힘내고 있군."

그러자 빙은 가죽장갑을 낀 손을 힘차게 팡팡 두드리며,

"지금 힘내지 않으면 힘을 낼 때가 오지 않아요."

"─인기가 올라가기 시작했으니까."

"여기에서 쑥 하고 뻗어나가야……"

"그래, 맞아요."

힘찬 말인데, 덧없는 목소리였다. 아사노는 전에 나에게 아사쿠사가 인간을 게으른 사람으로 만들어서 좋지 않다고 말했는데, 그 말대로 분명 아사쿠사의 공기에는 그런 부분이 있지만, 이러한 빙을 보고 있으면 게으른 공기 속에 격한 생존경쟁이 소용돌이치고 있는 것을 알 수 있어서 나는 게으른 정신을 자극받고 흥분을 느꼈다.

"나도 힘을 내야지!"

늘 그렇듯이 나와 아사노는 지하철 옆골목의 '봉쥬르'에 갔는데,

가는 도중에 경내 상점가 거리에서 나는 내가 아사쿠사에 오기 전에 방황하고 있던 긴자(銀座) 뒤쪽에 있는 '특수 끽다(特殊喫茶)'에서 잘 알고 지내던 그곳의 이른바 찻집 여급의 한 사람과 우연히 만났다. 요즘은 그 가게에 한동안 가지 않았지만, 상대방도 내 얼굴을 기억하고 있는지 여러 사람들 속에서 내 모습을 발견하고, —어색한 인간을 만났다, 그런 얼굴로 시선을 옆으로 돌렸다.

그 여자 옆에는 남자가 있었는데, 여자의 그 얼굴을 돌리는 방식을 보니 그 남자가 그 여자에게 어떤 의미인지 분명히 알 수 있었다.

그렇다. 나는 지금까지 쓰지 않았지만, 이러한 조합으로 긴자의 여자들이 랑데부에 아사쿠사를 이용하는 모습을 느닷없이 마주한 것이 이번이 처음은 아니었다. 그리고 여자도 나도 쌍방이 모두 이런 경우처럼 거북한 생각을 한 것은 이것으로 벌써 몇 번째일까? 이렇게 해서 나는 긴자의 여자들이 아사쿠사라면 가게 손님과 만나지 않겠지, 가게에 와서 번잡한 소문이 나는 사람을 만날 걱정이 없겠지, 이런 생각으로 아사쿠사를 밀회 장소로 고르는 이유를 알 수 있었는데, 나는 이러한 안심에 좋지 않은 그림자를 드리우는 존재이고, 또한 상대방이 나를 외면하는 것을 보니 내가 하찮은 소문을 내는 하찮은 손님의 한 사람으로 여겨지고 있음을 알 수 있었다. 그런데 다른 이야기인데, 이상하게도 긴자의 여자는 아사쿠사에 오는 반면에, 아사쿠사의 지하철 옆골목 찻집의 여자들은 공휴일이면 긴자에 외출은 하는데, 이것은 꼭 밀회하러 가는 것은 아니고 영화구경의 재미를 즐기러 가는 것이다. 영화라면 가까운 6구에서 보면 좋을 것을 일부러 마루노우치

까지 가는 것이다. 언젠가 나는 그런 여자들 중의 한 명에게 이상하다고 물었더니,

"─왜냐면, 느낌이 안 나잖아요."

시원스럽게 이렇게 대답하는 것이었다. 나는 알 것 같기도 하고, 모를 것 같기도 하여 고개를 끄덕였는데, 이 말에 이어서 하는 말이, 보는 영화도 서양 영화가 아니면 "느낌이 안 난다"는 말을 듣고 나는 더욱 잘 모를 것 같기도 하고 알 것 같기도 하여 고개를 끄덕였다.

─그래, 나는 아사쿠사에서 만난 아사쿠사의 인간 이외의 인간을 지금까지 한 번도 이야기하지 않았는데, 이 기회에 이야기를 그쪽으로 옮겨보자.

*

다지마마치의 내 방 앞을 6구 쪽이 아니라 그 반대쪽으로, 즉 '호레타로' 있는 쪽으로 가서 그대로 기쿠야바시(菊屋橋)의 전철 거리로 나오면, 그 전철 거리는 약간 이상한 상점가를 이루고 있다. 즉. 그 안에 있는 한 가게 간판을 소개하면,

각 음식점 도구
절임김치, 초밥집 용구

이렇게 2줄로 씌어 있다. 그 옆에는 '진열병 가게'라고 하는 간판

이 걸려 있어서 가게를 들여다보니, 예를 들어 제군이 센베이 가게 앞에서 볼 수 있는 그런 센베이가 들어 있는 전등 모양의 병, 또는 담뱃가게의 담배가 들어 있는 사각형 병, 찻집 등에서 '우리 가게에는 이런 상등품 커피를 사용하고 있습니다' 같은 분위기로 커피콩을 넣어서 내놓는 데에 사용하는 듯한 도토리 모양의 작은 병, 이러한 모든 종류의 진열병이 ―그 외에는 아무것도 없는 그런 병만 가게 가득히 늘어서 있다. 그 옆에는 양식 접시, 지나 국수그릇, 초밥집의 큰 물컵, 그런 것만 팔고 있는 가게가 있는가 하면, ―시험 삼아 전철 길을 가로질러 앞으로 나가보면, 그곳에는 싸구려 식당의 작은 의자부터 시작해서 상당히 훌륭한 찻집용 긴 의자까지 가정용이 아닌 장사용 의자만 팔고 있는 가게가 있는 식으로, 그 주변 일대는 혹시 제군이 내일부터 급히 '돈카쓰집'을 열려고 한다면 그곳에 가면 고기 자르는 칼, 기름 냄비 등의 주방에서 사용하는 도구부터 테이블, 의자 등의 바깥 설비품에 이르기까지 한 벌을 금세 갖출 수 있는 그런 편리하기 이를 데 없는 상점가이다. 식당 도구라면 무엇이든 안 파는 것이 없다. 나무젓가락 전문 가게, 각종 조미료 용기 전문 가게, 그리고 ⋯⋯ 아아, 이제 그만두자.

　―소설이 써지지 않으면 여기에서 싸구려 도구를 수집해 포장마차라도 해볼까. 이러한 그다지 즐겁지 않은 공상을 하면서 언젠가 나는 그곳을 걷고 있었다. 걸으면서 그런 공상을 하게 된 것인데, 우울한 얼굴에 눈만 재미있게 반짝이면서 가게를 기웃거리며 갓파바시(合羽橋) 정류장 앞까지 갔을 때,

"오, 이게 누구야?"

하며 말을 걸어오는 사람이 있었다. 바라보니 오모리의 내가 자주 다니던 찻집의 바텐더였다.

"뜻하지 않은 곳에서—"

놀란 얼굴에,

"당신도 역시 오모리에서 이런 곳까지 뭐 하러……"

"저는 크리스마스 장식을 사러……" 옆구리에 장식 같은 것을 들고 있었다.

아, 그렇군, 하고 나는 생각했다. 그런 것만을 또한 전문으로 팔고 있는 가게가 여기 아사쿠사에 있는 것이다.

나는 약간 마음이 내키지 않았지만, 상대방의 얼굴에서 언제까지나 이상해하는 듯한 표정이 사라지지 않아서 내가 이곳을 산보하고 있는 이유를 간단히 설명했다. 그리고 바텐더인 그가 6구 쪽으로 돌아서 돌아가는 참이라고 말하기에 함께 시바사키초(芝崎町) 쪽으로 돌았는데, 그곳은 아사쿠사 공원 쪽에서 말하자면 국제극장 뒤편에 해당하는 곳으로, 이곳이 또한 신기한 구획의 하나이다.

이 거리는 통칭 과자가게 인도(人道)라고 불리는데, 처마를 나란히 하고 과자가게가 즐비하게 있고, —과자를 제조하는 집들이 그 한 구획에 몰려 있다. 이 과자가게 인도라는 곳을 나는 오랫동안 과자가게 신도(新道)를 사투리로 말한 것이라고 마음대로 생각했는데, 훨씬 나중에 과자가게 사람(과자가게를 하는 사람)의 길이라는 의미라고 알게 되었다.

곧장 가면 국제거리가 나오는데, 도중에 조금 오른쪽으로 돌아 갓파바시 거리로 나왔다.

"모두 건강해?"

나는 바텐더에게 물었다. "완전히 격조하고 있는데, 사카에 짱은 여전히 건강한가?"

사카에 짱은 그곳의 찻집 여급의 한 사람을 가리킨다. 하긴 여급이라고 해봐야 여자 아이는 두 사람밖에 없지만.

"에이 짱은 그만뒀습니다."

"그만뒀다고?"

"유리코에게 쫓겨난 거나 마찬가지에요⋯⋯"

"호오"

가게에서는 에이코(米子) 쪽이 고참이고 유리코(百合子)라고 하는 여자가 아직 가게에 들어온 지 얼마 안 된 무렵에 에이코와 유리코가 이런 이야기를 하고 있는 것을 나는 옆에서 들은 적이 있다. 그 일이 문득 떠올랐다.

"—돌아본 것이 잘못된 거군요, 분명. 위험하다는 생각에 처마 밑으로 피했는데, 피한 쪽으로 자전거가 일부러 와서는 쾅!"

"무슨 말도 안 되는 소리를 하고 있군."

유리코는 분하다는 듯이 구두 뒤꿈치로 바닥을 찼다. 논베이(呑兵衛) 골목이라는 오모리 역 근처 선로 옆에 있는 가는 골목에서 일어난 일이라고 한다.

"아팠어요."

에이코는 일본 전통옷을 입고 있었다. "우리도 자주 그러잖아. 자전거를 피하려고 하다가 오히려 자전거 앞으로 가버리는 경우가 있어요. 그 자전거도 분명 그랬을 거라고 생각해요. 내가 돌아보며 허둥대면서 피하려고 했기 때문에 깜짝 놀라 오히려 내 쪽으로 부딪치고만 거예요."

"농담하지 마. 일부러 그랬는지도 모르지. 조심하라고 야단을 쳤으면 좋으련만. 너, 그때 뭐라 했는데?"

에이코는 킬킬 웃었다.

"이상한 에이코 씨"

"하긴 내가 생각해도 웃기긴 해요, 생각해보면. 나도 모르게 죄송해요, 하고 말해 버렸으니까."

"아니……"

"웃기지만, ㅡ어떤 상황인지 알겠죠?"

"몰라요" 하는 유리코. 야박하게 이빨 사이로 쯧 하고 혀 차는 소리가 들렸다.

"알 것 같아."

내가 옆에서 끼어들었다.

나도 예를 들어 사람에게 발을 밟힌 경우, 방해되는 곳에 발을 내놓은 이쪽이 잘못했다는 생각이 들어 상대방이 "ㅡ실례했습니다"고 말하면, "아니, 아니에요" 하면서 사과하는 것이 보통이다.

그런데 이러한 에이코가 어떠한 사정인지 모르겠지만 신참인 유리코로부터 가게를 쫓겨나듯 그만뒀다고 한다. 어째서? 하고 물어보지 않아도 유리코에게 쫓겨났다는 것이 너무나 있을 법한 사정으로 쑥 하고 머리에 들어오는 것이었다. 어딘가 좋은 가게로 옮긴 거라면 다행인데, 하고 기도했지만 그러나 에이코 같은 여자 위에는 끊임없이 세상의 거친 풍파가 한 차례 거칠게 몰려오고, 유리코와 같은 여자는 그야말로 거친 파도에 조심하라고 소리치며 제멋대로 강하고 행복하게 살아갈 것으로 생각되었다.

"에이 짱, 좋은 애였는데"

"좋은 여자는 좋은 여자였습니다만. 그러나 가게에는 ―에이코와 유리코가 싸움을 한 경우 어느 쪽을 우선시할 것인가 하면, 유리코 쪽이 손님 접대가 능숙하니까요. 에이 짱 쪽이 옛날 방식인 것은 사실이고, 불쌍하기는 했지만 아무래도……"

이 지점에서 내게 다시,

"오, 이게 누구야?"

하고 말을 걸어오는 사람이 있었다. 도사칸이었다. 때마침 '미꾸라지 이이다(飯田)'라고 쓴 검은 포렴을 들추고 나온 참이었다.

"―오오"

동행이 있어서 인사만 하고 가려 하자,

"구라하시 씨"

도사 칸이 쫓아와서 "잠깐 할 이야기가 있습니다만"

뭔가 깜짝 놀라게 하는 굳은 표정의 얼굴이었다.

말하는 것을 잊고 있었는데, ―크리스마스 장식을 사러 왔다는 말로 독자는 이미 추측했을 것으로 생각되는데, 이때는 12월도 벌써 절반이 지난 때였다. 즉, 앞 절과의 사이에 한 달 정도 시간이 경과한 셈이다. ……

　―뭔가 과시하는 듯한 것만 쓴 것 같은데, 이런 분위기로 계속하면, 갓파바시 거리를 국제거리로 나가는 왼쪽 모퉁이에 '이마한(今半)'이 있고, 그 빌딩 2층에 목욕탕이 있다. 갓파바시 거리를 향해 입구가 있는데, 2층에 '일본정부 등록 론징 정욕(精浴) ―유리탕'이라는 간판이 걸려 있다. 유리탕이라는 것은 욕조가 유리로 만들어져 있다는 의미가 아니라, 지금은 이제 없어졌지만 원래 그 안쪽에 유리공장이 있어서 그곳에서 사용한 뜨거운 물을 끌어와서 목욕탕으로 이용한 것에서 유리탕이라는 이름이 붙여졌다는 ―그런 이야기이다. 2층 목욕탕은 공원에도 있어서 드문 것은 아닌데, 유리탕이라는 이름은 조금 보기 드물다.

　그 목욕탕 아래에는 '도키와야(ときわや) 식당', '마루요(丸与) 과일점', 그리고 '가와킨(河金)'이라는 작은 가게가 있는데 사람들 사이에 유명한 양식집이다. 이 세 곳이 있고, 또 지하실에는 '화월(花月)'이라는 당구장이 있다.

　마침 그곳을 지나가려고 하는데, 유리탕에서 한겨울인데 조금이긴 하지만 창문을 열어놓아서 그 창으로부터 팡팡 때밀이가 어깨를 두드리는 기분 좋은 소리가 들려왔다. 겨울답지 않은 상쾌한 소리였는데, 그런 소리가 내 귀에 들려온 것도 우리가 ―한가운데에 나, 좌우로 바텐더와 도사칸, 모두 잠자코 걷고 있었기 때문이었다. 그리고 집요하다고 할지 모르겠지만, 잠자코 걸었다는 것도 도사칸의 표정이 뭔가 험악했기 때문인데, 도사칸의 천성을 모르는 바텐더는 이 녀석, 무엇이든 참견하는 사람이구나, 하는 식의, 이 또한 험악한 표정으로, 나도, —나는 도사칸의 천성은 알고 있지만 그 이상한 기색에는 할 말을 잃고 곤란한 표정을 짓고 있었다.

유일(酉日) 전후

국제거리를 횡단해서 왼쪽 모퉁이에 '취락(聚樂)'(불과 며칠 전만 해도 관음극장), 오른쪽 모퉁이에 '고요켄(広養軒)'이 있는 거리를 그대로 곧장 가려고 하자,

"이쪽으로 갑시다"

하고 도사칸이 '고요켄' 쪽을 가리켰다. "O관 녀석들을 만나면 기분 나쁘니까……" 거리 끝부분에 도사칸이 원래 있었던 레뷰극장의 O관이 보인다.

우리는 도사칸이 말하는 대로 오른쪽으로 발길을 돌렸는데, 조금 걸어가다 '고요켄'의 여급을 만났다.

"안녕하세요. ─일전에는 감사했습니다"

하고 인사를 했다. "샹이군요. 여배우입니까?" 무거운 분위기를 지워버리려는 듯 찻집 바텐더가 말했다.

"고요켄의 여급이에요."

"아, 저쪽 모퉁이에 있는 찻집이요? 거기는 오래된 카페죠?" 뒤를 돌아보며, "카페의 여급이구나. 아름다운 여자군. 여급으로는 보이지 않네."

"요전 날까지 여배우였어."

"그렇군."

바텐더 군은 감탄했다는 듯이 고개를 끄덕이며, (목에는 종기인지 뭔지 흉터가 있었다.)

"저곳은 물랑루즈의 사람이 경영하고 있대요. ―구라하시 씨는 저 카페의 단골손님이에요?"

"아니오, 한 번 가봤을 뿐이에요. 요전 날 처음으로."

여급이 붙임성 있게 인사하는 것을 보니 자칫 단골손님으로 생각하기 쉬운데, 그때 내가 깜짝 놀란 듯한 표정을 지었고, 그런 나를 봤다면 내 말이 거짓이 아니라는 것을 알 수 있었을 것이다. 나는 어떤 지인이 같이 가보자고 해서 그때까지 명성은 들어 알고 있었지만 한 번도 가보지 않은, 가보고 싶은 유혹도 느껴본 적이 없는 그 가게에 며칠 전에 처음으로 가봤을 뿐이다. 그 지인은 지금은 없는데, '오키누(お絹) 씨'라는 사람이 그곳에서 인기 있던 시절에, 즉 긴자의 '라이온'에서 '오치카(お近) 씨'가 날리던 시절인데(정확히 말하면 '오치카 씨' 시절보다 조금 나중이지만), 일부러 그 '오키누 씨'를 보고 싶은 마음에 고지대 주택가에서 아사쿠사까지 찾아오던 사람으로, 지인이라고 편하게 불러도 나보다 띠 동갑 이상인데, 카페를 찾아다녔다고 하면 뭔가 야

쿠자 같은 느낌이지만, 지금은 당당히 모 회사의 간부로 활동하고 있다. 예를 들면 마치 내가 전철로 오모리와 아사쿠사를 왕복하는 것처럼 아무렇지도 않은 감각으로, 사변 후에 대륙을 몇 번이나 비행기로 왕복하던 사람이다. 그 사람이 베이징에서 돌아온 지 며칠 째인가 되는 날에 나는 그 사람을 만났는데, "요즘 어디에서 놀고 있어요?" 하고 묻길래, "아사쿠사에서 놀고 있습니다"고 답하자,

"오랜만이군. 가봅시다. ―고요켄에 갑시다."

그 사람에게는 아사쿠사라고 하면 '고요켄'이 떠오르는 ―그런 느낌인 모양이다. 마찬가지로 긴자라고 하면 '라이온' 같은 느낌을 갖고 있는 사람도 있을 텐데, 그 '라이온'이 없어진 현재, '고요켄'이 여전히 그때의 카페 같은 분위기로, 그야 얼마간 다르기야 하겠지만, 그래도 아무튼 남아 있는 것은 그 사람에게, 예를 들어 '오키누 씨'가 없어도 뭐랄까 행복한 일이라고 나는 생각했다. 내가 그 가게에 아무런 매력도 느끼지 못하는 것은 아마 내가 이른바 카페 전성시대를 몰라서, 소문은 들었어도 그건 나의 근엄한 학생시절의 일로, 얼마간 늦게 철이 든 내 '방탕'의 역사는 그 후에 긴자에 카페 대신 나타난 바 안에서 처음으로 시작된 때문일 것이다. 카페라고 하는 것은 아무래도 '신시대'의 나에게 명확히 다가오지 않는 분위기가 있다. 게다가 가게 안으로 들어가지 않아도 밖에서 보이는 분위기가 이른바 아사쿠사 풍이 아니라 긴자풍의, ―긴자풍에 그 지역의 색깔이 섞인 아사쿠사적인 것을 얼마간 섞어놓은 듯한 분위기로, 그것도 나는 잘 알 수가 없었다. 나는 그 지인에게 이끌려 안으로 들어가서, ―과연 소문대로 여

급은 미인들만 모여 있고, 게다가 양갓집 규수(그것도 왕년의)처럼 정숙해서 지인과 나란히 있으면 나는 지인과 마찬가지로 아사쿠사 밖의 인간인데, 왠지 자신이 그곳에 어울리지 않는 아사쿠사의 인간 같은 기분이 들고, 지인의 모 회사 간부가 그 가게에 얼마나 잘 어울리는지 알게 되었다.

　나에게 붙임성 있게 인사한 그 여급은 불과 얼마 전까지 신주쿠의 무대에 섰던 아직 스물 안 된 여자로, 바텐더 군이 "아름다운 여자군" 하고 탄성을 지른 것도 무리가 아닌, 매우 발랄한 젊음이 반짝이는 아름다운 여자였다. 무대에 서던 무렵에 장래가 매우 기대된다며 그 방면의 사람들에게 촉망받고, 신문의 극평에도 그렇게 몇 번인가 기사가 나서 그만두기 전에도 그런 칭찬하는 기사가 나올 정도였는데, 어째서 그만둔 것인지? 레뷰 무대에서는 이미 몇 명이 영화 스타나 레코드 가수 등이 자립해서 그 극장은 스타 양성소라고까지 말을 듣고 있었다. 무대에 절망하고 여급으로 전향했다면 이해가 되지만, 앞으로 잘 나가려는 시점에서 장래의 바람을 저버리는 것은 이해가 안 된다. 아니, 이해되지 않는다고 하면 이해되지 않지만, 이른바 돈을 위한 것이 틀림없다. 여급 쪽이 돈이 벌린다. 그 외에도 뭔가 사정이 있었을 것이다. 그 아름다운 여자를 보고 있으면 이런 그다지 유쾌하지 않은 일이 머리에 떠올라서 —내가 카페에서 즐거운 생각을 하지 못하는 것은 어쩌면 이런 일에도 하나의 원인이 있는지도 모른다. 의도치 않게 탈선했지만,

　"고요켄이라고 하면 전에 말한 취락……"

하고 바텐더가 말했다. "스다초(須田町) 식당은 제법 발전했더라고요."

각 곳에 있는 '취락'이라는 식당은 스다초 식당에서 경영하고 있다는 사실을 나도 알고 있었지만,

"―다음에 하나야시키(花屋敷)*를 사들인다고 합니다."

아사쿠사에 거의 매일 있으면서도 이러한 정보를 나는 오모리에서 찻집을 하고 있는 바텐더에게 처음으로 들었다. '뱀의 길은 뱀(蛇の道は蛇)'**이라고 감탄했다.

"음, 하나야시키를 사들인다고요?"

―왕년의 명물도 지금은 폐허처럼 되었다. 폐허라고 하면 아사쿠사 레뷰의 발생지 같은 수족관도 폐건물 그대로 방치해 놓아서 심야에 옥상 부분에서 무희의 탭댄스 구두소리가 들려온다고 하는 괴담조차 나올 정도로 참담한 상태이다. (이 수족관은 그 후 얼마 안 있어 철거되었다. '카지노 폴리'를 예전에 좋아했던 팬은 꿈의 흔적을 잃은 것이다.)

―내 손안에 1907년에 발행된 도쿄 시 편찬 『도쿄안내』라는 책이 있는데(1907년은 내가 태어난 해이기 때문에 이 책에는 특별한 감정이 느껴지는데), 아사쿠사가 있는 곳에 공원 지도가 들어 있다. 그 지도를 보면 그곳에 나와 있는 큰 식당은 대개 지금도 남아 있지만(예를 들면, 다와라마

---

* '하나야시키(花屋敷)'는 도쿄에 있는 놀이공원으로, 1853년에 개원했는데 일본에서 현존하는 가장 오래된 유원지이다.

** '뱀의 길은 뱀'이라는 속담은 같은 종류의 일을 하고 있는 사람이라면 쉽게 이해할 수 있다는 의미이다.

치(田原町)의 장어집 '얏코(やっこ)', 히로코지의 쇠고기요리 '징야(ちん
や)', 튀김집 '덴조(天定)', 경내 삼점가의 단팥죽 가게 '매원(梅園)', 우마
미치의 닭꼬치 '가네다(金田)', 하나야시키 뒷골목의 요릿집 '이치나오
(一直)', 센조쿠마치로 들어가면 '구사쓰(草津)', 쇠고기요리 '요네큐(米
久)' 등.), 흥행 방면이 되면 내용은 말할 것도 없고 이름도 대부분 달
라진다.

이것만 봐도 식당의 일종의 굉장한 상태를 알 수 있다. 스다초 식
당이 하나야시키를 매수한다고 하는 것도 식당의 굉장함이 나타난
한 예에 지나지 않을 것이다. 흥행 방면이 늘 변하고 일정치 않은 모
습이 굉장하다는 사실을 보여주기 위하여 여기에 『도쿄안내』에서 6
구에 관한 기사를 적어 놓겠다.

6구에 이르면 원내 구경거리의 중심지라고도 할 것으로서 구내를
4호지로 나눈다. 이것이 구경거리가 때때로 변경되어 일정치 않다고
하지만, 잠시 1906년 현재의 상황을 기록하면 다음과 같다.

1호지 ((현재의 에가와(江川) 뉴스 극장과 다이쇼칸(大勝館) 사이))

볼 만한 것에 대성관(大盛館, 에가와 공놀이) (어른 3전, 아이 2전), 청유관
(淸遊館, 나니와춤(浪花踊)) (어른 3전, 아이 2전), 공성관(共盛館, 미소년단) (어
른 3전, 아이 2전), 공성관(아오키 공놀이) (어른 3전, 아이 2전), 그 밖에 원숭이
구경. (하략)

2호지 ((현재 오페라관이 있는 일대))

볼 만한 것에 일본관(여자 미야코춤) (어른 3전, 아이 2전), 노미(野見, 검술) (어른 3전, 아이 2전) 있음. (하략)

3호지 ((현재의 지요다관(千代田舘)과 금룡관(金龍館) 사이))

볼 만한 것에 청명관(淸明館, 검무) (어른 2전, 아이 1전 5리), 명치관(明治館, 오가구라(大神楽) (어른 3전, 아이 2전), 전기관(電氣館, 활동사진) (어른 5전, 아이 2전) 있음. 극장 도키와좌(常磐座) (기도(木戸) 6전), 요세(寄席) 금차(金車, 기도 6전) 있음. (하략)

4호지 ((현재의 후지관(富士舘), 제국관이 있는 곳))

볼 만한 것에 일본 파노라마(어른 10전, 아이 5전), 진세계(珍世界) (어른 5전, 아이 3전), 목마관(5전), S파 신연극 아사히(朝日) (어른 2전, 아이 1전 5리) 있음. (하략)

"—하나야시키를 사서 식당으로 만들려고 하나? 그렇게 하기에는 너무 넓을 텐데. 하나야시키를 부활시키려고 그러나?"

나는 이런 말을 하며 그 소문의 진상을 바로잡으려는 듯이 그때까지 무시했던 도사칸에게 얼굴을 돌리자,

"구라하시 씨"

쓸데없는 잡담은 그만두라는 투의 엄한 목소리였다. 나는 '호레타로'에서 도사칸을 처음 만났을 때, 그가 "곧 자리가 나올 거예요, —죄

송합니다" 하고 말한 그 예의를 넘어선 비굴한 목소리를 문득 떠올렸다. 굉장한 차이다.

쇼치쿠좌(松竹座) 앞으로 갔다. 유행하는 여자 검객이 걸려 있는데, 극장 앞에 그 검객 여배우가 허벅지를 드러내고 허세를 부리고 있는 일종의 기교한 간판이 걸려 있다.

"미-짱 말인데요, 그 여자에게 이상한 가루를 뿌리는 건 그만 두세요."

딱 잘라 말하고 갑자기, ―아니 자신이 생각해도 갑자기는 아니었을지도 모르지만.

"가루를 어떻게 했다고요?" 나는 무슨 말인지 알아들을 수 없었다. 도사칸은 뭔가 말하려고 한 것 같은데, 그때 마침 건너편에서 바람이 휙 불어와 그는 콜록콜록 기침을 했다. 심장병이 상당히 진행된 것을 내 귀에 어쩐지 무섭게 전해주는 기침소리였다.

일본관 쪽으로 발길을 돌리며,

"세 번째 유일에 미-짱과 ……" 기침 때문인지 연약한 목소리로 도사칸이 말하기를,

"응, 철야하느라……"

나는 고개를 끄덕이며 손에 휘감긴 외투 소매로 아무렇지도 않게 코 주변을 문질렀다.

검은 라사 천에 흰 기름이 놀랄 정도로 선명하게 딱 들러붙어서 그 불결함에 순간 나는 외투 깃에 비듬을 가득 떨어뜨리고 다니는 아사노의 불결함을 떠올리면서 눈썹을 찌푸렸다. 과연, 나도 아사쿠사의

공기에 물들었다는 생각이 들었다. 기름은 털어도 떨어지지 않았다. 오모리의 집에 있을 무렵에는 겨울에 얼굴이 까칠까칠 건조해져 이렇게 기름이 뜨는 일은 없었다. ─기름이 뜬다고 할까, 얼굴에 기름이 배어나오는 것을 보면 그다지 나쁜 기분이 아니었다. 거칠거칠 시든 감각보다 뭔가 건강하기 때문이긴 한데, 이런 부질없는 감각도 나에게는 즉 정신에 곧 작용한다는 점에서 좀처럼 무시할 수 없었다.

왼쪽으로 젤리 디저트 가게가 보여서, 전술했듯이 겨울인데도 당당히 가게 앞에 나와 있는 얼음 덩어리가 길 가는 사람들에게 매력적인 것임에 틀림없다는 자신에 가득 찬 모습으로 턱 하니 앉아 있다.

"당신 전 부인……"

하고 도사칸이 아유코에 대하여 말을 하고,

"─그 사람이 레이짱으로부터 오야 고로를 빼앗아 갔다는 식의 말은, 그런 말은 말아주세요." 이제 애원하는 듯한 목소리였다.

나중에 알았는데, 가루를 뿌린다고 하는 것은 (그렇다, 지금은 유행하지 않지만 원래는 사용된) 모션을 건다, 즉 수작을 한다는 의미로 무대 뒤에서 쓰는 말이었다.

오야 고로와 며칠 전에 나는 긴자에서 만났다.

"─야, 구라 씨."

"─야, 고로 짱."

이것이 우리의 인사이다. 이런 가벼운(나는 딱히 가볍다고는 느끼지 않았지만) 말을 들어보면 쉽게 상상이 가겠지만, 우리는 서로 어깨를 두드리기라도 할 기세로, ─그래, 외국영화 등을 보면 친한 친구가 오랜만에 만나거나 하면 꽉 껴안은 채로 애인끼리 하는 것처럼 서로의 등을 두드리는 장면이 나오는데, 우리가 만약 외국에서 태어났다면 어쩌면 그런 모습으로 얼싸안고 친애의 정을 드러냈을지도 모른다.

고로 짱은 내 전처인 아유코의 현재의 남편(혹은 정인), 그것도 나로부터 등을 돌리고 떠나간 여자의 정인(어쩌면 남편)이므로, 사람에 따라서는 이렇게 친하게 대하는 우리를 묘한 남자들이라고 생각할 것이다. 아니, 묘한 남자들임에 틀림없다. 나도 전에는 ─아유코로부터, "이쪽, 고로 짱" 하고 소개를 받아 함께 술을 마신 때는 함께 술을 마시는 것조차 약간 묘하다고 생각했는데, 다소 재미있는 상대이기 때문에 금세, 아니 나도 고로 짱으로부터 재미있는 상대로 생각되었을지도 모르지만, 아무튼 금세 완전히 친해져서 이윽고 묘하다고 하는 감각이 없어졌다. 생각해보면 우리는 특수한 관계라는 점에서 역으로 친해진 것 같다. 분명 이상한 친밀함이었다.

그 이상한 친애의 정을 나는 종래의 습관대로 말이나 얼굴에 드러내서 ─깜짝 놀랐다. 도사칸의 이야기가 격한 고통을 수반하며 나의 뇌리에 번뜩였다. (─이치카와 레이코를 죽인 부랑아라는 이야기였다.) 나는 얼굴을 일그러뜨렸다.

이 이야기를 하려고 하자 고로 짱이 먼저,

"아유 짱을 만났어요?"(아유코라고 말하는 것이 보통일 텐데, 고로 짱은 이렇게 불렀고, 아유코도 마찬가지로 오야 고로를 사람들 앞에서 고로 짱이라고 불렀다.)

"아니" 하고 나는 고개를 흔들었다. "─상하이에서 돌아왔어?"

"벌써 보름 이상 지났는데……."

그리고 "오늘은 추울까? 더울까?" 하면서 이상한 말을 하더니, 별 안간 랄랄라 하고 작은 목소리이지만 붐비는 가운데서 몸짓까지 해 가며 노래를 불렀다.

"요즘 나는 긴자에 나가지 않아서."

"랄랄라……. 엄청 호화로운 모피를 입고, 굉장하군요."

몸 양쪽에 먼지라도 털어내려는 듯 손을 잽싸게 움직이는데, 이건 과장된 표현일 것이다. 이어서 자신의 어깨를 흔들며 간들간들 걷는 몸짓을 해 보였다.

나는 고로 짱의 어조에 이상한 것을 느끼며,

"—그래서 지금은 고로 짱과 함께야?"

"그게 말에요."

엄청 큰 목소리로 이렇게 말하며 고로 짱은 물건을 집어 올리는 듯 이 손을 얼굴 앞에 갖다 대더니,

"팟!"

기이한 목소리와 함께 흡사 손에 집은 것을 내 얼굴에 뿌리기라도 하듯이 팟! 하고 손가락을 펼치는 것이었다.

"뭐야? 기분 나쁘게."

나는 깜짝 놀랐다. 그 '팟!' 소리에 놀란 때문만은 아니다. 늘 장난 을 치는 고로 짱은 그때도 물론 장난을 치고 있는 거였는데, 나는 그 안에 뭔가 기분 나쁜 차가운 것을 느꼈다. 둥실둥실 부푼 것 속에 탁 하고 딱딱한 것이 있는 느낌이다.

"헤헤헤"

고로 짱이 목젖을 울리며 웃었다. 바라보니 얼굴은 웃고 있지 않았다.

"……?"

그러나 다음 순간 고로 짱은 —팟! 하고 내민 손을 마치 누가 손을 들라고 한 것처럼 장난스럽게 위로 올리고 있다가 빙 안쪽으로 돌리더니 자신의 얼굴에 찰싹 갖다 붙이듯이 대고, 그야말로 얼굴 거죽이라도 벗길 기세로 난폭하게 쓱쓱 볼을 문질렀다. 부스러기가 난 얼굴로,

"저, 구라 씨. —나, 뭔가 이상한가요?"

"이상하다고?"

"미쳤다고 한대요 저에 대해서 모두." 저라고 했다가, 나라고 했다가,

"—그런 말을 들으니, 나도 조금 이상하다고 생각하는 때도 있긴 하지만."

"정신 차려, 고로 짱. 왜 그래? 무슨 말을 하는지 전혀 모르겠어."

원래 대화 사이에 연결이 없는 돌발적인 것을 아무렇지도 않게 말하거나 행동하는 사람이고 보면, 그와의 대화는 익숙해지지 않으면 고생하는데, 이것이 조금 도가 지나쳤다.

고로 짱은 이를 드러내고 이번에는 분명한 표정으로 웃으면서,

"—고릴라"

이런 말을 했나 생각하고 있는데,

"구라 씨의 전철을 되밟는 거라서. 헤헤"

이마를 탁 하고 두드렸다. 큰 소리가 났다. 그리고 그 탓인지, 끝이 오므라든 자라목 바지의 보기만 해도 뭔가 불안해지는 발밑이 비틀

거렸다.

"고로 쨩. ……" 자신도 모르게 나는 외치듯이 말했다.

"그러니까요"

하면서 기괴한 레뷰 배우는 혼자서 수긍하며,

"그게 재밌어서" 짝 하고 손뼉을 친다.

"뭐가?"

이 말에는 대답하지 않고,

"정신을 차리고 보니, 놀라지 말게. 아무것도 없었어. 그리고 쿵"

"뭐가 없다는 거야?"

"도구. 아유 쨩의 도구. 영리한 여자예요, 그 여자. ―그 여자는 호화로운 도구를 갖고 있거든."

"처음에 이야기했어야지."

그러자 상대는 놀란 얼굴로 잠깐 나를 보고 있더니,

"외로웠어? 이렇게 말하는 거예요."

"흠흠. 상하이에서 돌아와서?"

"응, 외로웠어요. (이는 고로 쨩의 말일 터인데, 여자처럼 목소리를 내어) 그런데 말예요, 아유 쨩은, 제군 놀라지 말게. 너무나 놀라웠어! 상하이에서 남자를 만들어 그 남자와 손을 잡고 돌아왔는데, 조금도 그런 낌새를 보이지 않았어. 그러니까 이쪽은 전혀 몰랐지. 그러는 사이에 아유 쨩은 자신의 도구를 하나 둘 방에서 갖고 나가서, 정신이 들고 보니 아무것도 없는 거야. 그리고 그대로 아유 쨩은 내가 있는 곳에서 싹 자취를 감추었지……."

"정신이 들고 보니, 하는 것은 이상하군."

"이상한가?" 고개를 갸우뚱하며,

"이상해요. 그건 ……. 함께 살아서."

내가 있는 곳에서 아유코가 자취를 감췄을 때는 내가 부재 중에 나에게 말도 하지 않고 트럭을 불러 자신의 도구를 모조리 운반하는 동시에 자신도 내 가정생활 밖으로 갖고 나가버렸다.

"그러고 보니"

하고 고로 짱은 깜짝 놀란 듯이 눈을 깜박이며, "조금 이상하군."

"농담 아냐."

"그러니까 조금 전에 말했잖아요. 나도 좀 이상하다고 생각할 때도 있다고."

"고로 짱!" 나는 자신도 뭔가 이상해진 기분이었다. 아픈 기억과 화가 나는 기억이 한데 섞여 있었다. "모두가 고로 짱을 이상하다고 말하는 것은 아유 짱이 사라지고 나서야? 아니면 그 전부터……?"

"사라진 다음부터에요."

묘하게 힘을 주어,

"그래서 미쳤다고 모두 말을 해대는 모양인데."

"그래서, 고로 짱, 극단 쪽은?" (이런 상황에서 일을 할 수 있을까?)

"그만뒀어" 하고 그는 지극히 명랑하게 말했다.

해직된 것일까 생각하면서,

"그래서 지금 어떡하고 있어?" 하고 물으니,

"완전히 이쪽으로……"

술잔 형태로 손가락을 굽혀 입에 갖다 대고는,

"벌컥벌컥"

돈은? 말을 못하고 있으니,

"아유 짱, 착하던데. 아유 짱이 먹여주고 있어요."

—나는 도사칸으로부터 들은 이야기를 결국 고로 짱에게 말하지 않고 헤어졌다. 고로 짱은 벌컥벌컥 술잔을 기울이고 있는 흉내를 냈는데, 이것으로 금세 그 욕망이 불타올랐는지 입맛을 다시며, "한 잔, 어때요?" 하고 말했지만, 내가 "일이 있어서" 하고 거절하자 바로 단념하고 "자, 그럼. —잘 지내세요" 하고 내가 말해야 할 것을 반대로 저쪽에서 말하며 예의 불안한 발걸음으로 비틀거리며, 전부터 걷던 습관이긴 한데 한층 더 심하게 취한 발걸음으로, 때마침 긴자의 붐비는 사람들 속으로 사라졌다. 그래서 말할 수 없었는데, —고로 짱의 너무나 이상한 모습을 넋이 빠져 보느라고 그래서 말할 수 없었던 것도 있다. 나는 헤어진 뒤에도 정신적 혼미함으로부터 한동안 서 있을 수 없었다.

"고로 짱은 제정신이 아냐."

이렇게 말하는 나까지 머리가 이상해질 것 같은 기분이었다. 그런데 이런 혼미함을 선명하게 꿰뚫고 있는 것이 있었다. 그것은 고로 짱에게 들은 아유코의 품행에 대한 감탄에 가까운 놀라움이었다. 상하이에서 남자를 만들었다고 하는 것은 얼마나 아유코가 지나에 가서도 내지에 있었던 때와 마찬가지로 자신이 하던 대로 행동하는 느낌이어서, ─아유코의 일종의 다부진 성격에는 일찍이 나도 감탄했지만 새삼 그 뻔뻔함에 놀랐다.

다시 현실의 공격에 대하여

이야기를 원래로 되돌려서, —나는 도사칸으로부터 아유코가 오야고로를 미사코의 여동생으로부터 가로채 간 것 같은 짓을 하지 말라는 말을 들었는데, —이는 미사코에 대해서 부적절한 사랑을 하지 말라는 의미로, 내가 전혀 이해할 수 없는 말이었다. 그러나 세 번째 유일에 나는 미사코와 철야로 놀았다. 이것을 뭔가 도사칸이 오해한 것 같다는 것만은 알 수 있었다.

엉뚱한 오해라고 나는 말했다. 말하는 것도 바보 같았다.

"오해?" 도사칸이 삼각형으로 눈을 치켜뜨고 나를 봤다.

"응"

나는 크게 머리를 흔들었는데, 도사칸은 아무 말도 하지 않고 고개를 조금씩 끄덕였다. 승인의 끄덕임이 아니라, 이렇게 해서 내 말을 음미하고 있는 분위기를 보였는데, 나는 마음이 편치 않아서 "오야 고로라고 하면, 자네 ―이번에 고로 짱이 가엾게도 아유코에게 확실히 딱지를 맞아서……"

이야기를 얼버무리는 것 같지만, 도사칸은 여전히 아무 말도 하지 않았다. 그 무언의 압박에서 벗어나기 위해 나는 계속해서 말을 이었다

"고로 짱은 그래서, ―고로 짱을 요전 날 만났는데, 아무래도 조금 이상했어."

"이상해?" 도사칸은 입을 조금 벌렸다.

"응. 뭔가 미쳤는지 머리 상태가 이상해서……."

찻집 '비둘기집' 앞에 와 있었다. 도사칸과 바텐더 어느 한쪽에 딱히 한 이야기는 아닌데, 들어가 볼까? 하면서 포렴을 들추고 들여다보니 찻집 안은 만원이었다. 이곳은 언제나 만원이 아닌 때가 없는데, 손님 대부분은 6구의 극단 사람들로, 한 잔에 5전 하는 커피로 휴- 하고 잠깐 쉬고 있는 사람, 핫도그 소시지 대신에 카레라이스의 카레를 넣은 카레 도그라는 것을 입안 가득히 먹고 있는 사람으로 좁은 가게가 가득 차 있었다.

포기하고 걷기 시작했는데, 공원 극장 앞으로 오자,

"그럼, 여기에서……"

하며 바텐더가 다누키 골목 쪽으로 손을 가리키며,

"잠깐 들를 데가 있어서요."

나를 혼자 남겨놓고 가는 것이 신경이 쓰이지만, 하는 얼굴이었다.

―도사칸과 둘이 되었다.

―세 번째 유일인 산노도리는 11월 25일이었다. (1일이 첫 번째 유일이고, 13일이 두 번째 유일이고, ―) 24일 밤에 나는 '호레타로'에서 손님방일을 하고 돌아간다고 하는 미사코와 만났다.

"정말 싫어. 춤을 추고 집에 돌아가려고 하는데, 술 한 잔 하고 가라고 해서. ……마치 댄스 게이샤 같잖아."

미사코는 눈 주변을 붉히고 지루한 듯 철판 앞에 앉았다.

"미-짱은 그래서 서비스해준 거야?"

껍질 채 대합을 철판 앞에 올려놓고 밥의 알루미늄 뚜껑을 푹 덮으면서, 그렇게 말하는 '호레타로'의 안주인 목소리에는 분명 가볍게 화내는 기분이 깃들어 있었다.

"왜냐면, ―바보취급 하는 것 같아 돌아가려고 하자, 그곳의 게이샤들이 나가는 요정이라고 하잖아요. 요정의 종업원에게 이래저래 부탁을 받아서. 손님이 그렇게 말씀하시니 부탁 좀 들어달라고요."

"손님? 뭔데, 그 손님?"

여주인은 자신이 모욕을 당한 것처럼 분명 화난 목소리였다.

"무슨 연회인데? ―어디에서 하는? 손님방은?"

"○○의 △△장"

주걱으로 철판을 가볍게, 그러나 푸르퉁퉁한 느낌으로 미사코는 두드리며,

"―어딘가 공장 사장님 같아요. 군수경기(軍需景氣)라는 투였어요. 불쾌한 손님."

옆에서 아이가 벌써 밤도 깊었는데, 완구 탱크를 갖고 혼자서 어른

스럽게 놀고 있었다.

"미-짱. ……"

작은 접시의 보랏빛 파래김을 내 앞으로 나눠주며 여주인은 무릎 위에 양손을 겹치고 미사코를 바라보면서,

"─앞으로 그럴 때는 미-짱, 분명히 거절해야 해요. 알겠어? 당신은 연회의 여흥에 불려가 춤을 추러 간 거예요. 그런 손님 술시중 하러 간 게 아니잖아, ─그렇지?"

이렇게 말하고 부엌 쪽으로 얼굴을 돌렸다. 부엌에서는 호레타로가 등을 구부리고 연탄 위에 손을 쬐고 있었다.

"─그렇지?" 하고 안주인이 조언을 재촉하듯이 재차 말했는데, 바오딩(保定)에서 부상을 입었다고 하는 귀환병인 호레타로는 부상 입은 곳을 알 수 있는 대퇴부에 살짝 손을 갖다 대고 가볍게 웃음을 띤 채 딱히 아무런 말도 하지 않았다. 온화한 미소였지만, 나는 그의 마음속을 예리하게 꿰뚫고 있는 것이 있음을 느꼈다.

"그야, 뭐"

하고 안주인은 혼잣말로 계속했다.

"무희에서 게이샤로 된 사람도 있기야 하지. 그러니까 비슷한 거라고, 손님은 그렇게 생각하겠죠. 그래도……"

탁, 하고 조개가 알루미늄 덮개를 박차고 입을 벌렸다. 조개 즙이 지글지글 철판에 눌러 붙었다.

"미-짱은 무대에서 떠나 있다고 해도 아직 예능인이야. 예능인은 예를 팔면 되는 거야. 일하는 사람에게 부탁받았다고 해서 술시중 같

은 걸 하면 안 돼요. ―그런 군수경기 따위로 아사쿠사의 예능인을 우습게 여기는 것은 안 될 말이죠."

"언니"

하고 미사코가 말을 끼어들었다. 장갑을 낀 손이 바깥 한기로 붉어진 것을 테이블 위에 올리고는,

"죄송해요. ―저……"

"사과할 것 없어요. 미-짱이 필시 불쾌한 기분이었을 거라고 생각하니 나도 그만 화가 나서……. 미-짱이 오기가 있는 사람이란 걸 나도 알고 있어요. 전전긍긍했을 거라고 생각하니 나도 그만 화가 나서. ―술을 상당히 마셔야 했던 모양인데. 힘들었을 거야."

"미-짱. 물 줄까?"

그때까지 침묵하고 있던 호레타로가 갑자기 말했다.

"네, 죄송합니다."

"알았어." 위로하는 목소리였다.

쏴~ 하는 수돗물 소리가 나는 가운데,

"군수경기라고?"

호레타로가 중얼거리는 소리가 들렸다.

이런 밤이었다. ―그날 밤 12시 지나서 25일이 되자, 산노도리가 시작되었다. 12시 전부터 사람들이 오토리(鷲) 신사에 몰려들었다.

딱히 누가 하자고 한 건 아니지만 미사코와 나는 신사 주변으로 향했다. 이 날 공원 식당은 새벽 2시까지 영업이 허용된다. '취락' 앞으

로 가니, 2시까지 영업하기 위하여 집에 못 돌아간 점원을 가게에서 자도록 준비하는 것인지, 침구를 높이 쌓아둔 트럭이 서 있었다. 뭔가 기묘한 경관이어서 나도 모르게 발길을 멈추고,

"저것, 한 벌에 10전이에요" 하고 미사코가 말했다.

"—어?"

"하룻밤 빌리는 데 10전"

"—그렇군."

트럭에 올라탄 남자가 이불 같은 얄팍한 것을 멍석이라도 다루듯이 길거리에 바로 쿵쿵 하고 떨어뜨리고 있다.

"—분장실 숙박도 지금 생각해보면 즐거웠어요."

"…………"

"손님방에서 춤을 추고 나서, 어이 모던한 아가씨, 나한테도 술을 따라줘 하는 말을 들으면 다 그만두고 싶어져요. 내년에는 차라리 여행이나 할까 봐요."

그날 낮에는 그렇지도 않았는데 심야가 되니 갑자기 추워졌다. 고개를 움츠리고 길을 서두르는 사람들의 종종걸음이 어둠 속에서 갑자기 휑뎅그렁하게 보이는 국제거리의 검은 강물처럼 차갑게 빛나는 얼굴에 술렁술렁 깃들어 있었다. 소리가 하늘로 올라가지 않고 바닥에 낮게 내려앉은 듯했다.

"—아니면, 차라리 스에히로 씨와 부부가 되어 만자이라도 시작해 볼까?"

"부부?"

"네, 스에히로 씨와 조를 이루어……"

술통 위에 이름을 넣은 등불을 몇 개나 써 붙인 말고깃집 게토바시야 가게 앞에서는 젊은이들이 복갈퀴를 올려놓는 테이블을 만들고 있었다.

"다지마(但馬)가 설날에 도쿄에 온다고 해요. 요전 날 편지에서―. 나, 구라하시 씨에 대하여 다지마에게 편지로 써서 보냈어요. 그러자 다지마는 이쪽에 오면 구라하시 씨를 만나고 싶다고……"

"아, 그래?" 나는 다지마를 만나고 싶었다. 그래서 그 이야기를 하려고 하자, 미사코는 이야기를 가로막으려는 듯이,

"복갈퀴에는 들어오는 배와 나가는 배가 있다면서요?"

"흠-"

"게이샤는 나가는 배, 요릿집은 들어오는……"

"―그렇군."

나는 재채기를 하고 "우리는 어느 쪽일까?"

원고가 많이 나오는 편이 좋다는 의미에서는 나가는 배이지만, 돈이 들어오는 편이 좋다는 의미에서는 들어오는 배라고 말하려다 나는 언젠가 누군가가 잡지사에서 원고 의뢰가 들어온 것을 농담삼아 이야기한 말투였지만, ○○사에서 손님방이 잡혔다고 말하는 것을 듣고, 작가가 게이샤로 비유되는 것에 불쾌한 기분이 들었던 기억을 떠올렸다. 나가는 배를 사는 것은 스스로를 게이샤로 간주하는 것이 된다. 그래서 나는,

"―역시 들어오는 배가 좋겠어. 원고가 아무리 나가도 무료 원고는

안 되는 거잖아. —미사코 양은 그렇다면 어느 쪽이려나?"

아차, 실수했다. 예능인은 예능인다운 프라이드를 갖고 게이샤 같은 행동을 하지 말라고 '호레타로'의 안주인이 방금 말하지 않았던가. 그래서 나는,

"그렇다. 시집가는 아가씨는 특히 먼 친척 아가씨들은 나가는 배를 사면 좋다고 하던데. 사윗감을 빨리 얻고 싶은 분은 들어오는 배로……."

이전에는 유일에 사는 복갈퀴는 술장사 손님을 상대로 장사하는 사람들밖에 사지 않았던 것 같은데, 이제는 보통 사람들도 사는 사람이 많다. —내가 생각해봐도 갑자기 생각해낸 말이긴 하지만, 돈과 연결된 재수를 비는 물건일 뿐, 사실은 별 의미는 없다.

"자네는 알고 있지 않아?"

하고 나는 도사칸에게 물었다. "복갈퀴에는 들어오는 배와 나가는 배라는 것이 있다는데. 어떤 것이 들어오는 배고, 어떤 것이 나가는 배인지……."

어느덧 세밑의 어수선한 분위기가 감도는 경내로 새로 난 길을 우리는 걷고 있었다. 우리 사이에서는 어색한 침묵이 계속되고 있었다. 이것을 깨기 위한 나의 말이었다.

—어떤 것이 들어오는 배이고, 어떤 것이 나가는 배인가는 유일 밤에 미사코와도 이야기했었다. 미사코는 들어오는 배와 나가는 배가 있다는 사실만 알고 있었다.

복갈퀴에는 보물선, 과녁과 화살, 음경, 금고, 쌀가마니, 못생긴 여자의 탈, 에비스 다이코쿠(戎大黑)* 등이 장식되어 있는데, 이것이 천차만별이어서 어느 것이 나가는 배이고 어느 것이 들어오는 배인지 눈으로 봐서는 잘 모른다. 복갈퀴를 살 때 물어보면 좋을 텐데, 가게 첫 장사에 작은 복갈퀴를 사는 것도 마음이 내키지 않아서, "一보물선에 뭔가 구별이 되어 있을지 모른다. 뱃머리가 왼쪽으로 되어 있다든가 오른쪽으로 되어 있다든가 하는 것으로 구별할지도 몰라" 이런 말을 하면서 그냥 지나쳤다. 그러나 복갈퀴에는 작은 것은 보물선이 붙어 있지 않은 것이 있고, 붙어 있어도 그와 같은 구별은 보이지 않으므로 결국 모르는 채 끝나버렸다. 복갈퀴 대신에 조릿대 가지에 감자를 꿰어놓은 것과 산초나무 자른 것을 사서 미사코에게 줄 선물로 하고, 복갈퀴는 오토리 신사에서 각자 샀다.

"나, 내년에도 이 복갈퀴. 사실은 배로 큰 것을 사야하는데……"

"나도 그래."

생각해보면 작년에는 아유코와 오야 고로, 그리고 누군가 그 외에도 있었는데, 여러 사람들과 함께 신사에 왔었다. 아유코는 긴자의 바에 나가고 있었는데, 오야 고로와 헤어지겠다든가 헤어졌다든가, 확실히 들리지는 않았지만 一신사에서 두 사람은 "아, 싫어라", "그만둬" 등의 이야기를 하며 어깨를 서로 툭툭 치면서 매우 명랑하게 떠

---

* '에비스'는 일본의 칠복신 중의 하나로 어부와 상인의 수호신이고, '다이코쿠'는 칠복신 중에서 재물과 농민 수호의 신으로 알려져 있다.

들어 댔었다.

요시와라(吉原) 병원 쪽으로 빠져서 요시와라로 들어갔다. 안쪽은
신사에 가는 사람, 돌아가는 사람으로 붐볐다. '가도에비(角海老)'* 앞
뜰을 풋내기 여자들이 구경하는 것은 이때뿐이라는 듯이 물건은 사
지 않고 구경만 하는 남자와 섞여 줄줄이 지나갔다. 이런 경우에 어쩐
지 비참한 쪽에 곧 자신의 마음을 감정이입하는 버릇이 있는 나는 ─
같은 여자로 태어나서 무슨 운명인지, 자신 탓이 아닌데 속세에 몸을
눕혀야 하는 여자가 같은 여자에게 느긋하게 놀고 있는 여자로 보이
는 괴로움을 생각하니, 이건 그다지 기분 좋은 풍경은 아니었다.

"어딘가에서 한 잔 할까요? 구라하시 씨"

하고 미사코가 말했다. 무뚝뚝한 말투인데, 그 눈에는 요염한 기색
이 반짝이고 있었다.

"응, 어떡할까?"

"마실 거면 같이 갈게요. 나도 마실 거예요."

"그럼 기쿠야(喜久家)라도 갈까?"

아름다운 자매가 있는 걸로 알려져 있는 가게로, 에도마치(江戸町)
의 모퉁이에 있다.

"저, 구라하시 씨에게 잠깐 할 이야기가 있어요."

"글쎄……"

---

* '가도에비'는 요시와라 유곽에 존재한 상호이다.

도사칸은 차가운 목소리로 "모르겠군요."

다시 침묵이 시작되었다. 경내 상점가에 도착했다. 여느 때라면 혼잡한 거리를 잽싸게 횡단해서, ―그곳까지 오면 지하철 옆골목의 '봉쥬르'에 늘 가곤 했다. 그러나 그때는 찻집에서 도사칸과 마주하고 앉는 것은 견딜 수 없는 느낌이어서 나는 왼쪽에 비켜 앉았다. 아사쿠사에 방을 빌린 지 벌써 반 년 이상이 되는데, 나는 어찌된 셈인지 경내 상점가나 관음상이 있는 경내, 그리고 6구의 영화관 거리(이것은 앞에 적은 것과 같은 이유가 있지만), 즉 아사쿠사의 정식 얼굴 같은 곳은 그다지 걸은 적이 없고, 내가 어슬렁거리는 곳은 대개 등과 같은, 겨드랑이 아래 같은, 손가락 사이 같은 안쪽 거리, 때로는 ……와 같은 근방이었다. 인왕문을 향해 아사쿠사의 하나미치(花道)** 같은 경내 상점가를 당당히(?) 걸어가는 것은 드물었다.

"자네는 뭔가 오해하고 있는 것 같은데, ―오해가 안 풀리는 모양이야." 콧물을 훌쩍이며 조금 더듬거리며 나는 말했다.

"오해라면 다행입니다만."

도사칸은 뒤꿈치로 포석을 차면서 "만약 정말이라면 ―이제부터라도 만일 자네가 미-짱을 유혹하는 듯한 일을 한다면 나는……"

"―군" 하고 나는 자신도 모르게 거친 어조로 말을 가로막았다. 그러나 곧 맥없이 흐물거리는 모습으로 "뭔가 협박 같은데."

** '하나미치'는 가부키(歌舞伎)에서 배우가 무대로 가는 통로나 스모(相撲)에서 선수들이 입장하는 길을 말함.

"예, 협박하고 있는 거예요."

뭔가 골계적인 말인 만큼 오히려 굉장한 느낌이 들어 "나는 진심으로 협박하겠습니다."

"………."

"미-짱만이 아니야. 아사쿠사의 여자에게 수작하는 일은 말아주세요."

"…………" 내 머리에 고야나기 마사코가 떠올랐다. 마사코에 대해서 나는 수작하고 있는 것이 아니라고 스스로는 생각하고 있는데, 그러나 …….

"언젠가 죽은 레이 짱의 이야기를 했죠? 오야 고로에게 버림받아서 병이 갑자기 심해지는 바람에 무대에서 피를 토하고 죽었다고……. 마치 신파 비극 같은……. 그런데 아사쿠사의 여자는 대개 신파 비극의 주인공 같은 데가 있으니까. 그야, 심한 사람도 있죠. 당신 전 부인에게 뒤지지 않을 정도의 사람도 있기는 있지만……."

피 같은 붉은색 입술을 일그러뜨리며 도사칸은 뭔가 눌러 찌부러뜨리는 듯한 기분 나쁜 웃음소리를 냈다. 그건 물체에 비유하면 기분 나쁜 액즙을 가득 품은 해면동물 같은 웃음소리인데, 나는 부드러운 해면동물이 아니라 딱딱한 돌로 탁 하고 뺨에 얻어맞은 느낌이었다. 아유코를 향해 누군가 던진 돌이 이유는 모르겠지만 내 뺨으로 날아온 느낌이었다. 내 안에 불끈불끈 화가 타올랐다.

"그건 말이야, 아유코는 나쁜 여자라고 하면 나쁜 여자지만, ―"

나는 그렇다고 아유코를 변호한 것은 아니었다. 그런데 그렇게 해서 노여움을 토해내고 있었다. "나쁜 여자인 건 틀림없지만, 다른 말로 하면 남자가 바보인 거야. 어리석어. 나도 그런 사람의 한 명이지만. ―그리고 다른 여자라 해도 바보야. 어리석어. 그것이 아유코를 나쁜 여자로 만들고 있는 부분도 있다고 생각돼."

"―아사쿠사의 여자는 바보군요."

도사칸은 물고 늘어지듯 말했다. "그래도 그 바보 같은 데가 좋지 않나요?"

"그건 그런데……"

나는 뭔가 어리석다는 생각이 들어 입을 다물었다.

도사칸이 왜 갑자기 나에 대해서 그 스스로도 말한 것처럼 협박적인 태도를 취했는지 알 수 없었다. 그쪽으로 나는 머리를 돌렸다. 내가 알 수 있는 것은 미사코에게 그가 아무래도 푹 빠져있다는 것이다. 그 때문인가……?

아니, 안을 들여다보면 바보 같은 이야기이니까 거드름피우는 글쓰기 방식은 그만두자. 나중에 알게 된 건데, 미사코가 도사칸을 꼬드긴 것 같았다. 도사칸이 자신에게 푹 빠져 있는 것을 알고 있는 미사코가 그런 점을 이용해서 그를 꼬드긴 것이다. 내가 미사코를 유혹하려고 하고 있다고 도사칸에게 그렇게 거짓말을 해서 꼬드긴 것인지, 아니면 그와 같은 일을 무심코 말한 것을 미사코에게 빠져 있는 도사칸이 질투심에서 그렇게 받아들인 것인지. 전후 사정은 모른다. 그러나 미사코가 나를 몰아세울 듯이 해서 도사칸을 꼬드긴 것은 분명하다. 그렇다면 왜 미사코는 그런 일을 한 것인가?

미사코는 유일 밤에 스스로 말하려고 한 것 같았다. 그녀가 나를 몰아세우려고 한 것이다. 미사코가 나에게 "잠깐 이야기가 있어요" 하고 말한 그 이야기라는 것이 바로 그 일이었을 것이다. 그러나 그 이야기를 미사코는 결국 하지 않았다. 그리고 그 대신에 도사칸을 꼬드겨서 자기 대신에 도사칸에게 하도록 만든 것이다. 왜 미사코는 나를 몰아세우려고 한 것일까? ……

―우리는 관음당을 돌아 오른편 뒤쪽으로 나왔다. 관음당 앞은 활기차고 북적거리는데, 왼쪽으로 벗어나면 그 뒤쪽은 거짓말처럼 고요했다. 바로 저쪽, 바로 지금 통과해 온 경내 상점가의 활기가 꿈처럼 느껴질 정도로, 이곳은 적적한 장소였다.

모리 오가이(森鷗外)*가 찬문(撰文)을 썼다고 하는 9대 단주로(団十郎)의 '시바라쿠'**의 동상이 있다. 그 앞에 스님들의 모던한 주거지가 있고, 그 모퉁이의 은행나무 아래 적막한 장소에 어울리지 않는 공중전화가 외로이 서 있다. 때마침 신사 쪽에서 참배하고 돌아가는 듯한 세련된 여자가 나와서 그 앞에서 잠깐 생각에 빠진 듯 발을 멈춰서서 은행나무 낙엽에 시선을 떨구었다가 휙 몸을 돌려 공중전화 안으로 들어갔다. 적적한 주위 때문에 이상하게 눈에 띄는 요염한 분위

---

* 　모리 오가이(森鷗外, 1862~1922)는 일본 메이지 시대의 소설가이다.
** 　'시바라쿠(しばらく)'는 가부키의 공연 목록 중 하나로, 메이지 시대의 가부키 배우 단주로가 연기하던 모습의 동상이 아사쿠사에 있다.

기 탓인지, 아니면 그러한 적적한 장소에서 사람들 눈에 띄지 않는 공중전화여서 그런지, ―좋아하는 남자에게 전화를 거는 모양이다. 아니, 분명 걸고 있는 것이 틀림없다고 기묘할 정도로 적확하게 상상이 되었다. 내 안에 고야나기 마사코에 대한 사모하는 마음이 솟구쳤다. 나는 단주로의 청록색을 띤 검은 얼굴을 올려다보며,

"아사쿠사의 여자에게 수작을 걸지 말라고 자네 조금 전에 말했는데, ―오해를 받으면 안 되니까 자네에게 한 가지 말해 두겠네. 나는 무희 중에 좋아하는 사람이 있어. 그냥 좋아할 뿐이지, 어찌해볼 생각은 없어. 그러나 그런 내가 좋아한다는 것이 이상하게 자네 귀에 전해지면 좀 그러니까 말한 거야."

"누굽니까?"

"K극장의 고야나기 마사코"

"마-짱?"

"응, 마-짱"

"잠, 잠깐만" 도사칸은 멈춰 서서 "그걸 당신, ―구라하시 씨, 알고 있는 거예요? 그건 미-짱의 여동생으로……"

"여동생?" 나도 멈춰 서서, "여동생도 ―그럼 죽은 레이짱이라고 하는 것은……"

"레이짱이 가운데, 마-짱은 가장 아래의 여동생"

"자네, 그것 정말이야?"

"뭐 하러 거짓말을 하겠어요."

"하긴 아무리 그래도 미사코 양의 여동생은……. 미사코 양은 지금

까지 아무런 말도 ……. 내가 고야나기 마사코 팬이라는 것을 미사코 양은 알 텐데. 그런데도 그런 말을 미-짱은 전혀 …….”

“말하지 않죠. ……”

“입 밖에도 내지 않았어요.”

“…………”

“자네, 속이고 있는 건 아니겠지?”

“그런 ……”

“—놀랍군.” 나는 한숨을 쉬었다. 그러자, 그때 신사 쪽으로 시선을 돌린 도사칸이,

“—와”

나도 그쪽을 보고, 와 하고 눈을 크게 뜨고,

“저건, 사-짱 아닌가?”

“—그래. 사-짱은 마-짱과 같은 K극장이니까, 당신도 알고 있죠?”

스님들이 거주하는 곳의 벽을 따라 산토 교덴(山東京伝)*이 썼다고 하는 비문이나 나카하라 고초(中原耕張)의 필총(筆塚)이라든가, 나미키 고헤이(並木五瓶)의 ‘달빛 아래에 꽃가지 휘는 마음 눈 내린 대숲(月花のたはみこゝろや雪の竹)’이라는 하이쿠가 새겨져 있는 비문, 여러 가지 비석이 일렬로 나란히 있다. 그 앞에 화류계의 사람들이 곧잘 소원을 비는 신사가 있다. 그 등불의 격자에 사-짱이 길흉을 점치는 종이를 묶어 놓았다. 현란한 양장을 입은 무희와 고풍스러운 제비.

---

* 　산토 교덴(山東京伝, 1761~1816)은 에도시대의 우키요에(浮世絵) 화가, 극작자이다.

"흉이 나왔군."

도사칸은 혼잣말처럼 중얼거렸다. "그 아이는 ―K극장에 빙이라는 사람이 있잖아요. 그 자와 눈이 맞았는데……"

"흠흠"(본래라면, 엇? 하고 말해야 하는 대목이다.)

"빙이라는 사람은 여기저기에 여자가 있으니까……"

"흠흠"(본래라면, 오, 이렇게 말해야 하는 대목이다.)

사-짱이 제비를 뽑은 것은 빙과의 사이가 안 좋아진 탓인지도 모른다고 도사칸은 말했지만, 나는 그런 것보다 고야나기 마사코가 미사코의 여동생이라는 사실을 처음 들어서 거짓말 같은 사실로 머리가 가득 차 있었다. 흠흠 한 것도 건성이었다. 거짓말 같은, ―그래, 나는 재주없는 소설가이지만 그래도 이런 거짓말 같은 내용은 아무래도 쓸 수 없다. 그런데 현실에서는 당당히 소설을 쓰고 있다. 소설가가 우습고 속이 빤히 들여다보여 천박해서 소설을 못쓰는 것을 태연하게 전개해 보여주는 현실의 뻔뻔스러움, 그 뻔뻔한 현실의 무서움에 나의 위약한 소설가적인 신경은 무참하게 한 방 먹었다. 그렇다. 현실의 신비함에 이른바 연타를 당하고 있는 나였지만, 이 신비함이란 친근하다고 하는 것도 어리석은 친근함인 만큼 나를 때려눕히는 힘도 컸다. ―나는 아마 현실에 연타를 당한 탓도 있겠지만, 내 각오로 봐도 현실에 대해서는 겸허한 셈이었다. 소설에서 현실을 재단한다고 하는 듯한, 이른바 현실을 화나게 하는 듯한 불손한 짓은 애써서 하지 않으려고 해왔다. 그런데 현실은 나에 대하여 무슨 원망이 있어서 이런 심한 타격을 주는 것일까. 내가 받은 고통은 단지 고야나기 마사코가 미네 미사코의 여동생이라는 것에 대한 놀람만은 아니었다!

신사 앞에 왔을 때는 우리를 알아차리지 못한 사-짱이 아사쿠사 신사 쪽으로 서둘러 사라지고, 나도 도사칸도 굳이 불러 세우려고 하지 않았다. 신사 앞에는 신몬 다쓰고로(新門辰五郎)가 봉납했다고 하는 기둥에 신몬이라고 새겨 있는 비문이 세워져 있고, 그 안쪽에 나무로 만든 작은 등이 있다. 그 우물 정(井) 글자 모양의 격자에 묶여 있는 제비가 점차 몰려온 어슴푸레한 황혼 속에서 선명하고 하얗게 빛나고 있었다.

제12회

피날레

(아사쿠사의 무희들은 피날레를 휘나레라고 한다.)

아사쿠사를 사랑하는 모임 같은 것을 하자는 이야기를 나와 아사노 미쓰오 사이에서 나눈 것은 고야나기 마사코가 K극장의 위문단에 참가하여 지나에 가기 아직 전이었으니까, 생각해보면 10월의 일이다. 그것이 질질 연장되어 이야기가 겨우 구체화된 것은 해가 바뀌고 1월도 절반을 지난 무렵이었다.

1월 중순의 어느 날 아침, 아침이라고 해도 낮에 가까운데, 그 무렵은 좀처럼 숙박하지 않는 연립의 방에서 자고 있는 것을, ─ 그러고 보니 나는 아사쿠사에 그다지 오지 않게 되었는데, 아사노가 찾아와 잠에서 깼다.

머리를 들자, 머리가 쿡쿡 하고 아팠다. "이건 숙취야. 간밤에 아와모리를, 그래 맞아, 아사노 군이 가르쳐준 아와모리 가게에서 너무 많이 마셔서……"

평소 의기소침해 있는 나로서는 드물게 친구와 격론하고 술을 너무 마셨다. 아니, 너무 마신 탓에 격론을 한 것인지도 모르지만, 연립의 방에 묵은 것은 너무 많이 취해있었기 때문이다.

"숙취는 해장술을 하면 좋아요."

아사노는 뭔가 기쁜 듯이 검은 이빨을 드러냈다. "해장술을 하지 않으면 안 되죠." ―노골적으로 기뻐하는 티를 내는 것은 나를 만난 것이 기뻐서인가? 아니면, 해장술을 같이 하자고 말하기 위해서인가?

권하는 대로 언젠가 도사칸이 나온 갓파바시 거리의 미꾸라지집 '이다(飯田)'로 갔다.

"메기는 정력에 좋아요"

하고 계속해서 아사노가 권해 나는 딱히 반대할 이유도 없어서, 그 말에 따르자,

"그럼, 나는 고래를 먹어야지"

하고 아사노는 자신은 다른 걸 먹겠다며 종업원을 불러서,

"메기 찌개 하나, 고래 찌개 하나"

"네. 메기 찌개 하나, 고래 찌개 하나!" 하고 종업원이 주방에 대고 말했다.

"그리고 술"

"네. 그리고 술 1병"

아사노의 말과 종업원의 말은 종업원이 술을 1병이라고 한정한 그

것이 다를 뿐이었다.

손님이 가득 들어차 있는 가게 내부는 마루와 방이 절반씩 나뉘어 있어서 마루에 앉아 있는 손님들은 거의 모두 된장찌개에 밥을 먹고 있었다. 추어탕, 고래탕, 바지락국, 푸른국(야채를 말함), 두부찌개, 파국 모두 5전이고, 밥이 10전, 따라서 15전으로 밥을 먹을 수 있다. 15전 이라는 싼 가격에 조금도 비하하지 않고 먹을 수 있는, ─즐기며 먹고 있는 그 분위기, 이러한 아사쿠사의 분위기는 내 마음을 평온하게 해 주었다. 나는 방에 들어가 메기나 고래 같은 번거로운 것을 먹지 말 고, 마루에서 먹고 있는 사람들과 섞여 추어탕을 먹고 싶었다.

아사노는 품에서 50장 정도의 왕복 엽서를 꺼냈다. 등사판으로 인 쇄한 아사쿠사의 모임 안내장이다. 제1회를 전부터 이야기한 대로 K 극장 사람들을 불러 치르기로 했다. 아사노가 혼자서 극장 쪽과 교섭 하여 회장과 그 외의 것을 정해 주었다.

"그럼, 이 엽서를 보낼게요."

엽서는 극장 쪽에서 갖고 와서 문예부의 등사판으로 인쇄했다고 하는데, 잉크가 너무 진해서 지저분했다. 그 칙칙함은 아사쿠사 극단 의 예풍이 조금 담겨 있다.

"아무 일도 하지 않고, 정말 죄송합니다."

나는 마음이 내키지 않았다. 도사칸에게 의외의 이야기를 들은 이 후, 나는 K극장으로부터 그리고 또 미사코와 만날지도 모르는 '호레 타로'로부터도 떨어져 있었다.

조촐하게 탄불을 피운 작은 냄비가 먼저 나왔다. 아사노는 즉시 거

기에 손을 쬐면서,

"여기 술은?"

"네, 갑니다."

술이 나오자, 자 어서, 하면서 성격 급하게 나에게 술을 따르고, 다 따르자마자 즉시 이미 왼손에 준비한 술잔에 쨍그랑 하고 술잔을 갖다 댔다. 한 잔 쭉 들이키고 나서는,

"오늘 아침은 불쾌한 일이 있어서 빨리 일어났어요. ―술이라도 마셔야……"

술잔을 아래에 내려놓지 않았다. 곧이어 한천 같은 것을 담은 고래찌개가 나왔다.

"아침에 변소에 있는데 편지가 와서 보니 원고가 되돌아 왔어요. 아니, 매번 있는 일이라 익숙해 있긴 하지만, 그 원고는 자신이 있었는데 조금 당황했어요. 잠자리로 돌아왔는데, 더 이상 잠을 잘 수 없어서. ―여기요, 메기 찌개 어떻게 됐어요?"

"네, 지금 나갑니다."

"유머 소설인데요. 이런 이야기에요. 이름은 굳이 말하지 않겠지만, 어떤 극단의 무희 집에 잠깐 볼일이 있어서 갔는데요. 내가 ―추운 밤이었어요. 실화에요. 찾아갔더니 공교롭게도 그 아이는 아직 돌아오지 않고 할머니가 혼자서 자고 있었어요. 어머니인지 모르겠지만, 요컨대 어르신인데, 현관에서 훤히 다 보이는 얄팍한 이불에서 일어나 나와서는, 곧 돌아올 테니까 자 올라 오세요, 누추하지만 어서, 어서요, 하고 말했어요. 실제로 누추하고 몹시 곤궁스러워 보이는 집

으로, 들어가 있으니, —밖은 춥죠? 지금 뜨거운 차를 내올게요…….
즉, 엄청 환영해준 거죠. 아, 신경 쓰지 마세요, 하고 말했지만 할머니
는 얇은 이불과는 다른 제법 상등품의 다기를 갖추어 들고 왔기 때문
에 부엌에 가서 물을 끓여오려나 생각하고 있는데, 그렇지 않고 이불
속으로 손을 밀어 넣지 않겠습니까. 아니, 뭘 하는 건가 생각하고 있
으니, 탕파(湯婆)를 꺼냈어요. 지저분한 누더기로 싼 탕파. 그것을 영
차 끌어안고 내 앞에 앉았어요. 어엇? 하고 보고 있으니 누더기를 들
추어 탕파 입구를 꺼내고 뚜껑을 열려고 하잖아요. 엇? 하고 눈을 둥
그렇게 떴을 때는 찻주전자 위에 탕파 입을 갖다 댄 후였어요. 놀랍지
않아요? 지금까지 할머니가 발을 갖다 대고 있던 탕파의 물을 쿨렁쿨
렁 ……. 아니, 완전히 깜짝 놀랐다니까요. 그런데 할머니는 아무렇지
도 않은지 탕파의 물로 찻물을 우려내고, 자, 드세요. 네, 하고 대답은
했지만 마음속에서는 우웩 했다니까요. 할머니는 자신의 찻잔에도
그 기분 나쁜 차를 따르고, —식기 전에 어서 드세요. 그렇게 말하더
니 태연하게 자신의 찻잔을 들고 꿀꺽꿀꺽 마시며, 아 맛있다. —아아,
맛있다고 한 건 제 창작이지만. 어때요? 이 이야기.”

“흠”

메기 찌개가 나왔다. 살아있는 메기를 통째로 놓고 주사위 모양으
로 마구 자른 그 피투성이 고기가 냄비 안에서 아직 실룩실룩 움직이
고 있다.

“재밌지만 쓰기 어려워서, 이 소재는.”

이렇게 말하면서 아사노는 화로 서랍 같은 모습의 나무상자를 기

울이고는 그 속에서 파를 고래찌개 안에 과감히 넣었다. 자잘하게 자른 양념 파는 냄비 속에서 높이 쌓여 산을 이루었다.

"쓰기 어렵겠네요."

"그걸 간신히 쓴 거예요. 조금 전에는 자신이 있다고 했는데, 자신보다 고심이겠네요. 매우 고심해서 쓴 건데, 원고가 돌아오니 분해서……"

냄비 속 메기가 갑자기 수염을 실룩거리며 튀어 올랐다. 앗 하고 놀란 다음 순간, 흐물흐물해져서 제법 상당히 뜨거울 텐데 속으로 가라앉았다. 나는 뭔가 마음이 평온하지 않았다.

"조금도 재미없다며 유머소설이 아니라고 하잖아요. 편집하는 놈들은 그런 재미를 모른다니까요."

아사노는 벌써 술잔을 비웠다.

"내가 돈 낼게요, 내가."

아사노는 마치 싸움하는 분위기였다. 그곳을 나와 국제거리로 나갔다.

"K극장에 잠깐 가볼까요?"

나는 해장술로 완전히 빨개진 얼굴을 문지르며,

"백주대낮에 술에 취해 가는 것은 좀 그런가요?"

"상관없지 않아요?"

"그러나 ……"

맞은편으로 건너가서 만자이 극단 T관으로 발길을 옮겼다. K극장 분장실 입구는 그 안쪽에 있다.

"가봅시다."

"글쎄……"

주저하는 나의 눈에 맞은편에서 양복에 짚신을 신고 걸어오는 스에히로 슌키치의 모습이 보였다. 스에히로도 곧 나를 발견하고 T관 앞에서 발길을 멈추고, 야 이게 누구야 하면서 고개를 끄덕였다.

"야" 하고 나는 소리 내어 말하고 스에히로 옆으로 가서,

"어떻습니까?"

이렇게 말하고 T관 간판으로 시선을 돌리니, '종군 만자이' 에도의 스케(助) 씨, 가쿠(格) 씨, '나니와부시* 만자이' 다치바나야 고엔(立花家小円), 요시와라야 시메하치(吉原家〆八), '화양(和洋) 합주 만자이' 우키요 세계 은묘(銀猫), 데와 산(出羽三) 등 씌어 있는 가운데, 작게

유머러스 가메야 폰탕
만자이 우사기야 효탕(兎家ひょうたん)

이라고 씌어 있는 것이 내 취한 눈에는 거기만 특히 크게 비쳤다.

"야, 안녕하세요. 표주박 똑 닮은 효탕입니다."

무슨 의미인지 모르겠지만, 아마도 스에히로 자신도 모를지도 모르지만, 그렇게 말한 후두부에 손으로 찰싹 때리고 웃었기 때문에 나

---

* '나니와부시'는 샤미센 연주에 맞춰 의리나 인정을 노래한 대중 노래이다.

도 마찬가지로 입을 벌려 소리 나지 않는 웃음을 웃었다. 우사기야 표주박이라는 것은 다름 아닌 스에히로의 예명이었다. 마침내 만자이의 예능인이 된 것이다. 가메야 폰탕이 한 달 30엔의 수입으로는 좀처럼 해나갈 수 없어서 변두리에 있는 극장에서 돈을 벌려고 형님 격인 쓰루야 안폰에게 말하자, 격이 내려가니까 안 된다고 '형님'이 승낙하지 않아서 곤란해 하고 있다는 이야기는 전에도 썼지만, 그런 일이 원인인지 이윽고 두 사람은 '부부 이별'을 하고 말았다. 마치 스에히로가 나의 표현으로 말하자면, "착착 만자이로 전향 중"인 때로, 그리고 상대방으로 고른 도사칸이 전향을 수긍하지 않아서 곤란해 하고 있는 때였기 때문에, 스에히로와 폰탕이 새로운 콤비를 만들었다. 만자이에서는 선배인 폰탕이, 나이는 아래여도 우사기야 효탕, 즉 스에히로 슌키치의 형님 격이 되었다.

"어떻습니까?"

나는 다시 물었다. "어떻습니까, 무대 쪽은?"

"아, 뭐, 덕분에"

스에히로는, 아니 우사기야 효탕은 벌써 만자이 일에 익숙해진 느낌의 골계적인 손 비비는 동작을 해보이며,

"제~법 어려~워요. 그래 맞아, 구라하시 씨, 이런 이야깃거리는 어때요? 잠깐 들어보세요."

가볍게 손뼉을 치며,

"비행기를 말에요, 한 대 헌납하려고 열심히 저금하고 있어요. 이렇게 하는 거죠. 빨리 백 엔 안 되려나 하고 열심히 하고 있어요. 백

엔? 하고 이때 상대가, —백 엔으로 비행기를 한 대 사려는 거예요? 살 수 없습니까? 농담 마세요. 그렇게 비쌉니까? 그야, 당신, 비행기 한 대 사려면 5백 엔 정도 있어야 ……"

"아하하" 내가 웃자,

"재밌죠?" 그는 화난 듯한 얼굴로, "재미는 있는데요, 이게 딱 하고 들어오지 않아요. 웃어주지 않더라고요."

"흠"

"5백 엔으로 정말로 비행기를 살 수 있다고 생각하고 있을지 모르지만. —아, 상당히 어려워요."

울다 웃는 듯한 얼굴을 했다. 나는 아사노의 이야기와 일맥상통하는 것이 있다는 것을 느꼈다. 이야기로 들었을 때는 재미있는 소재가 손님 앞에 내놓으면 뭔가 시시한 것이 될지도 모른다.

그래서 아사노의 이야기에 나오는 할머니라는 것은 이런 것일까 하는 생각이 들었다. 그런데 그다지 할머니라고 하는 나이나 모습이 아니라, 느낌은 할머니 같은 여자가 작은 왜나막신 소리를 내며 다가와서 스에히로와 인사를 하고 허둥지둥 T관 안으로 들어갔다.

"저분은 중화요리 도코톤의 안주인으로……"

"호오"

"이 일대를 관할하고 있어요,"

"일대?" 의미를 물었지만,

"네" 하고 끄덕이고 "요전 날 된 지 얼마 안 돼서……"

"도코톤 씨는 건재해요?"

"변함없죠."

"변함없이 종이봉투를 붙이며……"

"그리고 종종걸음으로 달려다니며 ……"

─아사노는 본래 자주 '호레타로'에 다녔다고 하니까 스에히로를 알고 있을 텐데, 모른다는 표정으로 지나쳐 가고, 스에히로도 알고 있을 텐데 나에게 아사노에 대해서는 아무 말도 하지 않았다.

결국 K극장으로 가지 않고 우리는 곧장 다와라마치 쪽으로 가서 히로코지로 나왔다. 동서로 달리고 있는 히로코지 거리는 공원으로 가는 남향 한쪽에만 햇빛이 비추고 다른 한 편은 전혀 해가 비추지 않는다. 그 을씨년스러운 뭔가 낮에도 여전히 어두컴컴한 느낌조차 주는 한편, 겨울의 추위가 모두 모여 있는 듯한데, 햇볕 드는 쪽은 다행히 바람도 없어서 햇볕 쬐는 고양이처럼 등을 구부리고 웅크리고 앉아서 눈을 가늘게 뜨고 싶은 상쾌함이 느껴졌다. 나는 태양에 굶주린 식물을 자신 안에 느끼면서 깜박깜박 눈을 깜박이며 문득 작년 세밑에 요시와라로 산보 갔을 때 본 정경을 떠올렸다. 눈에 스며든 정경이다. 점심 전으로 동네 전체가 한숨 돌리고 있는 듯한 조용한 시간에, 에도마치(江戸町)였나 가도마치(角町) 거리였나, 그 거리가 이 히로코지와 마찬가지로 한쪽만 햇빛이 비추고 있었다. 밤에는 구경하는 사람들로 가득 찬 그 거리도 그때는 쥐 죽은 듯이 조용했다. 밤의 인상과는 대비되는 탓인지 이상할 정도로 선명하게 고요함이 내려앉아 그 고요함 탓인지 길 한쪽을 비추고 있는 햇빛도 청결하게 실로 화창하고 풍요로운 느낌이었다.

"아사노 군, 알고 있죠? 유녀를 상대하는 유곽 안만 돌아다니는 잡화상. 먼지털이나 찻잔, 방에 장식하는 인형 같은 것을 차에 가득 진열하고 유곽에 팔러 오는 ……. 그 잡화상이 마침 거리에 멈춰 서 있었어요. 화창하고 따뜻한 햇볕을 쬐며 ……"

이렇게 나는 아사노에게 이야기를 하고 있었다. 취기 때문에 머리에 떠오른 일이 곧바로 입으로 나와 말이 계속 이어졌다. 그리고 또한 취기 때문에 다소 감상적인 어조였다.

"보고 있으니, 유녀가 그 차를 둘러싸고 뭔가 사고 있었어요. 뭘 사나 보려고 가까이 가봤죠. 가까이서 보니, ―아직 화장을 하지 않아서 밤에 보면 아름다운 유녀들도 누렇게 뜬 얼굴을 하고 있었어요. 그런 얼굴색은 실로 보기 싫은 색이더군요. 햇볕을 쬐지 않은 탓인지, 아니면, ……. 아니, 그런 건 아무래도 좋아요. 유녀들은 차를 둘러싸고 햇볕을 쬐고 있는 거예요. 비싸요, 더 싸게는 안 돼요? 하면서 잡화상 아저씨와 말을 하며 좀처럼 물건을 사지는 않는 거예요. 추측컨대 잡화상 차가 왔다는 것을 구실로 햇볕을 쬐러 나온 것 같아서 ……. 그래도 그 중에 한 사람이 싸구려 이쑤시개 한 통을 샀어요. 그걸 둘러싸고 햇볕을 쬐는 유녀들이 그 외에도 몇 명 있는데, 그중의 한 사람이 가게 쪽을 돌아보며, 뭔가 말했어요. 뭔가 사지 않을래요? 하는 시골 사투리. 그래서 나는 별 생각 없이 가게 쪽으로 시선을 돌렸는데, ― 가게 입구 바로 앞까지 햇빛이 비추고 있는 바로 앞까지 나와서, 유녀들이 경대를 들고 나와 머리를 틀어 올리고 있었어요. 머리를 올리며 햇볕을 쬐려고 하고 있는 거죠. 해라는 것이 그런 건가, 해의 고마움을 처음으로 알게 된 느낌이었어요. 그리고 다른 데로 시선을 돌리니, 가게 앞에 분재가 늘어서 있지 않겠어요. 하루 종일 햇빛이 비추지 않는 집안에 쳐 박혀 있는 분재. 그것에 햇빛을 비춰주고 있었어요. 분재는 잠깐 동안의 기쁨이지만, 가만히 해의 은혜를 즐기고 있는 것 같았어요. 나는 그 분재를 보며 유녀 같다는 생각을 했어요. 동시에 같은 이야기인데, 유녀에게서 가련한 분재를 느낀 거예요. —이후, 나는 분재가 싫어졌어요. 분재 취미를 고답이라나 뭐라나 말하는 건 거짓이에요. 잔혹하지 않아요?"

"쓸 수 있겠네요 그 풍경은."

나는 응, 하고 고개를 끄덕이며,

"요시와라라고 하면 K극장의 빙 크로스비는 유곽으로 손님을 안내하는 찻집 아들이라고 하던데요."

아사노는 응, 하고 고개를 끄덕이며 내 얼굴을 빤히 쳐다보았다.

"왜요?"

"아니" 아사노는 딴 데를 보며 "구라하시 군은 K극장에 가는 것을 방금 전에 싫어했는데 ……. 원래 가자고 하면 싫다고는 말했지만 ……" 중얼거리듯 말하며 "—예전과 지금은 어때요? 같은 심경인가요? 아니면 ……"

술 냄새 풍기는 숨을 내게 뿜어내며 말했다.

"심경?" 무슨 말인지 알 수 없었다.

"오늘 싫다고 한 것과 원래 싫다는 것은 같은 기분이에요?"

혀가 꼬이는 소리로 말했는데, 그 혀의 꼬임에 화가 났는지, 내 대

답도 기다리지 않고, 아 귀찮아, 맘대로 지껄이라는 분위기로,

"빙과 고야나기 마사코 소문을 구라하시 군은 ……?"

말해버린 이상, 알고 있어? 하고 묻는 것도 그렇다. 분명히 말해라, 그런 얼굴을 아사노는 내게 가까이 갖다 대며,

"고야나기 마사코는 빙에게 먹혔다는 소문이에요."

내가 모르는 은어였는데, 의미는 확실히 느껴졌다. 푹 하고 내 마음을 때렸다.

"생짜로 부탁했다고 하던데요, —고야나기 마사코도 굉장히 시치미를 잘 떼네요. 넉살좋게 지내고 있다고 해요."

생짜로, 라고 하는 것은 ……라는 의미의 은어이다. 이 말은 나는 들어서 알고 있었다.

—언젠가 분장실에 갔을 때, 빙은 내가 고야나기 마사코에게 빠져 있다는 사실을 알고 "모임은 고야나기 마-짱이 돌아온 다음이겠죠?" 이런 이야기를 했는데, 빙은 그때 이미 고야나기 마사코를 노리고 있었던 것이다.

아아, 나의 고야나기 마사코여. (사람들이여, 나를 비웃어주게!) 내 고야나기 마사코는 드디어 나로부터 멀어져 버렸다.

아니, 기다려. 나는 자신이 마사코를 먹혔…… 이런 상서롭지 못한 말은 사용하고 싶지 않다. 뭐라 말하면 좋을까, —마사코를 어떻게든 해보려고 생각하고 있었나? 그런 기분은 아니었을 터이다. 그러자, 멀어지고 아니고 할 것도 없었다. —그렇다면 나의 사모하는 마음은 어떻게 되는 것일까.

나는 언젠가 이러한 날이 올 것을 알고 있지 않았을까. 불쌍한 나의 사모하는 마음은,

"모임은 뭐, 그래도 해야죠. 그렇죠?"

아사노가 말하는 것에 나는 그저 고개를 끄덕이고 있었다. 나는 내 마음속에 감춰둔 가련한 고야나기 마사코의 그림자를, —이렇게 해서 사라지는 것으로부터 지키기라도 하려는 듯이 물끄러미 바라보고 있었다.

고야나기 마사코여.

그렇지만 내 안의 고야나기 마사코는, 그래 언젠가 내가 본 먼 하늘의 기러기처럼 순식간에 매정하게 멀어져 가버렸다. 사라져 가버린 것이다. 그래도 내 안의 사모하는 마음은 이상하게도 이것만은 마치 새가 떠난 뒤의 보금자리처럼 사라지지 않고 남아 있었다.

....

*

아사쿠사의 히로코지는 요시와라와 마찬가지로 낮과 밤은 완전히 표정이 달랐다. 밤이 되면, —낮에 한가로이 해가 비추고 있는 한편으로 먹을 것을 파는 포장마차가 줄을 지어 서 있는데, 대부분은 따뜻한 먹거리를 파는 그 포렴 안에는 모두 사람들이 가득 들어차, 얼굴은 보이지 않지만 아래는 전부 보이는 그 발밑으로 어디서 나타났는지 눈을 반짝반짝 빛내며 개가 어슬렁거리고 있어서 정말로 뭐랄까 번성

한 광경을 보여주고 있다. 아사노와 낮에 히로코지를 걸어 다닌 지 며칠 후에 밤의 히로코지에서 나는 도사칸을 만났다. 마스크를 쓰고 얼굴은 분명하지 않지만, 그러나 나는 곧 도사칸이라는 것을 알아차렸다. 나는 쇠고기 덮밥을 먹으러 가는 참이어서,

"어때요? 함께 쇠고기 덮밥 안 먹을래요?"

하고 도사칸에게 함께 가자고 권했다.

극장 사람들이 자주 가는 '다나카야(田中屋)'라는 쇠고기 덮밥집 포렴을 들추고, 도사칸이 마스크를 벗는 것을 보고 나는 깜짝 놀랐다. 광선의 가감 때문인가 생각했지만, 그래도 몹시 말라 있어서 마치 죽은 사람 같은 얼굴이었다. 도사칸은 얼굴을 감추듯이 손을 볼에 갖다 대고, (그 손이 여자처럼 하얗고 가는 탓인지, 약간 여자 역할을 하는 남자배우의 몸짓 같아서 묘하게 요염함이 있었다.)

"미-짱을 만났어요?"

"—아니."

잠깐 있다가,

"마-짱을 만났어요?"

"—아니."

포장마차에는 점퍼나 외투를 입은 손님으로 가득 차 있었다. 그 바쁜 가운데서 포장마차 아저씨는 작은 접시에 국물을 떠서 맛을 보고 있었다. 약간 일부러 하는 느낌도 드는 그 손동작을 우리는 별 생각 없이 바라보고 있었다. 이윽고 도사칸이,

"다지마 씨가 온다고 해요."

"호오"

얼굴은 냄비에서 피어오르는 열기로 화끈거리고, 발은 차가운 바람에 노출되어 묘한 조합이다.

"저는 대신에 고향으로 돌아갈까 생각합니다."

"대신에?"

도사칸은 옆을 보고 기분 나쁜 기침을 하면서 그 말에는 대답하지 않고,

"미-짱은 하나야시키에 들어갔습니다."

"하나야시키?"

"하나야시키가 이번에 부활한다고 해서. 뭐라더라, 아사쿠사천지라는 이름이 된다든가. 그곳의 쇼에 들어가기로 되었어요."

"그것 잘 됐네요."

"극장의 무희는요, 어떤 걸까요? 나도 미-짱에게 권유를 받았지만 거절했습니다."

자, 오래 기다리셨습니다, 하고 양파에 쇠고기가 여기 저기 섞여 있는 쇠고기 덮밥이 나왔다. 도사칸은 젓가락을 쪼개어 성급하게 삭삭 젓가락을 비빈 후에, 몹시 배가 고픈 모습을 드러내면서 밥을 입안으로 갖다 넣는데, 서두른 탓인지 밥의 뜨거운 김에 기침이 나와 괴로워 보였다. 하는 수 없이 손에 든 밥그릇을 놓고 기침을 하려고 가슴을 구부렸는데, 어떻게 해도 기침이 멈추지 않았다. 그러는 사이에 젓가락도 내던지고 쓰러질 듯이 포렴 밖으로 나갔다.

밖에서 기침을 멈추고 돌아올 거라고 생각한 나는 신경이 쓰이면

서도 혼자서 쇠고기 덮밥을 먹고 있었다. 조금 싫은 기침이어서 당사자가 없어진 다음에도 포렴 안의 손님들은 기분 나쁜 눈으로 이쪽을 빤히 쳐다봐서 그 눈을 나 혼자 받아내야 했다. 견디기 어려운 괴로운 기분이었는데, 도사칸이 좀처럼 되돌아오지 않아서 나는 "잠깐만요" 하고 아저씨에게 말하고 밖으로 나와 봤다. 도사칸은 차도의, 그곳은 주차장으로 되어 있어서 자동차가 나란히 있는 그 자동차와 포장마차 사이의 어두운 그늘에 가만히 웅크리고 있었다. 이제 기침은 멈추었지만, 어깨가 들썩이는 모습이 애절해 보였다.

"왜 그래요?"

내 목소리에 깜짝 놀랐는지 도사칸은 얼굴을 들었는데, 예의 여자용 같은 인견 머플러로 입을 감싸고 있는 데다 그곳만 어두워 표정은 알 수 없었다.

"괜찮아?" 어깨에 손을 대려고 하는데, 도사칸 앞의 도랑에 피 같은 끈적거리는 것을 토해놓은 것이 보였다.

"……!"

나는 봐서는 안 될 것을 본 것 같아서 곧 눈을 돌렸다. 그러니까 정말로 피였는지 어떤지 분명하지는 않지만, ─내가 도사칸의 어깨에 손을 대려고 하자 도사칸이 그 손을 피하려고 하는 듯이 비틀거리며 일어섰다. 그 때문에 도랑으로 다시 눈을 돌리지 못한 것도 있다. 도사칸은 일어서자, 머플러 속에서

"실례하겠습니다"

고 말했다. 잘 들리지 않을 정도의 기어들어가는 목소리였는데, 이

번에는 분명히

"그럼, 구라하시 씨, 잘 계세요……"

그렇게 말하고는 곧 자동차 사이를 누비며 떠나가려고 했다. 마치 그림자처럼 그 뒷모습에,

"기다려줘. 함께 가요. 잠깐 계산하고 올 테니."

나는 불러 세워 놓고 포장마차로 달려가 서둘러 돈을 내고 돌아왔는데, ―이미 도사칸의 모습은 어디에도 보이지 않았다. 살을 에는 듯한 바람에 볼품없는 포장마차의 포렴이 펄럭이고 있었다.

―나는 이전에 도사칸과 미사코 사이를 부적절한 사랑이라고 말했다. 도사칸은 분명 반해 있었던 모양이다. 그러나 미사코는 뭔가 연약한 도사칸을 비호하는 듯한, 누나 같은 기분이었을 것이다. ……

*

아사쿠사의 모임은 국제거리의 '산슈야(三州屋)'에서 열렸다.

그날은 K극장 첫날이기도 한데, 첫날은 연습이 없으니까 쇼하는 사람들은 무대가 끝나면 보통 날과 달리 나중에 놀 수 있다. 그래서 모임에도 나갈 수 있다고 해서 그날을 특히 고른 것이다.

나는 그 날 전에 계속 아사쿠사에 가지 않고 그날도 정각에 오모리의 집에서 출발했는데, 아사노가 '산슈야' 앞에 서서 나를 발견하고는 뛰어 와서,

"구라하시 군, 큰일이야."

이제나저제나 하고 기다리고 있었는지 갑자기 달려들 듯이 말했다.

"엉망진창이야, 구라하시 군" 상당히 술을 마신 모양이다.

"무슨 일입니까?" 내가 뒷걸음질 치며 말하자,

"무슨 일이고 뭐고, —곤란하군. 이런 때에는 아사쿠사에 딱 있어 줘야죠."

"정말 죄송합니다. 일하느라."

"일? 일은 연립의 방에서 하지 않나요? 방은 작업장으로 빌린 것 아니에요? 뭔가 다른 목적으로 빌린 거예요?"

앙알앙알 말하는 것에 화가 나서 나는 아무 말도 하지 않았다. 바람 부는 방향 때문인지, 길 맞은편의 T관에서 활기찬 곡조의 음악소리가 희미하지만 흘러들었다. 활기찬, —그래도 뭔가 쓸쓸한 소리였다. 스에히로 슌키치는 어떻게 하고 있을까. 우사기야 효탕은 기묘한 이름의 만자이 예능인이 된 것은 좋은데, 손님을 웃기려고 하다가 웃기지는 못하고 자기 혼자서 헤헤헤 웃고 있는 것은 아닐까?

"저기, 어떡하고 있을까요?"

하고 아사노가 금세 풀이 죽은 목소리로 말했다. "K극장의 주요 멤버들이 교토의 S흥행으로 그대로 빠져 나가서 —K극장에서는 모임하고 있을 때가 아니라서."

"엇?" 하고 나도 갑자기 허둥댔다.

아사노는 내가 허둥대고 있는 모습을 보고 기운을 되찾아,

"아무도 없어요. 모두 교토로 가버려서. 아무도 없으니 이쪽도 모임이 될 리 없잖아."

"아무도 없다고?"

"남아있는 건 송사리뿐. 오늘 밤 모임에 나왔으면 하는 사람들은 '유쾌한 4인'이든 누구든 아무도 없어. 그것도 하루 차이여서 완전히 화나는 이야기 아닌가요? 어젯밤까지 잘 있었으면서 —오늘이 첫날이라서 갑자기 사라지는 데 안성마춤이었던 거죠. 어제 저녁 무대가 끝나자 살짝 빠져나가 그대로 야간열차를 타버린 것 같아요."

"흠" 나는 신음소리를 내고 있을 뿐이었다.

"방금 전에 빙으로부터 역에서 쓴 것 같은 사과하는 엽서가 왔는데, 그런 걸 받은들 무슨 소용이 있겠어요."

"빙……"

"고야나기 마사코도 물론 함께 교토로 가버렸어요."

토해내듯 말했다.

"사-짱은?"

"사-짱은 남았어."

"흠"

우리는 아무튼 '산슈야'의 2층으로 올라갔다. 낮고 작은 테이블이 줄을 지어 있는 방구석에 내 친한 문필 친구가 두 사람 우두커니 앉아있을 뿐이었다.

"어떻게 된 걸까요? K극장에서는 아무도 오지 않는 걸까요?"

내가 구제해달라는 듯한 목소리로 아사노에게 말하자,

"아무도 오지 않네요. 그런 모임 하고 있을 때가 아니라고 조금 전에 선전부 사람이 퉁명스럽게 말했어요. K극장 위아래로 엄청 소란해요."

차갑게 뿌리치듯이 말했다.

"어떡하죠?"

발기인은 나와 아사노, 그리고 내 친구 T의 이름을 빌려 3명 이름으로 되어 있다. 안내장을 보낸 사람들이 모두 모이면 뭐라 사죄해야 할지, ─이름을 빌린 T에게도 미안하고 나는 수명이 줄어드는 느낌이었다. 계단 발소리를 들을 때마다 그렇잖아도 마른 몸이 한층 더 말라가는 느낌이었다.

정각을 이미 한 시간 가까이 넘겼다. 그러나 모임에 오는 사람은 아직 몇 명 정도였다. 이것으로 끝나버리라고 나는 마음속으로 기도하며,

"사정을 말하고 시작할까요?"

하고 아사노에게 말했다. 빨리 술을 마시고 싶었다. 맨 정신으로 있기 어려웠다.

"이제 안 올 거예요." 오지 말라는 바람을 넣어 말했다.

"그런데 이걸로는 곤란한데"

하고 아사노는 뼈가 앙상한 어깨를 으쓱했다.

"산슈야에는 서른 명 전후라고 말해 놨는데. 더 이상 오지 않으려나? ─구라하시 군은 의외로 발이 넓지 않군요."

"……?"

"구라하시 군의 얼굴을 봐서 줄줄이 모일 줄 알았는데."

아사노도 나와 마찬가지로 모임에 온 사람들이 적은 것에 안심하고 있을 터인데, 이런 말을 했다. 아니, 안심이 되어 밉살스러운 말을 할 기운도 나왔을 것이다. 나도, ─나의 의기소침도 아사노의 이 일격

으로 급기야 바닥을 친 느낌이어서 오히려 이상할 정도로 기운이 생겼다. 그 자리에 한하여 나오는 기운이 아니다. 이번 반 년 정도 계속해서 내가 우울해 있던 침체상태에서 간신히 올라올 수 있을 것 같은 그런 고맙고 믿음직한 것이 느껴지는 기운이었다.

"이런 모습으로는 K극장 사람들이 대거 온 경우에 그건 그것대로 또한 창피스러우니까요."

이 아사노의 말은 당연했다.

"자, 그럼 시작해볼까요?"

아사노는 종업원에게 말하기 위해 일어서며,

"—실은 오늘 갓파바시 거리에서 다지마를 만났어요. 혹시 그 녀석이 모임에 오지 않을까 생각했는데……"

"호, 다지마 시게루(但馬滋)가?"

"다지마의 부인이 그를 도쿄로 불러들인 모양이에요."

"불러들였다?"

"다지마가 그렇게 말했어요."

아사노는 내 얼굴을 빤히 바라보며,

"다지마에게 살려달라고 한 모양이에요. 나는 전혀 몰랐는데, 구라하시 군은 그의 부인에게도 촉수를 뻗쳐놨다고 하더라고요."

부인에게도의 에게도에 힘을 줘서,

"자매 두 사람에게 동시에 촉수를 뻗쳐놓는다는 건, 아 굉장하군요."

"아사노 군."

"말이 지나쳤나요? —그런데 미네 미사코는 구라하시 군에게 —미네 미사코가 아무래도 반한 것 같아요."

"…………"

"그래서 스스로 무서워져서 다지마를 허둥대며 부른 것 같아요."

"다지마 군이 그런 말을 자네에게 ……"

"그런 건 아니지만."

"그래도 그런 비슷한 말을 ……?"

조급하게 말하는 나에게 아사노는 히죽대며,

"아니, 내 창작이에요. 나도 소설을 써본 적이 있어서 ―다지마가 부름을 받고 상경했다는 이야기를 듣고, 뭐, 창작적인 상상을 했지만요."

입술을 날름 핥으며,

"그래도 구라하시 군은 유일 밤에 요시와라에서 미네 미사코와 상당히 밀회했다고 하잖아요."

"……"

―미사코가 요시와라에서 나에게 잠깐 할 이야기가 있다고 말한 그 이야기는 아사노의 말을 빌리면 여동생 고야나기 마사코에게 촉수를 내밀지 말라고 나를 엄하게 나무랄 생각이었던 것이다. 그 때문에 '밀회'적인 풍경이었던 것이다. 여동생 마사코에게 내가 빠져 있다는 사실을 알기 전부터 이미 이치카와 레이코에 얽힌 묘한 인연에서 나의 (미사코의 말을 빌리면) '엽기 취미'를 나무란 미사코이다. 그 '엽기 취미'가 여동생 마사코를 향해 있다는 것을 알고 미사코는 여동생을 보호하기 위하여 나를 혼내주려고 했을 것이다. 도사칸을 부추긴 것도 여동생을 보호할 목적이었을 것이다. 나는 그렇게 이해했는데

……. 그리고 이건 사실인데.

그렇다면 왜 미사코는 유일 밤에 자기가 나에게 말하려고 하지 않았을까? 그것을 나는 알 수 없었다. (미사코가 나에게 반해 있었기 때문일까?) 아사노의 말을 듣고 미사코를 아사노가 자신의 창작이라고 말한 게 오히려 창작적인 거짓이 아니라 사실처럼 느껴져서 문득 그렇게 생각한 것이지만,

(—설마)

나는 격렬히 부정했다. 미사코가 나에게 반했다는 등의 일은 —생각할 수 없었다, 없었다기 보다 생각하고 싶지 않았다. 그때,

"—안녕"

하고 말하며 생각지도 않게 오야 고로가 불쑥 들어왔다.

"야, 구라 씨" 괴상한 소리가 난다 싶었는데, 그에게 얼굴을 향한 아사노에게 갑자기,

"팟!" 예의 손짓이다. 아사노는 깜짝 놀라 핵 물러섰다.

"한 명 올라가요!" 그렇게 말하며 펼친 왼손을 기계인형처럼 아래로 뒤집고 그 위에 오른손을 얹어 단고(団子)를 반죽하는 듯한 손짓으로,

"—안 되겠네요."

방에 있는 사람들이 와 하고 웃었다. 조금 전까지만 해도 밤샘하는 듯한 무겁고 괴로운 공기가 방에 고여 있었는데, 그의 출현으로 그런 공기는 금세 일소되었다.

"고로 쨩!"

"고로 쨩이라고 부르면 구라 씨로 대답한다."

고로 짱은 깜짝 놀라 바지의 발이 엉킨 듯한 걸음걸이로 내 쪽으로 와서 "─구라 씨를 만나고 싶었어요."

"고마워요."

"오늘 여기에서 모임이 있다고 들었는데, 여기에 오면 당신을 만날 수 있을 것 같아서……"

미치광이 같은 고로 짱이지만, 이런 이야기를 하는 걸 보면 제정신인 것이 분명하다. 그러나 곧 묘한 목소리로,

"술 주세……" 이 말은 아유코의 말투다. 고로 짱도 그래서 생각이 난 것일까?

"상하이로 갔어요. 아유 짱은. ─놀라워."

"또 상하이 갔어요?"

"정말 놀라워. 축음기"

이런 고로 짱을 아사노는 문지방에 서서 씁쓸한 얼굴로 내려다보고 있었다.

때마침 애국행진곡을 연주하는 나팔소리가 들려왔다. 그다지 잘하지는 못하지만, 그래서 오히려 엄숙한 느낌을 주는 그런 익숙한 나팔소리는 응소자를 선두에 세우고 동네 사람들이 신사로 참배하러 가는 행렬 모습을 방불케 했다. 예의 공놀이 아저씨도 그 행렬에 참가했을 것이다.

이윽고 나는 이 기묘한 모임의 개시를 알리려고 비틀거리며 일어섰다.

슬픔

아카바네(赤羽) 쪽으로 이야기를 하러 간 날은 하얗게 봄날 먼지가 공중에 피어오르던 날이었는데, 돌아오는 길에 전철의 긴 좌석 가장 끄트머리에 앉아서 건너편 밖의 반짝반짝 빛나는 공기를 멍하니 바라보고 있는데, 문득 보니 가미나카자토(上中里)에서 탔는지 다바타(田端)에서 탔는지 어린 아이를 업은 젊은 여자 한 명이 손에 꽤 큰 보자기 꾸러미를 들고 있었다. 그래서 나는 자리를 양보했는데, 요즘 어린 아이라면 나는 늘 자신의 가는 목을 비틀거나 긴 목을 한층 빼서라도 어린 아이의 얼굴을 들여다보며 그 천진난만함에 아, 하고 어르거나 벌이 요란스럽게 꽃의 꿀을 훔치듯이 어쩐지 마음에 빨아들여 모아두고 싶어서 그때도 어린 아이에게 연신 시선을 향하고 있었던 것은 말할 것도 없다. 아무래도 눈을 뜬 지 1, 2개월 정도밖에 되지 않은 것으로 생각되는 그 아이는 눈과 눈 사이에 아직 불룩 솟지 않은 콧

잔등에 잉크 같은 선명한 색의 파란 핏줄이 보여, 그 탓인지 전체적으로 연약한 느낌이고 낯빛도 내 주관적인 생각뿐만 아니라 병자의 창백한 상태로 보여서 부모는 아니지만 그러한 아이가 더욱 귀여웠다. 그런데 부모인 이 젊은 여자는 어떻게 또 이렇게 체격이 좋은지 적당히 해서는 죽을 것 같지도 않은 소 같은 여자로, 그러한 여자에게 자주 볼 수 있는 현기증이 일 것 같은 색채와 무늬, 그리고 반짝거리는 싸구려 옷을 입고 있다. 그 등에서 작고 가냘픈 어린 아이가 푸른 눈을 둥그렇게 뜨고 여기저기 보고 있는데, 그러는 사이에 뭘 발견했는지 연약한 아이라도 역시 잘록하게 들어간 목을 한껏 뒤로 젖혀서 마치 콩나물 대가 뚝 부러져 허무하게 꺾일 듯이 지금이라도 꺾이지는 않을까 조마조마하게 할 정도로 무리하게 뒤로 젖히고는 뭔가를 뚫어져라 쳐다보고 있었다. 뭔가 옆 위쪽에 있는 것에 어린 아이는 대단한 흥미를 느낀 것 같았다. 눈도 깜박이지 않고 뚫어져라 보고 있다가, 곧바로 무리를 하고 있는 자세가 괴로워졌는지 목을 앞으로 떨구고, 아니 부딪칠 것처럼 푹 숙였다. 그리고는 코를 납작하게 한 채로 엄마 옷깃에 얼굴을 묻고는 잠시 그 상태로 후-후- 하고 숨을 쉬고 있다. 이 어린 아이가 머리를 들고 바라보는 것이 그 정도로 고생스러운 동작이라는 사실을 역력히 말해주었다. 그리고는 또 다시 고개를 들어 목이 꺾일 정도로 위를 쳐다보는 것이었다. 그러다 다시 푹 숙였다. 도대체 뭐가 그렇게까지 어린 아이의 마음을 강하게 붙들었는지 나는 마음이 평온치 않아 어린 아이의 시선을 따라가 보니, 좌석 옆에 키가 작은 청년 한 명이 서 있는데, 그 남자의 얼굴을 아이가 보고 있는 것을 알았다. 그런데 그 얼굴은 지극히 평범한 생김새여서 딱히 신기한 얼굴이 아니었다. 그렇지만 너무나 신기하다는 듯이 어린 아이가 빤히 들여다보고 있는 것을 청년은 진즉 알고 있었던 모양인데, 청년다운 수치심과 곤혹감을 감추고 아무렇지도 않다는 듯이 애써 감추고 있는 표정이었는데, 여기에서 다시 내 음미하는 시선을 얼굴에 튀어나온 볼에 느끼자, 이제 참을 수 없었는지 벌레를 씹은 듯한 표정이 되었다. 바로 그때 나는 아, 그렇군 하고 납득했다. 청년은 셀룰로이드로 만든 검은 테 안경을 쓰고 있었다. 분명 그 안경에 어린 아이는 이끌렸던 것이다. 이윽고 어린 아이는 작은 손까지 위로 허우적거리며 뻗었는데, 그 손동작도 내 추측이 잘못된 것이 아니라고 말해주고 있었다. 어린 아이의 봄의 새싹 같은 귀여운 손은 그러나 충분히 올라가지 못하고 공간을 더듬어 움직이고 있는 사이에 청년의 양복 소매를 붙들었다. 그러자 어린 아이가 자기 주변에 있어본 적이 없어 보이는 청년은 완전히 수줍어져서, 장난치지 말라고 인정사정없이 노골적으로 잡아 빼는 것도 어른스럽지 못하다고 생각했는지 조용히 손을 뺀 것과 동시에 어린 아이는 조금 전처럼 고개를 푹 떨구며 얼굴을 숙였다. 마침 그때 전철이 역에 도착했고, 청년은 내리고 말았다. 그리고 다시 전철이 움직이기 시작하자, 그 동요에 촉발되었는지 어린 아이는 서서히 고개를 들어 신기한 안경을 관찰하려고 위를 본 것은 좋았는데, 아 큰일이다, 중요한 안경이 사라지고 없었다. 지금까지 분명히 있었는데 순간적으로 사라지다니 믿기 어렵다는 그런 눈빛을 하고 어린 아이는 주위를 열심히 보고 있는데, 이윽고 뭐라 형용할 수 없는 슬픈 표정을 지어 보이다 바로 무참히 일그러진 얼굴이 되어 흑-흑- 울기 시작했다. 그 울음소리가 항의하는 폭발적인 외침이라면 좋겠는데, 너무나 가냘프고 낮은 소리로 끊어질 듯이 슬프게 우는 소리인 것이 내 마음을 한층 더 괴롭게 했다. 젊은 엄마가 아아, 괜찮아, 괜찮아 하면서 등을 흔들자, 그 체구에 어울리게 힘차게 흔드는 바람에 어린 아이의 머리는 앞뒤로 왔다갔다 흔들려서 계속 울어댔다. 울음을 멈추지 않자 엄마는 아아, 괜찮아, 괜찮아, 곧 내릴 거야, 우에노(上野)에 도착하면 줄게, 하면서 자신의 검지 손가락을 어린 아이의 입에 푹 집어넣었는데, 아무래도 젖을 먹이는 대신에 갖다 댄 모양이긴 한데, 어린 아이가 울고 있는 사정도 안타까운데, 그 슬픔도 모르는 엄마는 계속 어린 아이가 배가 고파 우는 것으로 생각한 모양이었다. 어린 아이는 그런 더러운 손가락을 거부했지만 거칠게 흔들어 뇌진탕이 일 것 같았는지 계속 우는 것은 그만두고 간헐적으로 우는 방식으로 바꾸었다. 이러한 모습을 나도 빤히 바라보는 것은 나쁜 것 같아서 본의 아니게 등을 돌렸는데, 역시 아무래도 신경이 쓰여 태연하게 곁눈으로 바라보니, 어린 아이의 턱 아래에 있어야 할 침이 빗나가서 엄마의 외출복 목덜미를 더럽히고 있었다. 이것 안 되겠다 싶어 얼굴을 바로 해주려고 했을 때, 여자가 옆에 있는 초록색 바지를 입고 위에는 셔츠 차림의 젊은 남자에게 말을 걸었는데, 그 말은 마치 젊은 남자가 아무래도 어린 아이의 아버지임을 짐작케 했다. 그렇게 되자 내가 하려고 한 일은 당연히 그 젊은 아버지가 해야 할 일인데, 아버지를 놔두고 내가 하려고 했기 때문에 창피하게 생각할지도 모른다는 생각이 들었다. 그래서 나는 하려던 것을 그만 두었는데, 그러나 그 젊은 아버지가 울고 있는 어린 아이에게 전혀 눈길을 주지 않을 뿐만 아니라, 시끄러운 아이의 존재에 화를 내고 있는 듯한 얼굴로 다른 데를 보고 있었다. 그래서 옷깃은 더러워진 채였고, 다시 말해서 어린 아이의 그 슬픔을 결국 헤아려주지 못하고 전혀 보살펴주지 못한 채 어느덧 우에노에 도착해서 나는 이것이 마지막이라고 생각하며 작별 인사를 어린 아이에게 할 생각으로 새삼 바라보고 있는데, 문득 어린 아이가 어머니의 더러워진 옷깃에 볼을 바싹 갖다 대고 뭔가 포기한 듯한 평온함 속에 눈을 감고 자신의 아랫입술을 입 안으로 밀어 넣고 젖이 나오지 않는 그런 것을 쪽쪽 계속해서 빨고 있었다. 어린 아이의 슬픔이, 아니, 슬픔은 늘 이런 것이 아닐까, —슬픔이 찡-하고 내 가슴으로 밀려들었다. 어린 아이가 차내에서 사라지고 난 뒤에도 내 마음에는 깊은 슬픔이 남아 있었다. 그것은 어린 아이에 대한 슬픔이 아니라, 어느덧 내 자신의 슬픔이 되어 있었다.

죽음의 심연에서

죽음의 심연에서

식도암 수술을 작년 10월 9일에 했으므로 벌써 8개월이나 지났다. 8개월 동안에 나는 글을 쓸 수 있긴 했지만, 이것이 전부이다. 아직 소설은 쓸 수 없다. 기력의 지속이 불가능하기 때문이다. 시라면 쓸 수 있다. 이렇게 말하면 시는 쓰기 편한 것 같지만, 사실은 시 쪽이 기력을 필요로 한다. 그러나 지속 시간이 적게 들기 때문에 감사하다. 두세 줄 쓰거나 아니면 소묘적인 것을 일단 써놓고, 이삼 일 두거나 때로는 이삼 주 놓았다가 다시 계속 쓰는 식으로 썼다.

지바(千葉) 대학의 나카야먀(中山) 외과에서 11월 말에 퇴원했다. 수술 후 병실에서 쓴 형식의 시를 여기에 모았다. 형식이라고 말한 이유는 병실에서 실제로 쓴 시가 아니기 때문이다. 수술 직후에 도저히 글을 쓸 수 있는 상태가 아니었다. 끊어질 듯 숨을 쉬는 가운데에서 글을 쓴다는 것은 무리였다. 그러나 베갯맡에 있는 노트에 연필로 메모를 했다. 이를 토대로 퇴원 후에 쓴 것이 이 시들이다. 그래서 역시 병실에서 쓴 시라고 하였다.

늦막의 유착도 있었던 탓인지 수술은 상당히 심각했던 모양으로 3시간 가까이 걸렸다. 손톱에 검푸르게 자국이 남아 있던 것이 손톱이 자라면서 없어지는 데에 반 년 가까이 걸렸다. 시를 쓸 수 있게 된 것은 (조금 전에 퇴원 후라고 썼지만 실제로는) 반 년 조금 전의 일이다.

……

「죽음의 심연에서」라는 제목의 시를 한 편 쓰려고 생각했는데, 쓸 수 없었다. 쓸 수 있었다면 그 시를 전체 시집의 표제시로 하려고 생각했었다. 시는 못 썼지만 전체의 제목으로 남기기로 했다.

……

「청춘의 건재」, 「전철 창밖은」 등은 차 안에서 한 메모에 기초하여 나중에 쓴 것이다. 이 시들은 당시의 꾸미지 않은 실감으로 쓴 것이고, 죽음의 공포가 마음에 엄습해 온 것은 나중의 일이다.

죽은 자의 손톱

차가운 기와 위에
담쟁이가 뻗어 있다.
밤의 밑바닥에
시간이 무겁게 쌓이고
사자의 손톱이 뻗어 있다

돌아가는 여행

돌아갈 수 있으니
여행은 즐겁고
여행의 쓸쓸함을 즐길 수 있는 것도
내 집으로 언젠가는 돌아갈 수 있기 때문이다.
그러니 역전의 짠 라면이 맛있고
어디에나 있는 목각인형 가게를 들여다보고
선물을 사기도 한다

이 여행은
자연으로 돌아가는 여행이다
돌아갈 곳이 있는 여행이니까
즐겁지 않으면 안 된다
이제 곧 흙으로 돌아가는 거다

선물을 사지 않아도 되겠군
점토인형이나 명기(明器) 같은 부장품을

대지로 돌아가는 죽음을 슬퍼해서는 안 된다
육체와 함께 정신도
내 집으로 돌아가는 것이다
걸핏하면 슬퍼지곤 하던 정신도
평온하게 지하에서 잠드는 거다
때로는 매미 요충이 잠을 깨워도
지상의 덧없는 생명을 생각하면 허락할 수 있다

옛사람은 인생을 물거품처럼 말했다.
강을 건너는 배가 그리는 물거품을
인생으로 생각한 옛 가인도 있었다
덧없음을 그들은 슬퍼하며
입 밖으로 말하는 이상 동시에 이를 즐겼음이 분명하다
나도 이러한 시를 쓰면서
덧없는 여행을 즐기려고 한다

기차는 두 번 다시 오지 않는다

입을 꾹 다문 얼마 안 되는 손님을
지워 없애듯 전부 태우고
어두운 기차는 떠나갔다
이미 매점은 정리했고
제비집조차 텅 빈
휑한 밤의 플랫폼
전등이 꺼지고
역원도 빠짐없이 모습을 감췄다
왠지 나 혼자 그곳에 있다
마른 바람이 불어와서
컴컴한 홈의 먼지가 피어오른다
기차는 이제 두 번 다시 오지 않는다
아무리 기다려도 소용없다

영구히 오지 않는다
그것을 나는 알고 있다
알고 있어서 떠나갈 수 없다
죽음을 알아둘 필요가 있다
죽음보다도 싫은 공허 속에 나는 서 있다
레일이 칼처럼 빛나고 있다
그러나 기차는 이제 오지 않으니까
레일에 몸을 던져 죽을 수는 없다

죽음의 문

언제 봐도 닫혀 있던 사립문이 풀이 덥수룩한 가운데 열려 있다.
죽음의 냄새가 난다.

울부짖어라

울어라 울부짖어라
큰 소리로 울부짖는 게 좋다
웅크리고 조그마해져서 울지 말고
고름 그릇의 피투성이 거즈여
그리고 내 마음이여

붉은 열매

불면의
수목의 충혈
환자의 고통이
시작되는 새벽 녘
붉은 석류 열매가 갈라진다

청춘의 건재

전철이 가와사키(川崎) 역에 멈춘다

상쾌한 아침 햇살이 쏟아지는 홈에

전철에서 우르르 손님이 내린다

10월의

아침 러시아워

다른 홈도

여기에서 내려 학교로 가는 중학생이나

직장으로 출근하는 사람들로 가득하다

후텁지근한 활기가 넘치고 있다

나는 이대로 전철을 타고 병원에 들어간다

홈을 서둘러 가는 중학생들은 일찍이 나처럼

오래된 가방을 어깨에 걸치고 있다

내 중학시절을 보는 것 같다

나는 이 가와사키의 콜롬비아 공장에
갓 학교를 나와 한때 근무한 적이 있다
내 젊은 날의 모습이 그립게 되살아난다
홈을 걸어가는 졸린 듯한 청년들이여
그대들은 일찍이 나다
내 청춘 그대로의 젊은이들이여
내 청춘이 지금 홈에 흘러넘치고 있다
나는 그대들에게 손을 내밀어 악수하고 싶다
그리움 때문만은 아니다
지각하지 않으려고 브릿지를 힘차게 뛰어가는
젊은 노동자들이여
안녕
그대들과 이제 두 번 다시 만날 수 없겠지
나는 병원으로 암 수술을 받으러 간다
이런 아침에 그대들을 만날 수 있어서 기쁘다
잘 모르는 그대들이지만
그대들이 건강한 것이 매우 기쁘다
청춘은 언제나 건재하다
안녕
이제 발차다 죽음으로 이제 출발이다
안녕
청춘이여

청춘은 언제나 건강하다

안녕

내 청춘이여

전철 창밖은

전철 창밖은

빛으로 가득하고

기쁨으로 가득하고

생생하게 숨을 쉬고 있다

이 세상과 이제 작별인가 생각하니

눈에 익은 경치가

갑자기 신선하게 보였다

이 세상이

인간도 자연도

행복이 가득 차 있다

그런데 나는 죽지 않으면 안 된다

그런데 이 세상은 실로 행복해 보인다

이것이 내 마음을 슬프게 하지 않고

오히려 내 슬픔을 위로해 준다

내 가슴에 감동이 흘러넘치고

가슴에 맺힌 눈물이 나올 것 같다

단지 연립의 하나하나의 창에

쏟아지는 따뜻한 햇빛

즐겁게 속삭이며

어지러이 날아가는 참새떼

빛나는 바람

기뻐하는 강의 수면

미소 같은 잔물결

건너편 게이힌(京浜) 공장지대

높은 굴뚝에서 힘차게 솟아오르는 연기

전철 창에서 보이는 이들 모두는

생명 있는 것처럼

살아 있다

힘이 넘치고

생명으로 빛나게 보인다

선로 옆길을

잰 걸음으로 출근하는 사람들이여

안녕 제군

모두 건강하게 일하고 있다

안심이다 그대들이 있으면 괜찮다

안녕 뒤를 부탁할게

그럼 잘 있게―

삶과 죽음의 경계에는

삶과 죽음의 경계에는

무엇이 있을까

예를 들면 나라와 나라의 경계는

전쟁 중에 태국과 미얀마의 국경에 있는

정글을 넘었을 때 봤지만

그곳에는 딱히 아무것도 없었다

경계선 따위 그어져 있지 않았다

적도 바로 아래의 바다를 지나갈 때도

표식 같은 특별한 것은 볼 수 없었다

아니 거기에는 아름다운 진한 감색 바다가 있었다

태국과 미얀마의 국경에는 아름다운 하늘이 있었다

스콜이 내린 뒤 하늘에는 아름다운 무지개가 걸렸다

생사의 경계에는 아름다운 무지개 같은 것이 걸려 있지 않을까

설령 내 주위가

그리고 내 자신이

몹시 황폐해진 정글이라고 해도

　본서는 근대 일본문학자 다카미 준(高見順)의 대표작을 다양하게 감상할 수 있도록 표제작인 장편소설 『어느 별 아래』와 에세이 「슬픔」, 그리고 시집 『죽음의 심연에서』의 대표적인 시를 골라 수록하였다. 다카미 준은 학생시절부터 좌익운동에 가담하여 활동하다 1933년에 검거된 후에 전향(轉向)했다. 시대적으로는 일본의 전쟁기부터 전후 1960년대에 걸친 내용으로, 제국주의의 암울한 시대를 지나온 한 일본 지식인의 초상을 엿볼 수 있다.

　표제작 『어느 별 아래』는 잡지 『문예(文藝)』에 1939년 1월부터 1940년 3월까지 연재된 것에 수정을 가하여 1940년에 신초샤(新潮社)에서 단행본으로 펴낸 장편소설이다. 처음에 잡지에 연재되었을 때는 본문에 삽화가 실려 호평을 받았으나, 저작권 문제로 전집에는 실리지 못했다. 따라서 본서에도 삽화는 수록하지 못했다. 소설을 읽으면서 풍경을 이미지로 그려보는 것도 좋으리라.

일본 서민들의 생활 풍속이 현재까지도 남아있는 대표적인 곳이 도쿄 아사쿠사(浅草)인데, 『어느 별 아래』는 이곳을 배경으로 서민들의 인정과 소박하면서도 다부진 생활상을 잘 보여주고 있다. 시쳇말로 서민들의 짠내나고 웃픈 삶의 장면들이 애틋하고 정겹게 그려져 있다. 작중인물 '나'는 어딘가 고립된 지식인의 자화상을 보여주는 측면이 있어 작자 다카미 준을 연상시키는데, 굳이 작중인물과 작자를 동일시하는 사소설(私小說)로 읽을 필요는 없다. '나'를 비롯한 다양한 작중인물이 나오는데, 세 자매와 '나'의 얽힌 사연이나 연정(戀情) 이야기가 또한 읽는 재미를 더한다. 그러나 이 모든 관계는 소설의 후반에서 밝혀지기 때문에 살짝 미스터리적 요소도 갖추고 있다.

『어느 별 아래』에는 아사쿠사의 대표적인 음식점이 실명으로 나오는데, 소설 속 오코노미야키 가게 '호레타로(惣太郞)'는 실제의 이름은 '풍류 오코노미야키 소메타로(風流お好み焼き 染太郞)'이다. 일본 음식 '오코노미야키'는 한국의 부침개와 비슷하지만, 재료나 만들어 먹는 방법이 다르다. 그리고 자신이 철판 앞에서 직접 구워먹는 방식도 다르다. 오코노미야키는 아사쿠사 같은 도쿄풍 외에도 오사카나 히로시마에서 즐기는 방식도 유명한데, 어디에서 먹어도 서민적인 맛을 즐길 수 있다.

소설의 모델이 된 아사쿠사의 '소메타로'라고 하는 가게는 몇 번 가본 적이 있다. 일본에서 유학하고 있던 시절에 다카미 준을 좋아했던 모 교수가 여름 종강파티를 이곳에서 하곤 했다. 다카미 준이 직접 써준 글이 벽에 걸려 있기도 하고, 옛날 방식 그대로 오코노미야키를 만들어먹는 방식이 좋다면서 유독 여름에 이곳을 찾았다. 뜨거운 철판에 돼지기름을 두르고 반죽을 얇게 편 다음, 그 위에 고기나 야채를 올려 굽고는 소스를 바르고 김가루를 뿌려서 먹는다. 후식으로는 빙수기에 얼음을 갈아서 과일즙을 뿌린 옛날 방식의 밋밋한 빙수가 나오는데, 이것을 먹으며 벽에 걸린 다카미 준의 서체를 음미하면서 옛 문인의 이야기를 듣는 식이었다. 오랫동안 이어온 가게의 전통적인 방식이라니 나름 음미하며 먹는 재미가 있다. 딱 한 가지만 빼놓고. 삼복더위에 뜨겁게 달아오른 철판을 앞에 놓고 비지땀을 흘려가며 구운 오코노미야키의 완성은 소스를 바른 후에 뿌리는 초록색 김가루인데, 오래된 가게라 에어컨도 없이 머리 위에서 돌고 있는 벽걸이 선풍기가 전부였다. 더운 것은 참을 수 있는데, 머리 위에서 불어오는 후끈한 선풍기 바람이 오코노미야키 위에 뿌려놓은 김가루를 불어 날려서 김가루가 얼굴에 들러붙는 것이다. 땀범벅인 얼굴에 김가루가 달라붙으니 물수건으로 닦아도 다 떼어내지 못하고 점점이 김가루를 붙인 채 전철을 타고 귀가해 거울 앞에 선 순간의 악몽을 잊을 수가 없다. 독자 여러분도 삼복더위에 도쿄에 갈 일이 있으면 꼭 한 번 경험해보시길 바란다. 가게 안 풍경이나 만들어 먹는 방식, 함께 이야기를 나누며 먹고 있으면 정말로 소설 속 등장인물들이 곁에 앉아 있는 듯한 소박하고 정겨운 느낌이 들지도 모른다. 좌익운동에 좌절하고 영락한 한 지식인이 이곳에서 새로운 활력을 키워 건강한 소설을 쓰고 싶어한 심경을 느낄 수 있을 것이다.

「슬픔」은 매우 짧은 에세이인데, 단락 구분 없이 문장이 계속 이어지는 것이 특징이다. 다카미 준은 전향한 이후 기존의 리얼리즘을 극복하기 위하여 '요설체(饒舌體)'라는 문체를 시도했는데, 끊임없이 말을 이어가며 자의식(自意識)의 흐름을 보여주는 방식이다. 이러한 문체는 『어느 별 아래』에도 보이는 특징이다. 좌익사상을 갖고 있던 지식인이 제국주의 시절에 자신의 뜻에 반(反)하여 어쩔 수 없이 전향을 한 후에 느끼는 자의식이 계속 이어지는 의식의 흐름 속에 표현되어 지식인의 슬픈 자화상 같은 느낌을 준다.

시집 『죽음의 심연에서(死の淵より)』(『群像』, 1964.8)에는 죽음을 앞둔 시인의 고통과 번민, 그리고 강한 생명력을 느끼게 해주는 시들이 수록되어 있다. 이 시들은 다카미 준이 말년에 암과의 투병생활을 적은 것인데, 죽음을 의식하면서 자신의 생명을 잘라내 가며 힘겹게 써내려간 시인의 심경을 느낄 수 있다. 그중에서도 「청춘의 건재」는 식도암 치료를 위해 입원하러 가는 날의 아침 풍경을 그린 수작(秀作)이다. 아침 햇살이 쏟아지는 가와사키 역에 활기에 가득 찬 중학생이나 젊은 노동자들을 보면서 시인은 청춘을 예찬하며 자신을 그들에게 중첩시킨다. 그러나 지나가버린 젊은 시절에 대한 그리움이나 향수 같은 감상적인 분위기는 느낄 수 없다. 청춘은 늘 건재하다는 찬미는 역에서 만난 젊은 사람들에 대한 예찬이면서, 동시에 자신의 청춘에 대한 찬가이다. 시의 말미에서 청춘에 대하여 작별인사를 하는데, 청춘이 끝나는 것이 아니라 건강하게 계속 이어질 것 같은 힘을 느끼게 한다. 세상의 희로애락을 겪어낸 강인한 정신력이 없다면 죽음을 직시하며 청춘을 예찬하는 이러한 시는 쓸 수 없을 것이다. 고통과 번민의 시간을 지나온 삶의 깊이와 응축이 느껴지는 시인의 생애 마지막 노래에 숙연함과 강인한 생명력을 느낄 수 있다.

지은이

다카미 준(高見順, 1907~1965)

　근대 일본의 시인, 소설가. 도쿄제국대학 영문과를 졸업하고, 노동운동에 참가했다 1933년에 전향했다. 기존의 리얼리즘을 극복하기 위하여 문체의 변화에 대하여 쓴 평론 「묘사 뒤에서 자고 있을 수 없다(描写のうしろに寝てゐられない)」(1936), 아사쿠사를 배경으로 서민들의 풍속을 그린 장편 『어느 별 아래(如何なる星の下に)』(1940), 패전 이후의 기록 『다카미 준 일기(高見順日記)』(1966) 등의 작품이 있고, 대표 시집으로 『수목파(樹木派)』(1950), 『죽음의 심연에서(死の淵より)』(1964) 등이 있다. 다카미 준은 가마쿠라문고(鎌倉文庫)를 경영하면서 일본근대문학관의 창설과 자료 수집에 진력하였으나, 네 번에 걸친 수술 끝에 58세 때 식도암으로 사망하였다.

옮긴이

김계자

고려대학교 일어일문학과를 졸업하고 도쿄(東京) 대학에서 문학박사 학위를 받았으며 현재 한신대학교 대학혁신추진단 조교수로 있다. 주요 저역서로는 『근대 일본문단과 식민지 조선』, 『김석범 장편소설 1945년 여름』 등이 있다.

박진수

고려대학교 일어일문학과를 졸업하고 도쿄(東京) 대학에서 문학박사 학위를 받았으며 현재 가천대학교 동양어문학과 교수(아시아문화연구소 소장 겸)로 있다. 주요 저서로는 『소설의 텍스트와 시점』, 『근대 일본의 '조선 붐'』(공저) 등이 있다.

임만호

도쿄가쿠게이(東京学芸)대학 대학원을 졸업하고 다이토분카(大東文化)대학 대학원에서 일본문학 박사과정을 수료하였으며 현재 가천대학교 동양어문학과 교수로 있다. 역서로는 『아쿠타가와류노스케(芥川龍之介)전집』(공역)이 있다.